16/01

D1933433

Querverlag

Corinna Waffender

Ausgerechnet sie

Roman

Erste Auflage September 2015

Umschlag und grafische Realisierung von Sergio Vitale unter Verwendung einer Fotografie von miradora.

Druck und Weiterverarbeitung: FINIDR
ISBN 978-3-89656-233-3
Printed in the Czech Republic

Bitte fordern Sie unser Gesamtverzeichnis an:
Querverlag GmbH, Akazienstraße 25, D-10823 Berlin
http://www.querverlag.de

im innern entzweit
reckt sich der baum gen sonne
wirft sich selbst schatten

In Erinnerung an:
Petra Waffender
Peter Koch
Willem Wassenaar

*

Die Letzten fallen gerade aus dem Club von gegenüber, als Leo das Haus verlässt. Stolpernd, lichtscheu, blass. Ihre Jacken tragen sie wie erlegte Tiere in der Hand oder um die Hüfte gebunden wie einen notdürftigen Wundverband. Sich nach der Schlacht im wummernden Dunkel mit dem neuen Morgen anzufreunden, ist hier einfach. Die Straße sieht zu jeder Tages- und Nachtzeit aus, als hätte sie zu viel gesoffen.

Leo war nie länger in einem Club als nötig. Bloß lang genug, um sich zu beweisen, dass sie könnte, wenn sie wollte. Lässig rumstehen, irgendetwas kippen oder schlucken. Lächeln, nicken, abtanzen. Sie kann so tun, als wäre sie in dieser Einsamkeit nicht alleine unterwegs. Leo ist fast 25, hat ihr Studium abgebrochen und sieht die Welt in Standbildern.

Wie jeden Morgen zückt sie draußen als Erstes Block und Bleistift. Schnelle Striche bannen auf Papier, was zuerst da ist. Am Späti gegenüber liegt einer rücklings auf der Bierbank, die Arme links und rechts von sich gestreckt, die Füße fest auf dem Asphalt, wie angeklebt. Neben dem Schlafenden ein offener Rucksack, eine ausgekippte Bierdose. Friedrichshain, am Morgen danach. So heißt die Serie und es ist Bild Nummer 57. Leo weiß gar nicht, was das Danach eigentlich bedeuten soll. Ist es ihr eigenes? Immerhin der Beweis für eine vergangene Nacht mehr. Und einen neuen Tag, der mit einer weiteren Nacht endet, die sie mit bodenlosem Schlaf vom Denken erlöst.

Die Zeichnungen mit den Nummern 1 bis 56 zeigen Krähen, die Salamischeiben von einer weggeworfenen Pizza zerren. An den Schnürsenkeln zusammengebundene Turnschuhe, die an einer Straßenlaterne baumeln. Eine im Bersten begriffene Magnolienblüte im Park. Nichts davon betrifft Leo, alles registriert sie. Wie andere Leute trinken, so betrachtet sie: gierig, gern und zügellos. Immer, wenn sie ihre Höhle verlässt, weiß sie, dass sie bei ihrer Rückkehr eine andere sein wird. Gesichter werden sich vor ihre Augen schieben, sie wird sich Gesten, Farben und Stimmungen einprägen und schemenhaft festhalten. Nur, damit sie wieder verschwinden. Raus aus dem Kopf auf weißes Papier.

Auf dem Weg zur U-Bahn denkt sie an ihren Vater und das letzte Gespräch mit ihm. Sie ist barfuß und schaut auf ihre Zehen hinunter, während er am anderen Ende der Leitung über Geld redet. Dass das Leben kein Ponyhof sei. Sie würde am liebsten sagen: Mann, du bist zu alt für den Spruch, du weißt doch gar nicht wirklich, was er bedeutet. Aber sie schweigt, weil sie weiß, ihre Meinung spielt keine Rolle. Sie spielt überhaupt keine Rolle mehr. Im Gegensatz zu ihrem Vater, der immer aus einem Manuskript zu lesen scheint. Leo drückt einfach irgendwann auf den kleinen roten Hörer, schaltet danach ihr Telefon aus. Und verliert ihn ans Off.

Wenn sie Christian Steger sehen will, geht sie online. Irgendwo in einem Archiv eines öffentlich-rechtlichen Senders wird sie eine Folge mit ihm finden: Der kinderlose Kommissar aus Kreuzberg ist ihr näher als der Vater in Charlottenburg. Dorthin ist sie jetzt unterwegs. Die letzten Sachen aus dem Keller holen und ihren Wohnungsschlüssel abgeben.

*

Elf ein, elf aus. Zwölf ein, zwölf aus. Dazwischen vier bis fünf Schritte auf dem Asphalt. Seit sie das Joggen mit Atemmeditation verbindet, hält sie länger durch. Sonst hat sie schon nach zehn Minuten die Sorte von Gedanken, die sie zum Anhalten zwingen, um Stichworte in ihr Handy zu tippen. Oder sie dreht gleich wieder um, damit sie erledigen kann, was liegengeblieben ist. Wenn sie trotzdem an einem Gedanken hängenbleibt, nimmt sie ihn zur Kenntnis, sobald sie merkt, dass sie abdriftet, und beginnt mit dem Zählen wieder von vorn. Weiter als zwanzig ist sie noch nie gekommen. Und auch jetzt, während sie die Brücke überquert, um ein Stück auf der schöneren Flussseite zum Parque María Luisa zu laufen, arbeitet ihr Gehirn schon wieder auf Hochtouren. In drei Wochen fliegt sie nach Indien zum Wandern und Meditieren, ihr Körper braucht Regeneration, ihr Geist braucht Ruhe. Vor allem aber braucht sie Abstand. Alles erscheint ihr in letzter Zeit sinnlos. Ob sie die Hintergründe von Katastrophen gründlich erklärt oder nicht – was macht das für einen Unterschied? Wem nützen ihre gut recherchierten Berichte, ihre professionellen Analysen, die sich vom Blatt lesen, als verstünde irgendein kluger Kopf den Lauf der Welt? Sie versteht immer weniger. Möglicherweise begreift sie auch nur, dass sich niemand für die Gesichter von Krieg interessiert, sondern für den sauber vermittelten Schrecken. Dreistellige Opferzahlen und verschwommene Schreckensbilder rühren in fernen Betrachtern offenbar ein verschüttetes Nahes an. Die Horrorstory eines Gestern in Anderswo als Überlagerung des flüchtigen Hier und Jetzt. Eins ein, eins aus, zwei ein, zwei aus, drei ein, drei aus. Sie hat keine Lust mehr auf den Job. Auf das mechanische Wiederkäuen schlechter Nachrichten, weil man die guten angeblich nicht zu bringen braucht. *Good news are bad news*. In allen Sprachen. Wenn sie die Meldungen der dpa mit den Meldungen von Reuters und EFE vergleicht, unterscheiden sie sich lediglich in der Fertigkeit, etwas Unfassbarem das Emotionale herauszuoperieren. Eins ein, eins aus, zwei ein, zwei aus, drei ein, drei aus, vier ein, vier aus, fünf ein, fünf aus, sechs ein, sechs aus, sieben ein, sieben aus. Maite schaut auf ihre Schuhe, wie ihre Füße sich darin abrollen und sie jetzt über Kies tragen. Auf dem Weg durch den Park sind noch mehr Leute unterwegs, die so aussehen wie sie. Was treibt wohl die anderen dazu, in hautenger Funktionskleidung sonntagmorgens durch Grünanlagen zu hetzen? Eins ein, eins aus, zwei ein, zwei aus, drei ein, drei aus. Maite hasst Joggen. In Momenten wie diesen muss sie sich das eingestehen. Wenn sie spürt, wie abgrundtief es sie langweilt, wie wenig ihr diese Fortbewegung eigentlich entspricht. Sie würde solche Unlust niemals vor anderen zugeben. Nur sie allein weiß, welches Opfer sie jeden Sonntag bringt. Statt faul im Bett herumzuliegen und sich treiben zu lassen, zieht sie das ganze Programm durch: aufstehen, heißes Wasser trinken, meditieren, laufen, danach duschen. Frischen Obstsalat essen. Und zur Belohnung einen Espresso. Ohne schlechtes Gewissen, weil Fairtrade und handgemahlen. Anders als ihre Turnschuhe, die wie alle Turnschuhe, in denen man halbwegs laufen kann, im Sweatshop hergestellt sind. Darüber würde sie wirklich gern eine Reportage machen. Über die Arbeiterinnen am anderen Ende der Welt, die für Markenhersteller unter menschenunwürdigen Bedingungen Fitnessartikel zusammenkleben. Doch alleine der Gedanke an eine aufwendige Rechercherereise macht sie müde. Nichts würde ein Artikel darüber verändern. Verhältnisse verändern sich nur, wenn sich das Verhalten verändert. Und was heißt das? Solche hippen Schuhe wie die an ihren Füßen gar nicht erst zu kaufen, sich zu verabschieden vom Wellnesskult in Konsumtempeln, sich besinnen auf das einfache Sein. Sie könnte das sogar tun. Sie ist finanziell unabhängig, sie braucht sich ihren Lebensunterhalt nicht zu verdienen.

Maite ist in eine der reichsten Familien der Stadt geboren, weil ihre deutsche Mutter sich in den einzigen Sohn verliebt und ihn Hals über Kopf heiratet. Was ihre Großeltern gar nicht gerne sehen und sie nach dem frühen Tod ihres Vaters auch spüren lassen. Am liebsten würde der Clan sie und ihre Mutter danach aus der Stadt jagen. Stattdessen geben sie sich damit zufrieden, beide für Luft zu erklären. Schlechte Luft, versteht sich. Eins ein, eins aus, zwei ein, zwei aus, drei ein, drei aus, vier ein, vier aus, fünf ein, fünf aus, sechs ein, sechs aus, sieben ein, sieben aus, acht eins, acht aus, neun eins, neun aus. Einfach sein. Einatmen, ausatmen. Ein Stück Land, ein Haus in den Bergen, etwas tun, was wirklich sinnvoll ist. Den Ort ihrer Kindheit verlassen. Neu anfangen. Wie soll das gehen? Und warum überhaupt? Darüber wird sie in Indien nachdenken.

*

Die U-Bahn steht schon zur Abfahrt bereit. Sackbahnhof, Anfang und Ende der grünen Linie. Leo steigt ein, setzt sich auf eine der psychedelisch gemusterten Sitzbänke, lehnt sich an und wartet. Durch das Fenster sieht sie einen gebeugten Mann vorbeigehen, er zögert an der Tür, geht weiter zum nächsten Wagen. Warum macht er das? Was bewegt den Alten, nicht hier, sondern dort einzusteigen? Schnell skizziert sie den Blick zu ihr herein. Ein flüchtiges Augenpaar sucht das Weite. Dann packt sie den Block wieder weg.

Kreuzberg, Schöneberg, später Charlottenburg. Auf der Strecke verändert sich alles, das Draußen und das Drinnen: Frisuren, Jacken, Kopfhörer, Kinderwagen. Auch sie wird auf der Fahrt anders. Je näher sie ihrem Ziel kommt, umso schwerer fühlen sich ihre Arme an. Bleiern hängen sie an ihr herab, zwei dicke Äste eines jungen Baums. Das mit dem jungen Baum hat sie aus einem Gedicht, seitdem empfindet sie ihre knochigen Gliedmaßen als geschmeidiger.

Umsteigen, Wittenbergplatz, sie setzt ihre Mütze auf. Mit Mütze fühlt sie sich weniger gesehen. Das kurze Stück bleibt sie an der Tür stehen, lehnt den Kopf an das Glas und schließt die Augen. Bunte Punkte tanzen vor Schwarz, beruhigen sich allmählich, verdichten sich zu dunkelroten Schwaden, während ihr Inneres in den Ruhemodus schaltet. Bevor sich die Tür hinter ihr öffnet, tun es ihre Lider. Hellblau, die Station sieht aus wie ein großes gefliestes Badezimmer. Schon deshalb ist sie froh, dass sie hier nicht mehr wohnt.

Ihr Vater sollte um diese Zeit nicht zu Hause sein, wird gerade irgendwo zu Mittag essen. Und wenn sie ihm doch begegnet, lässt sie sich nicht auf einen Kaffee bitten. Fahrrad hochholen, Koffer festzurren, wieder gehen. Sie hat diese Szene in den letzten Tagen wieder und wieder durchgespielt, als hinge ihr Leben daran, es richtig zu machen. Natürlich wird sie auf seine Fragen antworten, sofern er überhaupt etwas von ihr wissen will. Zum Beispiel, dass sie jetzt ein WG-Zimmer bei einer durchgeknallten Italienerin bewohnt, im dritten Stock eines heruntergekommenen Altbaus, mit Blick auf die Brücke. Die Einfachfenster und den Straßenlärm wird sie weglassen. Sie mag es, das fremde Leben draußen zu spüren.

„Man gewöhnt sich dran“, sagt Simona.

Es läuft gut mit ihnen. Zum ersten Mal funktioniert Zusammenwohnen. Simona meckert nicht an ihr herum, lässt sie in Ruhe und freut sich, wenn sie einander begegnen. Und wenn sie die Zeichen richtig deutet, dann will

Simona noch mehr als das. Fast zu schön, um wahr zu sein.

Leo geht die fünf Stockwerke langsam nach oben, sie steht nicht gern atemlos vor Wohnungstüren wie eine, die es kaum erwarten kann. Oben drückt sie einmal lange auf die Klingel. Es ist ein unschönes, fräsendes Geräusch, ein gänzlich unpassender Ton, um Besucher freudig einzustimmen. Eher einer, um denen drinnen unmissverständlich klarzumachen, dass draußen jemand wartet. Nach dem zweiten folgenlosen Klingeln holt Leo den Schlüssel aus der Jacke, schließt auf und ruft vorsichtshalber nach ihm, bevor sie eintritt. Der lange Flur schluckt ihre Stimme weg, statt einer Antwort schlägt ihr kühle Luft entgegen.

Leo lässt die Wohnungstür offen stehen, der Durchzug gibt ihr ein sicheres Gefühl von Notausgang. Sie will nur schnell den Koffer aus ihrem Zimmer holen und den Schlüssel auf den Küchentisch legen. Als sie am Wohnzimmer vorbeigeht, hält sie inne: Ihr Vater ist doch zu Hause. Liegt auf dem Sofa und schläft. Sie zögert, würde am liebsten einfach wieder gehen. Was soll sie jetzt machen? Vorbeischleichen wie eine Diebin, riskieren, dass sie ihn erschreckt? Ihn wecken? Wie denn? Einfach vorbeigehen kann sie nicht, bei jedem Schritt knarren die Dielen. Am besten stehenbleiben, sich bemerkbar machen. Sie ruft ihn noch einmal, diesmal bei seinem Vornamen. Wie zufällig fällt dabei ihr Blick auf den kleinen Tisch.

Ihr Gehirn braucht einen winzigen Moment, bis es die Information verarbeitet und als Botschaft an sie weitergibt. Die Gegenstände, die sie sieht, zu einer Geschichte zusammensetzt: ein leeres Glas, eine geöffnete Tablettenschachtel, ein beschrifteter Briefumschlag.

Scheiße, denkt sie. Geht unsicher auf den reglosen Körper zu.

„Papa? Schläfst du?"

Ihr Vater liegt mit dem Rücken zu ihr und rührt sich nicht. Leo fasst ihn an der Schulter und erschrickt über die Schwere des Arms, der nach hinten fällt.

„Fuck, fuck, fuck."

Sie greift in ihre Hosentaschen, vorne, hinten – wo ist dieses verfluchte Handy? Sie zittert. Notruf, wie war die Nummer? Ist das irgendwo gespeichert? 110? 112? Egal, irgendeine.

„Mein Vater", sagt sie. „Mein Vater hat Tabletten genommen. Er stirbt. Sie müssen kommen. Sofort."

Später kann sie sich nicht mehr daran erinnern, wie sie die Adresse durchgibt. Und auch nicht, was sie macht, bis der Rettungswagen kommt. Nur daran, dass es ihr wie eine Ewigkeit vorkommt. Dass sie ihn auf den Rücken dreht, seinen Puls fühlt. Sich neben ihn auf den Boden setzt und seine Hand hält, als müsste sie ihn beruhigen. Nicht wagt, ihn loszulassen, um den Brief zu lesen.

*

„Zum Abschied", sagt Ingrun mit einer Stimme, die klingt, als wäre ihr die Farbe ausgegangen. „Er hat uns nicht mal mit Namen angesprochen."

„Er hat ja wohl nicht nur uns gemeint." Leo zeichnet weiter, während sie redet, schaut nicht auf.

„Sondern? Siehst du noch irgendjemanden hier außer uns?" Ihre Mutter macht eine ausladende Handbewegung. „Klar, wir könnten die Presse anrufen, dann wäre die Bude sicher gleich voll."

„Hör auf, Ingrun."

Ungelenk, denkt Leo. Wie Ben den Arm um sie legt. Wie kann er so unbeholfen sein, wenn er sie anfasst, wo er doch mit ihr schläft? Sie mag den Freund ihrer Mutter, diesen robust gebauten Mann mit Vollbart, der noch mit knapp vierzig aussieht wie ein zu groß geratener Teenager. Und auch die Art, wie er Menschen und Dinge berührt.

„Christian war in Not. Und du bist es jetzt. Das ist okay." Er zieht sie jetzt fester an sich und der schmächtige Körper scheint sich an ihm zusammenzufalten. „Komm, lass ein bisschen los."

„Ein bisschen loslassen? Verschon mich jetzt bloß mit Spirigequatsche. Wenn ich auch nur ein klitzekleines bisschen loslasse, raste ich aus." Als wollte sie ihren Worten Nachdruck verleihen, windet sie sich grob aus seiner Umarmung und fährt sich durch die blondierten, halblangen Haare. Für ihre Verhältnisse einen Tick zu unordentlich, bemerkt Leo. Die Stimmung ihrer Mutter lässt sich immer an ihrer Frisur festmachen. Heute fehlt der Halt, und die Strähnen fallen unkontrolliert in ihre Stirn. Gar nicht schlecht findet Leo das. Obwohl sie lange Haare eigentlich nicht mag. Würde es ihrem Vater auffallen? Dass seine Exfrau seinetwegen außer Kontrolle gerät? Interessiert er sich überhaupt noch für ihr Aussehen? Ist das unter Freunden so? Sind sie denn Freunde?

„Wenn ich überhaupt mit einer Frau befreundet bin, dann mit deiner Mutter."

Ihr Vater sagt das mit vollem Mund während eines Mittagessens bei dem kleinen Franzosen um die Ecke. Kochen liegt ihm nicht, und er liebt Gewohnheiten. Man könnte auch sagen, er hasst Veränderung, aber das hört er nicht gern. Schon gar nicht von seiner Tochter.

Jetzt muss er nichts mehr hören. Jetzt liegt er im künstlichen Koma. Nach der Entgiftung spielen seine inneren Organe verrückt und er ist ruhiggestellt. Was mit seinem Hirn ist, weiß kein Mensch.

„Satte Überdosis." Der Oberarzt macht einen erschöpften Eindruck. „Wirkt bei jedem anders. Wir entlasten erst einmal. Stabilisieren seinen Organismus. Und hoffen das Beste."

Leo sitzt auf einem der roten Plastikstühle vor dem Zugang zur Intensivstation und fragt sich, was das Beste wohl ist und für wen welches Beste gilt. Weder sie noch Ben gehen ein zweites Mal durch die Schleuse. Sie wollen beide nichts sehen. Die Geräte nicht, sein Gesicht nicht, den Körper unter dem Laken nicht. Leo hält sich an das, was um sie herum geschieht, und bringt es schweigend zu Papier. Die tiefen Furchen auf der Stirn des Mannes gegenüber, der mit gesenktem Blick wartet, bis er zu seiner Frau darf. Maximal zehn Minuten, dann mindestens eine Stunde Pause. Dazwischen Rauchen. Ingrun hält den gleichen Rhythmus ein. Jedes Mal, wenn sie wieder herauskommt, wirkt sie wie ferngesteuert, als ob ihr drinnen jemand eine Gehirnwäsche verpasst hätte.

„Wie sieht er aus?" Ben wartet geduldig, Ben ist ihretwegen hier.

„Wie tot."

Manchmal zieht Ingrun den Brief aus der Tasche. Liest ihn noch einmal.

„Was suchst du darin?", fragt Leo.

„Nichts. Ich halte mich bloß daran fest."

„Woran genau?"

„An den Worten."

Leo kann sich nicht daran festhalten. Sie rutscht ab. Jedes Mal, wenn sie sich die Stimme ihres Vaters vorstellt. Was ihr schon beim Anblick der ungeübten Schrift schwerfällt. Mit Füller zu schreiben, passt überhaupt nicht zu ihm. Die dunkelblaue Tinte wirkt wie ein fehlgeschlagener Versuch, den Worten Glanz zu verleihen.

Zum Abschied.
In allem, was ich jemals getan und gelassen habe, steckt die Gewissheit, im entscheidenden Augenblick versagt zu haben. Wie ein Fluch verfolgt mich diese Schuld.

Seit ich weiß, was Liebe ist, begehe ich Verrat an ihr. Dafür schäme ich mich. Und doch habe ich geliebt. So bedingungslos, wie es mir möglich war. Nie war ich dabei ganz, ein Stück von mir hat immer gefehlt. Mein Herz ist gespalten, es ist vor langer Zeit auseinandergefallen. All die Jahre habe ich mich in einem Zwischenraum bewegt, der mir Alltag ermöglicht hat. Das geht jetzt nicht mehr, denn die Vergangenheit hat mich eingeholt. Ich kann nichts wiedergutmachen und ich kann den Krieg in mir nicht anders beenden.

Ich wünschte, ihr könntet mir verzeihen, auch wenn ich weiß, dass es unverzeihlich ist, sich das Leben zu nehmen. Der Einzige, der mich hätte retten können, war ich selbst und ich habe es einfach nicht geschafft.
C.

Abgedreht. Leo denkt das schon beim ersten Lesen. Wie im Film. Natürlich hat sie dazu tausend Bilder im Kopf. Sie mischen sich mit dem Anblick ihres Vaters auf dem Sofa, mit dem weißen Licht im Rettungswagen, dem Verschwinden der Trage hinter einer Schwingtür, der absoluten Stille in ihrem Kopf danach, der Kälte in den Fingern, den heißen Tränen, die an die Oberfläche drängen, aber den Weg über die Augen nicht finden wollen. Die Umarmung ihrer Mutter ist wie ein Nachhausekommen, als würde sie, als würden sie beide schon immer auf diesen einen Augenblick warten, in dem sie einander halten, in der Gewissheit ihn ganz zu verlieren.

*

„Soll ich mich auf die Couch legen?", fragt Maite augenzwinkernd, nachdem sie eingetreten ist. Sie ist unsicher. Nie zuvor hat ihre Mutter sie in die Praxis gebeten.

„Nein, ich möchte lieber, dass wir uns gegenübersitzen, wenn es dir nichts ausmacht." Elisa lächelt müde. „Schön, dass du so schnell kommen konntest."

„Scheint ja dringend zu sein." Maite umarmt sie und folgt dann der Geste, sich in einen der beiden Sessel zu setzen, die in einer Ecke des Raums stehen. Von hier aus kann man auf die Alameda schauen.

„Schön hast du es hier."

Eigenartig hört sich das an. Es ist kein Satz, den eine über Dreißigjährige zu ihrer Mutter sagt. Schon eher umgekehrt, wenn die Ältere die Jüngere in ihrer ersten eigenen Wohnung besucht.

„Danke. Gerade dachte ich, ich hätte dich viel eher mal einladen sollen. Früher wollte ich ja die Therapeutin vor dir verstecken, so gut es ging. Jedenfalls äußerlich." Sie setzt sich ihr gegenüber. „Und als du alt genug warst, hat es sich einfach nicht ergeben."

„Und deshalb hast du mich angerufen?"

„Nein."

„Sondern?"

Elisa streicht mit der Hand flüchtig über ihre Lippen. Nimmt die Karaffe auf dem kleinen Tisch hoch und gießt Wasser in die beiden Gläser.

„Was ich dir jetzt sagen werde, wird möglicherweise alles zwischen uns verändern."

„Gleich so drastisch?"

„Maite, ich meine das ernst. Es gibt etwas in meinem Leben, was du nicht weißt."

„Bist du krank?"

Elisa spürt, dass ihre Tochter besorgt ist. Und sie weiß, dass es vielleicht das letzte Mal ist, dass diese junge Frau ihr so unbefangen begegnet. Möglich, dass sie gleich durch ihre Worte das Band zwischen ihnen kappt. Dass es einen unwiderruflichen Riss zwischen ihnen geben wird. Und dass sie allein das zu verantworten hat. Dass sie weiter schweigen könnte. Dass es nichts anderes als den inneren Drang gibt, ihr zu offenbaren, was die Wahrheit ist. Dass sie diese Wahrheit vielleicht nur aussprechen will, weil es ein völlig unvernünftiges Gefühl in ihr gibt, dadurch etwas aufzuhalten, was sie kaum aushalten kann. Was sie nicht wahrhaben will. Was sich in ihr Bewusstsein drängt wie eine unaufhaltsame gigantische Welle: Dass er sterben könnte.

„Nein." Sie hebt den Blick. „Ich nicht."

„Komm, mach es nicht so spannend. *¿Qué demonios pasa?*"

„Dein Vater liegt im Koma."

Wie auf Knopfdruck legt sich Stille über alle Geräusche. Über das Surren des Ventilators, das Gemurmel gedämpfter Stimmen draußen, das ferne Hupen von Autos. Bleiern senkt sich eine Lähmung auf alles Lebendige.

„Welcher Vater?", entgegnet Maite langsam.

„Der, von dem ich dir nie erzählt habe."

Maite fährt sich mit den Fingern durch die halblangen, lockigen Haare. Elisa sieht ihr an, wie sie schwankt. Sie blinzelt unkontrolliert, verarbeitet das Gehörte, kann noch nicht glauben, was der Verstand vermeldet.

„Mein Vater ist gar nicht tot?"

Kopfschütteln.

„Und du hast mich die ganzen Jahre angelogen? Alles erfunden?"

Elisa nickt.

„Wer zum Teufel ist dann der Typ, den du mir als Vater verkauft hast?“ Nun hat sich ihre Stimme verändert, die Kränkung spricht.

„Derjenige, der sich um uns gekümmert hat, als ich mit dir schwanger hier ankam.“ Elisa nimmt einen Schluck Wasser und stellt das Glas zurück. Bleibt nach vorne gebeugt sitzen. „Wir waren beide mutterseelenallein. Er war sehr krank, brauchte eine Krankenschwester, und ich einen neuen Namen. Wir haben geheiratet. Eine Zweckehe. Ich habe ihn bis zu seinem Tod gepflegt.“ Sie macht eine Pause und überlegt, als wäre sie nicht sicher, was sie noch preisgeben will. „Er war auch nicht an Krebs erkrankt. Er hatte sich mit HIV infiziert und ist ziemlich erbärmlich an Aids gestorben. Er hatte nichts zu verlieren und er war ein wirklich großartiger Mensch. Jesús hat so getan, als wärst du seine leibliche Tochter. Dadurch haben wir die spanische Staatsangehörigkeit bekommen und hatten ausgesorgt.“ Sie nimmt noch einen Schluck Wasser. „Einen besseren Vater hättest du dir nicht wünschen können.“

„Warum hast du mir das nie erzählt?“

„Du hättest deinen richtigen Vater kennenlernen wollen.“

Maite stößt den Sessel mit den Kniekehlen nach hinten und springt auf. „Ach? Und weil meiner Frau Mutter das nicht in den Kram gepasst hat, hat sie mir einen Haufen Unsinn erzählt?“

Elisa bleibt ruhig sitzen. Sie hat in den Therapeutinnen-Modus geschaltet. „Wenn du so willst, ja.“

Maite geht zum Fenster. Unten auf dem schmalen Streifen zwischen zwei Straßen sitzen Leute auf Bänken. Kinder spielen Nachlaufen.

„Warum, *mamá*?“

„Das werde ich dir nicht sagen.“

„Du wirst es mir nicht sagen?“

„Nein.“

„Sag mal, spinnst du? Du eröffnest mir, ich habe einen Vater, und das war's?“

„Nein.“ Sie steht auf, geht zu ihrem Schreibtisch. Greift nach einer deutschen Tageszeitung und reicht sie ihr so, dass Maite das Titelbild sehen kann.

Es zeigt einen gutaussehenden Mann mittleren Alters mit bereits schütterem graublonden Haar. Er trägt eine Lederjacke, hat ein kleines Tuch um den Hals gebunden und lacht in die Kamera. Darüber steht: *Selbstmordversuch: TV-Kommissar im Koma.*

Maite starrt auf das Foto, bis ihr Blick das Papier durchdringt und sich verliert in einem Punkt der Leere.

*

Ben betritt die Wohnung mit Schuhen. Der Gedanke, hier auf Socken zu gehen, verursacht ihm Unbehagen. Außerdem gibt es sowieso keinen einzigen Teppich. Abgezogene Dielen, wie sich das in einem Berliner Altbau gehört. Er hat eine solche Wohnung gerade in Hamburg aufgegeben. Dafür steht sein erstklassiges Wohnmobil jetzt unweit von hier in einer abgelegenen Seitenstraße am Wasser. Seit gestern ist er damit nicht mehr mit seiner Liebsten unterwegs nach Südeuropa. Ein Jahr wollen sie einfach herumgondeln. Zeit, die Seele baumen zu lassen, ohne Job, ohne Verpflichtungen, eine hart erarbeitete Auszeit. Stattdessen steht er jetzt hier in der Wohnung dieses Idioten, der mit seinem Selbstmordversuch alles durcheinanderbringt. Bens Idee ist es nicht, hier zu übernachten, aber Ingrun will, dass sie alle zusammen bleiben, bis das Schlimmste vorüber ist. Was genau wie vorübergehen soll, ist zwar keinem von ihnen klar, dass sie aber jetzt das Sagen hat, schon. Also lässt er sich von Leo den Wohnungsschlüssel geben und wird einkaufen. Heute Nacht wird keiner von ihnen im Krankenhaus bleiben, die Ärzte meinen, es sei alles im grünen Bereich, Herr Steger brauche jetzt erst mal Ruhe.

Ruhe, die bräuchte er jetzt auch ganz dringend. Und wüsste er nicht, wie wichtig er für Ingrun ist, dann wäre er bereits unterwegs nach Hamburg und träfe sich mit einer Handvoll Kumpels auf ein Bier. Oder ginge in die Sauna. Oder joggen. Oder täte irgendetwas Sinnvolleres, als die Folgen dieses Wahnsinns auszubaden.

Wer versucht sich denn auch mit Antidepressiva umzubringen? Will Christian gar nicht wirklich sterben? Oder denkt er auch darüber nicht nach?

Ich bin ungerecht, denkt Ben. Wütend, enttäuscht und verunsichert. Und ich habe Angst. Wenn Christian stirbt, werden sich alle Vorwürfe machen, wenn er überlebt, gibt es zwei Möglichkeiten – entweder er wacht als Pflegefall wieder auf oder als kompletter Psycho.

Was auch immer eintritt, eines wird nun nicht mehr möglich sein: dass Ingrun und er unbeschwert zu einer langen Reise aufbrechen. Sie werden das Projekt verschieben oder ganz aufgeben. Wieso eigentlich? Wieso hat dieser Mensch das Recht, so in sein Leben hineinzupfuschen? Und wieso soll er, Ben, dafür Verständnis haben?

In der Küche reißt er den Kühlschrank auf. Außer einem vergammelten Stück Käse und einem offenen, verschimmelten Joghurt ist dort nichts Essbares. Im Vorratsschrank sieht es ähnlich aus, der Mann hat nicht mal Nudeln im Haus.

Wenigstens ist der Weinvorrat gedeckt, und ein Kasten Bier mit ein paar vollen Flaschen steht in der Kammer. Ben hätte nicht übel Lust, sich gleich eins davon im Stehen hier an diesem Super-E-Herd zu genehmigen. So richtig schön prollig, wie er sich das sonst wegdrückt. Oder am liebsten noch mitnehmen, raus damit auf die Straße oder in die S-Bahn. Rumfahren, Musik hören und diese ganze miese Story hinter sich lassen.

Er wirft einen Blick ins Wohnzimmer und bleibt stehen. Noch immer liegen die Kissen auf dem Boden, die Sessel sind wahllos auseinandergestellt, aufgerissene Plastiktüten liegen herum. Er ist allein mit den Spuren fremder Menschen im Raum. Sein Blick fällt auf eine Vase auf dem Sideboard, in der eine einzelne gelbe Rose steht. In voller Blüte lässt sie ein ganz klein wenig den Kopf hängen, weil das Wasser nicht mehr bis zum Stiel reicht.

Hat ein Mensch, der sterben will, tatsächlich noch Sinn für Blumen? Oder ist sie ein Geschenk? Ben nimmt die Vase vorsichtig in die Hand, trägt sie in die Küche und füllt Wasser nach. Dann stellt er sie wieder hin. Mit einem Schlag ist er unendlich traurig.

*

Ihr toter Vater ist nicht ihr Vater? Sie ist tatsächlich keine echte Cramón de la Caza? Weiß ihre Großmutter das längst? Warum das ganze Theater?

Maite nimmt den Wagen und flüchtet aus der Stadt. Bis sie die Landstraße erreicht, wechselt sie einige Male die Musik, um schließlich mit Mahlers Fünfter der sengenden Nachmittagssonne zu trotzen. Sie legt diese Strecke automatisch zurück. Immer, wenn sie etwas zu klären hat, zieht es sie in das verschlafene Dörfchen, wo es auf den ersten Blick nichts gibt, was aufregend genug wäre, um die weite Fahrt auf sich zu nehmen. Außer vielleicht die Tatsache, dass es in der einzigen Bar am Platz einen passablen Kaffee, ordentliche Tapas und niemanden gibt, der sich für sie interessiert. Der *camarero* wischt mit einem Lappen schnell über den Tisch und bringt ihr den bestellten *cortado* und einen *Carlos Magno*.

Sie lässt den Cognac langsam die Kehle hinunterrinnen und verzieht nach dem Schlucken das Gesicht. Sie mag das leichte Brennen des Alkohols auf dem Weg durch den Körper. Den Geschmack, der im Mund zurückbleibt, mag sie nicht. Immerhin bringt die Wärme im Bauch sie Stück für Stück in einen Normalzustand zurück. Doch in ihrer Erschütterung fühlt sich Maite auf seltsame Weise dem Himmel näher als der Erde. Hinauskatapultiert aus einer vertrauten Welt schwebt sie in einem fremden Raum, ihr Atem geht flach, sie ist wie in Watte gepackt. Sie bestellt etwas, isst und trinkt mechanisch, schluckt ihre Fassungslosigkeit hinunter. Hinter den Gläsern der großen Sonnenbrille suchen ihre Augen nach einem Ruhepunkt, einer Stelle, an der sie ankern kann.

Sein Bild schiebt sich immer wieder vor das, was sie wirklich umgibt, unaufhörlich klingt sein Name in ihrem Inneren nach.

Christian Steger.

Schließlich holt sie ihr Tablet aus der Tasche und gibt ihn in die Suchmaschine ein. Einige Online-Ausgaben deutscher Tageszeitungen haben eine Meldung darüber gebracht. Die seriöseren beschränken sich auf die Information, dass er im Krankenhaus liegt, die Regenbogenpresse mutmaßt: Selbstmordversuch nach Depression? Sie weiß genau, wie das geht. Maite versteht sich darauf, aus der kleinsten Sache eine große Nachricht zu machen und aus einem riesigen Event ein unbedeutendes Ereignis. Als Journalistin allerdings das Leben des eigenen Vaters zu recherchieren, ist eine ganz andere Geschichte. Sie liest quer: Schauspielausbildung in Hamburg, kleinere Rollen am Theater, in TV-Serien, und ein erster größerer Erfolg in einem preisgekrönten Fernsehspiel. Seine Filmografie, Fotos von Pressebällen, Preisverleihungen, Ankündigungen, Kritiken, Interviews. Maite überfliegt die Texte, fast, als müsste sie den Inhalt zügig abarbeiten, bevor sie zum Eigentlichen übergeht. Denn das, was sie am allermeisten interessiert, sind Bilder von ihm. Seine Augen, sein Mund, seine Nase. Alles Gründe, warum sie keinen Moment daran zweifelt, dass ihre Mutter die Wahrheit sagt. Denn sie ist diesem deutschen Schauspieler wie aus dem Gesicht geschnitten.

Vor dem Spiegel zu Hause kreisen ihre Gedanken um immer dieselbe Frage: Warum? Ausgerechnet la Doctora Cramón. Die Spezialistin in Sachen Bindungsstörung und Persönlichkeitsstrukturen, die Vorträge hält über ganzheitliche Therapieansätze. Maite fühlt sich doppelt verraten. Von der Ärztin und von der Mutter.

„Ich konnte nicht anders. Und ich kann auch jetzt nicht anders."

„Anders als was?"

„Anders, als es dir jetzt doch zu sagen."

„Und woher kommt der plötzliche Sinneswandel?"

„Ich bin erschüttert."

„Wovon?"

„Davon, dass er vielleicht stirbt."

„Wieso?"

„Weil ich ihn liebe."

Das kann Maite am allerwenigsten fassen. Dass es im Leben ihrer Mutter einen Mann gibt, von dem sie nichts weiß. Keine flüchtige Leidenschaft, sondern etwas von Dauer und Tiefe. Ein Geheimnis, das vielleicht erklärt, warum ihre Beziehungen zu Männern nie dafür reichen, zusammenzuwohnen, und höchstens zwei Jahre halten. Maite denkt zurück, Erinnerungen ziehen in neuer Färbung auf. Wie ihre junge Mutter nachts im *salón* alte Platten hört und deutsche Texte mitsingt. Am Fenster steht, sich selbst umarmt.

Als Mädchen glaubt Maite, Elisa weint um diesen Jesús, um den Vater, den sie nicht erinnern kann. Von dem nur eine anstrengende Familie übriggeblieben ist und ein paar Fotos im Album. Der Vater allein am Strand, allein im Café, allein im Garten. Und ein einziges Mal mit ihr auf dem Arm. Stolzer *papá*, vom Tod gezeichnet. Von wegen. Wo zum Teufel ist eigentlich ihr wirklicher Vater die ganze Zeit?

„Wir haben uns das letzte Mal 1983 gesehen."

„Das glaube ich nicht."

„Das ist deine Sache."

„Weiß er von mir?"

„Nein."

„Nein?"

Ihre Mutter lässt sich nicht ausfragen. Sie will nicht mehr sagen. Nicht über die Zeit vor ihrer Geburt, nicht, was es mit dem neuen Namen auf sich hat, nicht über diesen Mann, der in einem Berliner Krankenhaus um sein Leben ringt, vielleicht nie wieder aufwacht, und den Maite jetzt ausfindig machen wird. Sie weiß, dass aus Leuten, die nichts sagen wollen, nicht wirklich Brauchbares herauszubekommen ist. Leute? Verflucht noch mal, es ist ihre Mutter. Und es geht um nicht mehr und nicht weniger als ihre eigene Herkunft. Maite ist wütend. Wütend und verletzt.

*

Warum bringt das Geständnis ihr keine Erleichterung?

Immer wieder ermuntert Elisa Menschen, die ihr gegenübersitzen, ihre Glaubenssätze zu überprüfen. Gewissensbisse in einem Licht von Moral und gesellschaftlicher

Übereinkunft zu sehen und zu hinterfragen, ob es wirklich immer nötig ist, auszusprechen, was ist.

„Gibt es denn nur eine Wahrheit? Wir öffnen uns und verschließen uns, wir atmen ein und wir atmen aus. Wir lieben Menschen und wir verletzen sie. Jede Bewegung hat eine Gegenbewegung. Wir tendieren aber dazu, die Dinge gegen uns zu wenden, wenn wir sie nicht verstehen. Und werden eng. Glauben, dass es nur eine Weise gibt, die Situation zu betrachten. Dabei gibt es unendlich viele Lesarten."

Elisa ringt um Wahrhaftigkeit, doch ihre Tochter begreift durch die Ehrlichkeit nur die Lüge. Maite ist enttäuscht, fühlt sich von ihr verraten und gibt den unaufhaltsam aufsteigenden Schuldgefühlen recht: schlechte Mutter, schlechte Therapeutin, schlechter Mensch. Innere Stimmen, die Elisa reduzieren auf Mangel und Fehler, die so viel stärker sind als die Überzeugung, zur rechten Zeit das Richtige zu tun.

Vertrau dir, ermahnt sie sich selbst.

Doch gerade der verständnisvolle Blick auf sich selbst ist die Schwachstelle in ihrem System. Trotz ihrer Selbsterkenntnis oder vielleicht gerade deshalb: Elisa traut sich nicht über den Weg.

Auch jetzt ist sie unsicher. Was bringt das Ende der Verleugnung wirklich? Was fängt Maite an mit einem Vater, der ihr vielleicht keiner mehr sein kann? Schock ist, wenn sicher Geglaubtes zusammenbricht, blindes Vertrauen geht verloren, wenn fester Boden beginnt zu schwanken.

Und obwohl sie darum weiß, drängt ihre Seele Elisa unaufhaltsam in die Katastrophe. Sie muss die Wahrheit ans Licht bringen, auch wenn sie einen hohen Preis dafür bezahlt: Die harmonische Beziehung zu ihrer Tochter, der einzigen Familie, die sie hat. Ihren guten Ruf, im schlimmsten Fall ihren Job. Sie will dafür, koste es, was es wolle, ihre Selbstachtung zurück. Denn das Unaushaltbare am Lügen ist nicht, den anderen etwas vorzumachen, sondern sich selbst eine Wirklichkeit vorzugaukeln, die nur im eigenen Kopf existiert. Und deshalb ist Elisa nicht erleichtert. Denn sie spürt genau, dass sie noch nicht ganz mit sich im Reinen ist. Noch blendet sie beim Blick in den Spiegel etwas aus, wofür sie sich schämt. Erst, wenn sie zu dem Menschen steht, der sie war und ist, kann sie aufrecht weitergehen.

*

Maite kennt das Land ihrer Mutter. Ein Auslandsemester in München öffnet ihr eine zweite Tür zu dieser Sprache, die sie von klein auf spricht. Man hält sie für eine Deutsche, und tatsächlich fühlt sich die Studentin zwischen Isar und Alpen so, als ob ein Teil in ihr nach langem Suchen angekommen wäre. Zurück in Spanien empfindet sie den Schnee in den Höhen der *Alpujarras* als weniger weiß. Die Bergsicht, die Bodenständigkeit, die Klarheit beginnen ihr zu fehlen. Auch deshalb sitzt sie nun mit Herzklopfen im Flugzeug,

Ein wolkiger Himmel, ein diesiger Blick auf die Großstadt, eine ruckelige Landung. Berlin-Tegel empfängt sie in warmer Nachmittagsstimmung, taucht sie in gelbes Licht und spuckt sie durch eine Drehtür wieder aus.

„Was kostet eine Fahrkarte ins Zentrum?"

Der Busfahrer nuschelt einen Preis, sie zahlt und setzt sich ans Fenster. Bis zur Abfahrt sieht sie den Fahrgästen beim Einsteigen zu und macht sich Notizen: „Gangmenschen und Fenstermenschen. Die einen wollen ohne Fragen aufstehen können, die anderen unbedingt rausschauen. Was wollen die, die freiwillig stehen?"

Eine Viertelstunde später steigt sie in der City West aus. Der Bahnhof am Zoologischen Garten ist belebt: amerikanischer Kaffee zum Mitnehmen, deutsche Currywurst an der Imbissbude, asiatische Reisgerichte in Pappschachteln – globales Fast Food für Rastlose. Sie braucht eine kleine Weile, um sich zu orientieren, die richtige S-Bahn zu finden und eine Station weiterzufahren. Ihr Hotel liegt in der Nähe der Wohnung, von der sie glaubt, dass ihr Vater dort wohnt. Zumindest ist unter dieser Adresse der Name Steger als einziger ohne Vornamen verzeichnet. Dafür mit einem abgekürzten C. Was alles heißen kann. Viel Hoffnung hat sie nicht. Es ist doch eher ungewöhnlich, dass ein bekannter Schauspieler so einfach ausfindig zu machen ist. Aber irgendwo muss sie mit der Suche ja anfangen.

Übermüdet und aufgewühlt kommt sie im Hotel an. Ihr Zimmer hat Blick auf die S-Bahn-Gleise, das Doppelbett steht einen Steinwurf davon entfernt. Deshalb war es also trotz der vier Sterne so günstig. Enttäuscht stellt sie fest, dass es keine Minibar gibt. Maite kippt die Doppelglasfenster, obwohl die Klimaanlage eingeschaltet ist, zieht die Gardinen zurück und setzt sich auf die Bettkante. Ein quietschendes Geräusch kündigt eine Bahn von links an. Die Gesichter der Vorbeifahrenden rauschen konturenlos vorbei, ihre Körperhaltung nimmt sie flüchtig wahr. Später kann sie vielleicht ausmachen, ob die Fahrgäste jung sind oder alt, allein oder in Gruppen unterwegs, mit ein wenig Übung vielleicht sogar mehr. Stoff für eine kleine Story in einer überregionalen Tageszeitung oder einem Lifestyle-Magazin eine Minireportage über Big-City-Reisen.

Sie lässt sich rücklings auf das Bett fallen, schließt die Augen, sie ist erschöpft. Von den vielen kleinen Geschichten in ihrem Kopf und der einen großen, die wellenartig in ihr herumschwappt und Futter braucht. Schlafen ist völlig undenkbar, besser, sie geht noch ein paar Schritte mit Musik.

In dem belebten Stadtviertel lässt sie sich ziellos treiben und denkt an Jorge, der nichts von ihrer Reise weiß. Dessen Anrufe und SMS-Botschaften immer weinerlicher klingen. Wenn er wenigstens sauer würde, immerhin hätte er allen Grund dazu. Aber Jorge wird nicht böse. Jorge versteht einfach alles weg. Auch die Dinge, die Maite selbst nicht versteht. Dass sie ihn an manchen Tagen nicht riechen kann. In Clubs geht, um sich von fremden Typen ficken zu lassen. Ja, ficken. Und wenn sie ihm das sagt, lächelt Jorge verständnisvoll, als ob es eine unheilbare Krankheit wäre.

Das Abwischen der Bistrotische vor dem Café erinnert sie an die Kellner in der Alfalfa. Ob es auch hier einzelne Zigaretten zu kaufen gibt? Der Kellner verneint lächelnd und bietet ihr eine von seinen an, als er das Bier bringt. Gibt ihr Feuer, stellt ihr einen Aschenbecher hin, und Maite fragt sich einmal mehr, was sie eigentlich an sich hat, dass sie immer bekommt, was sie will, ohne darum zu bitten.

„Es ist genau das", sagt Jorge.

„Was?"

„Dass du nichts haben willst. Das macht es so sexy, dir alles zu geben."

Sie schaltet die mobilen Netze auf ihrem Handy ein, um sich zu orten. Ihre E-Mails ignoriert sie. Sie ist nicht *on duty*, sie nimmt sich Urlaub. In der Redaktion macht sie niemandem etwas vor.

„Mein Vater liegt im Koma. In Berlin. Da muss ich heute noch hin."

„Dein Vater? Ich dachte, der ist tot."

„Dachte ich auch.“

Maite kann nicht lügen. Nur gut verschweigen. Wenn sie redet, sagt sie, was sie denkt. Die meisten bewundern sie dafür. Jedenfalls solange, wie sie Sachen sagt, die im Rahmen des Erträglichen sind.

Der Ortungspfeil zeigt an, dass sie ganz in der Nähe ist. In der Nähe wovon? Einer Illusion, die Vater heißt? Von einem Namensvetter dessen, der in ihrem Leben bis vor Kurzem keine Rolle gespielt hat? Nein, sie wird jetzt nicht wie eine Idiotin durch die Stadt streifen, um etwas zu finden, von dem sie gar nicht weiß, was es ist. Sie wird dieses Glas Bier austrinken, ins Hotel zurück und früh ins Bett gehen. Ihr mobiles Netz wieder ausschalten und weiter im Off bleiben. Die vorbeifahrenden S-Bahnen wie Schäfchen zählen, bis die Augen zufallen und der Schlaf ihr gnädig ist.

„Darf ich eine mit dir rauchen?“

Sie sieht zu dem Kellner auf und stellt dabei fest, dass er umgezogen ist.

„Klar.“

„Ich hab Feierabend.“ Er grinst und setzt sich zu ihr.

Jetzt erst betrachtet ihn Maite genauer. Und sie weiß, dass sie im nächsten Augenblick alles in die eine oder andere Richtung lenken kann.

*

Hinterher ist man immer schlauer. Dummer Spruch. Und doch: Warum bemerkt sie es nicht? Warum redet er nicht mit ihr? Oder hört sie ihm nicht richtig zu? Vertraut er sich überhaupt jemals wirklich an?

Ingrun ist froh, dass sie endlich alleine ist. Um über Christian nachzudenken, den Mann, der vierzehn Jahre an ihrer Seite verbringt. Um danach eine Ehe zu beenden, die nicht wirklich eine ist. Oder wenigstens nicht das, was sie sich unter einer Ehe vorstellt. Scheidung im Guten, Trennung jenseits von Gut und Böse. Wenn sie bei ihm am Bett steht, hat sie vor allem deshalb das Gefühl, dass diese Sache sie etwas angeht. Sie weiß schon lange, dass er ihr etwas verheimlicht. Man spürt das, wenn man neben den Träumen eines anderen liegt.

Wenn sie auf diesen kranken Mann mit dem eingefallenen Gesicht schaut, kann sie darin noch genau den jungen Typen sehen, der eines Nachts an ihrem Balkon hochklettert, um ihr einen Heiratsantrag zu machen. Natürlich sagt sie Ja. Nicht nur, weil man mit vierundzwanzig einem vom Theater nicht den Laufpass gibt. Auch, weil sie vom ersten Augenblick an spürt, dass sie ihn verliert, wenn sie ihn nicht ernsthaft an sich bindet.

„Willst du mich, auch wenn ich nirgends hingehören kann?"

Sie muss lächeln, wenn sie daran denkt, wie beeindruckt sie von ihm ist. Mit seinen großen Worten, den pathetischen Sätzen, die immer klingen, als stammten sie aus einem Bestseller. Viel später versteht sie, dass es tatsächlich so ist. Er lernt einfach viele Dramen auswendig.

Sie heiraten, weil sie schwanger ist, Christian zögert keinen Augenblick, er will unbedingt Familie. Seine eigene beschränkt sich auf eine Handvoll ferner Verwandter, zu denen er keinen Kontakt hat, er ist Vollwaise. Seine Unnahbarkeit spürt sie schon vor der Hochzeit, doch erst kurz danach scheut er ihre Nähe. Sie verliert ihn an ein ungreifbares Ausweichen und kann nichts dagegen tun. Anfangs denkt sie, das Kind stünde zwischen ihnen. Dann fürchtet sie, es gäbe eine andere Frau. Es dauert Jahre, bis sie begreift, dass Christian mit sich selbst kämpft. Dass es in ihm einen Abgrund gibt, den er nicht überwinden und nicht teilen kann. Eine tiefe Melancholie, ein dunkler

Schatten auf seiner Seele, der ihn von der Sonnenseite des Lebens abschneidet. Und sie mit.

Das Handyklingeln reißt sie aus den Gedanken und bringt sie zurück auf die Bank in dem kleinen Park vor dem Krankenhaus.

„Hi. Gibt's was Neues?"

„Nein. Also doch, ja. Der Arzt hat gesagt, seine Werte sind stabil. Sie wollen ihn morgen noch unter Beobachtung halten. Und übermorgen aufwachen lassen."

„Okay."

„Sehen wir uns später in Papas Wohnung?"

„Nein."

„Warum nicht?"

„Stresst mich."

„Schon mal was von Zusammenhalten gehört?" Ingrun sagt das und im selben Moment könnte sie sich dafür ohrfeigen. Ihre Tochter antwortet nichts darauf.

„Tut mir leid, Lena."

„Hör auf, mich Lena zu nennen."

Nicht schon wieder diese Diskussion.

„Ich hab dir schon tausendmal gesagt, dass ich nicht einfach vergessen kann, welchen Namen wir dir vor fünfundzwanzig Jahren gegeben haben."

„Und ich hab dir schon tausendmal gesagt, dass ich dafür nichts kann. Glücklicherweise hast du mir noch einen Zweitnamen verpasst, der mir besser gefällt. Falls du dich erinnerst."

„Dunkel, ja." Ingrun holt tief Luft. „Es fällt mir eben schwer, mich umzustellen. Sowohl auf Leonie, als auch auf Leo."

„Warum wohl?"

„Herrgott noch mal, sei doch nicht so schrecklich arrogant. Kannst du einmal an irgendwas anderes denken als an deine Befindlichkeit? Dein Vater liegt fast im Sterben, und das Einzige, was dich interessiert, ist, wie du auf andere wirkst!"

„Wenn ich ihn nicht gefunden hätte, dann wäre er schon tot."

Ingrun schließt die Augen. Das Telefonat läuft aus dem Ruder. Sie sollte ihrer Tochter keine Vorwürfe machen, sie sollte besonnener sein, mitfühlender und vor allem erwachsener.

„Leo, komm, lass uns vernünftig miteinander reden."

„Ich rede vernünftig. Ich komme heute nicht. Aber morgen. Das habe ich mit Ben schon besprochen."

Ingrun kann sich gerade noch zurückhalten, zu sagen, was sie davon hält. Stattdessen lenkt sie ein, verabschiedet sich knapp und beendet das Gespräch. Es ist unglaublich schwül, kleine Fliegen surren um sie herum.

Lena Leonie. Sie suchen nicht lange, bei den Namen sind sie sich sofort einig.

„Falls sie mal den Namen wechseln will, kann sie wenigstens ihre Initialen behalten. Ist doch praktisch."

Keiner von beiden rechnet damit, dass sie auch ihr Geschlecht würde wechseln wollen.

„Wechseln, nicht tauschen", antwortet die Dreizehnjährige, als Christian sie fragt, ob sie lieber ein Junge wäre. „Ich will beides sein, ein Junge und ein Mädchen. Am liebsten zusammen."

Es ist kurz vor ihrer Konfirmation, sie besteht auf einem weißen Hemd mit Krawatte. Wie alle anderen Jungs auch. Christian hilft ihr, den Schlips zu binden, und leiht ihr eine Krawattennadel. Er kommt besser damit zurecht als Ingrun. Ihm ist es einfach egal, wie seine Tochter herumläuft, was andere über sie reden oder dass sich die Leute nach ihr umdrehen. Als sie mit sechzehn plötzlich Charlie genannt werden will, tut Christian es ohne Kommentar. Es scheint ihm überhaupt keine Mühe zu bereiten.

„Ist doch ein toller Name", sagt er und weigert sich, mit Ingrun darüber zu streiten. „Du regst dich künstlich auf. Wir spielen doch alle nur Rollen, ununterbrochen. Sie gibt sich eben nur noch einen Namen dazu."

„Und wenn sie sich wirklich operieren lassen will?"

„Dann haben wir eben einen Sohn, ganz einfach."

Ganz einfach. Für Christian ist alles, worüber er nicht ernsthaft nachdenken will, ganz einfach. Bis die Dunkelheit ihn das erste Mal in den Abgrund zieht. Bis er wegen einer depressiven Episode pausieren muss. Bis er aus der Klinik zurückkommt und verkündet, er müsse sein Leben ändern. Bis er sich trennt. Bis er Hamburg verlässt und nach Berlin geht.

Am Abendhimmel ziehen dunkle Wolken auf, ein Grummeln breitet sich aus. Erste dicke Tropfen fallen auf den warmen Asphalt, und die gerade noch auf der Wiese Herumsitzenden packen hektisch ihre Sachen zusammen und suchen Schutz unter Bäumen. Ingrun bleibt einfach sitzen. Sie ist zu schwach, Unterschlupf zu suchen. Sie fühlt sich schutzlos und ausgeliefert. Dann wird sie eben nass. Und irgendwann ein Taxi nehmen. Einfach heiß duschen, wenn sie zu Hause ankommt. Zu Hause. Wo ist das eigentlich noch? Und wieso kann sie nicht endlich mal weinen?

*

Statt Sex zu haben, sitzen sie auf ihrem Hotelbett und kiffen. Schauen dem Sommerregen zu. Der Typ heißt Timo und hat noch nicht einmal versucht, sie anzufassen. Stattdessen redet er ununterbrochen.

„Hast du das schon mal gemacht?"

„Was?"

„Mit jemand rumgesessen und S-Bahnen angeguckt."

„Nein, du?“

„Ich auch nicht. Aber ich finde es toll.“

Sie kichern.

„Was machst du eigentlich hier?“

„Meinen Vater suchen.“

„Weißt du nicht, wo er wohnt?“

„Nicht wirklich. Ich kenne ihn nicht einmal.“

„Du weißt nicht, wie er heißt?“

„Doch. Er ist Schauspieler.“

„Ach, echt?“

„Ja. Er spielt einen Fernseh-Kommissar und liegt irgendwo hier im Krankenhaus.“

„Was? Der Typ, der versucht hat, sich umzubringen? Den kenn ich! Der frühstückt öfter bei uns. Ist ein Stammgast.“

Mit einem Schlag ist Maite wieder klar im Kopf.

„Du kennst ihn?“

„Klar. Wie heißt der im Fernsehen? Kroll?“

„Ich habe ihn noch nie gesehen.“

„Mann, jetzt weiß ich, warum du mir so bekannt vorkommst. Du siehst dem total ähnlich!“

Maite nickt. „Was weißt du über ihn?“

„Eigentlich nichts. Nur dass er hier irgendwo in der Nähe wohnen muss, so oft wie der bei uns abhängt. Trinkt den Cappuccino mit besonders heißer Milch und sitzt immer am Fenster. Den Tisch haben wir reserviert für unsere Stammgäste. Es kommen viele Schauspieler, weil zwei Theater in der Nähe sind. Und nebenan ist ein schniekes Restaurant.“

„Wie ist er denn so?“

Timo zuckt mit den Schultern. „Irgendwie locker für sein Alter. Trägt ganz coole Klamotten. Kommt oft in

Jogginghose und Kapuzenpulli, aber die von der schicken Sorte. Er ist total nett. Und immer allein."

„Keine Freundin?"

„Keine Ahnung."

„Ist er bekannt?"

„Was heißt bekannt? Zu den Top Ten der Stadt gehört er nicht. Aber wenn man ihn so auf der Straße sieht, denkt man schon, hey, das ist doch der Kommissar." Er grinst. „Und ich sitze jetzt mit seiner Tochter hier. Krass."

Sie schweigen. Für den Moment ist alles gesagt. Es wird nicht lange dauern, bis auch ihm wieder einfällt, weshalb sie eigentlich zusammen sind. Maite spannt ihren Rücken leicht an. Jedesmal, wenn sie mit einem Fremden ins Bett geht, muss sie diesen leichten Ekel vorher abschütteln. Dabei läuft im Zeitraffer vor ihr ab, was gleich kommen wird, und beim Betrachten dieses Films zieht sie eine zweite Haut über. Erst dann steigt Lust in ihr auf. Oder wenigstens etwas, was sie dableiben lässt.

Als hätte er die kleine Veränderung in ihr bemerkt, hebt Timo die Hand und streicht ihr die Haare aus dem Gesicht. Das tun die meisten Männer irgendwann, es scheint ihr wie eine einstudierte Bewegung, die zur Vorbereitung von Unkontrollierterem dient. Wenn sie jetzt nicht schnell handelt, kommt der ganze Text, wie schön sie ist oder wie schön es mit ihr ist oder wie sehr sie ihn anmacht. Es ist immer der Moment, in dem sie aufsteht, Präservative aus ihrer Handtasche holt und die ganze Sache in die Hand nimmt.

Eine Stunde später bedeutet sie ihm ohne Umschweife, dass sie die restliche Nacht alleine verbringen will. Zum Abschied tauschen sie Handynummern aus und umarmen sich beinah scheu. Sie bittet ihn, das Fenster zu schließen und die Vorhänge zuzuziehen. Noch bevor die Tür ins Schloss fällt, schläft sie ein.

*

„Und?"

„Was und?"

„Wie geht es ihm?"

„Er lebt noch."

„Wie, er lebt noch?"

„Eben so. Er lebt noch. Liegt da und schläft. Sonst nichts."

Simona streckt die Hände nach ihr aus, aber Leo reagiert nicht. Sie steht in der Küche und betrachtet den gedeckten Tisch.

„Mist. Das hatte ich total vergessen. Dass du heute Abend kochen wolltest."

„Macht doch nichts. Wir können ja jetzt zusammen essen, wenn du magst."

Eigentlich mag sie nicht. Eigentlich will sie endlich nur die Tür hinter sich schließen und ein Räucherstäbchen anzünden. Räucherstäbchen beruhigen sie. Kerzen auch. Grelles Licht macht sie nervös. Die Atmo im Krankenhaus ist Gift.

„Okay." Sie schaut auf ihre Hände. „Ich geh aber vorher duschen."

„Klar, kein Problem. Lust auf Wein?"

Ihr ist mehr nach Yogitee und Misosuppe. Aber aus dem Augenwinkel sieht sie schon die Spaghetti. Weizen. Wahrscheinlich mit Tomatensoße, Knoblauch und Parmesan. Überhaupt nicht ihr Ding. Dazu wird es Rotwein geben, dann kann sie nicht schlafen. Außer, sie trinkt zu viel davon. Dann wird sie mit Simona im Bett landen. Will sie das überhaupt noch? Wenn sie ehrlich ist, wohnt sie genau deshalb hier. Weil sie ein kleines bisschen verliebt ist. Ist sie das jetzt nicht mehr? Ihr Vater bringt alles durcheinander.

„Ich geh erst mal ins Bad."

Leo flüchtet. Schließt ab. Setzt sich auf den Badewannenrand. Spürt ihren Herzschlag. Alles ist eng. Wann ist sie eigentlich auf die bescheuerte Idee gekommen, in eine WG zu ziehen? Sie will bloß ihre Ruhe, Stille, keine Fragen, keine Antworten. Aus dem Fenster schauen und Wolken zeichnen. Vielleicht Musik hören.

Leo löst den Knoten ihrer Krawatte, zieht langsam den Anzug aus und hängt ihn sorgsam auf. Sie kann sich nicht vorstellen, jemals wieder etwas anderes zu tragen als Anzüge, und sie besitzt nur zwei, die ihr wirklich passen. Eine türkische Schneiderin ändert sie auf ihre Maße. Immer noch hat sie ihre Mütze auf, manchmal schläft sie sogar damit. Nicht nur deswegen denken viele, dass sie komisch ist. Sie ist einfach komisch. Von Anfang an.

Unter der Dusche rasiert sie ihre Beine und Achseln. Sie mag keine Haare auf der Haut. Außer denen, die sie als schmales Dreieck trägt. Darauf steht sie genauso wie auf ihre Brüste. Sie würde diesen Körper niemals anders haben wollen, sie ist ein Mann, der in einer Frau lebt. Das versteht außer ihr niemand. Dass sie nichts anders haben will, sich nur anders anziehen will. Dass sie kurze Haare einfach besser findet, dass sie nicht herumlaufen will wie ein Mädchen, obwohl ihr Frauen gefallen. Schon immer, für immer. Männer interessieren sie nicht. Aber sie gefallen ihr optisch. Sie gefällt sich besser in Männerklamotten. Außerdem hat sie nun mal ein Gesicht, das nicht eindeutig ist. Das Ganze ist kompliziert. Die meisten denken, sie ist eine Butch und kerlig. Dabei ist sie ein totaler Softie. Sie ist eher wie ein Schwuler, der auf Frauen steht. Auf Frauen wie Simona. Große Augen, großer Mund, schöne Hände und eine tolle Stimme. Simona sieht irgendwie aus, als wäre sie aus einem italienischen Spielfilm gefallen und in Berlin gelandet. Dort wird sie nun gerettet von Leo. Die ihr zeigt, wie das raue Leben draußen in Friedrichshain funktioniert und dafür zu Hause von ihr verwöhnt wird.

Leo weiß, dass die Story nicht ganz stimmt. Aber sie reicht, um sich auf den Abend einzutunen. Ein weißes T-Shirt aus dem Schrank zu holen, eine karierte Boxershorts unter der blauen Jogginghose zu tragen, gekonnt den Rand herausblitzen zu lassen, eine Kapuzenjacke überzuziehen und sich mit nassen Haaren an den Tisch zu setzen. Den Rest besorgen der Wein und Simonas Blicke.

*

Maite duscht abwechselnd heiß und kalt, sie will fit sein für den Tag. Jetzt, wo sie weiß, dass sie tatsächlich auf der richtigen Spur ist, ist sie nervös. Sie glaubt nicht an Zufälle. Die Dinge fallen einfach zusammen, wenn sie klar sind. Wie ein Puzzle, in dem jedes Teil nur zu bestimmten anderen passt, öffnen sich Türen bei den richtigen Fragen. Richtiger Ort zur richtigen Zeit – das A und O in ihrem Job.

„Und wie kriegt man das zusammen, Leute?“ Ihr Lieblingsdozent erinnert sie wieder und wieder daran. „Die Haltung. Es geht einzig und allein mit der richtigen Haltung: neugierig sein, mutig und achtsam. Das könnt ihr von den Buddhisten lernen. Wenn die von der Welt berichten würden, statt in ihren Klöstern zu sitzen, ginge es uns allen besser. Die verstehen nämlich etwas vom Jetzt. Von der Synchronizität der Ereignisse.“

Maite frühstückt in der Lounge, wo außer ihr nur noch ein paar müde Hipster ihren Kaffee schlürfen und Geschäftsleute vor ihrem aufgeklappten Notebook sitzen.

Sie geht mit ihrer Tasse vor die Tür und beschließt, wieder mit dem Rauchen anzufangen. Es sieht nach einem sonnigen Tag aus, der Himmel ist wolkenlos blau und schon jetzt, kurz bevor die Geschäfte öffnen, ist es so warm, dass sie die Ärmel ihrer Bluse hochkrempelt.

Und wenn er schon tot ist? Dann wäre die Nachricht bereits online. Ist sie aber nicht, schon gecheckt. Und wenn man sie im Krankenhaus nicht zu ihm lässt? Will sie überhaupt zu ihm? Was will sie von ihm? Ihn konfrontieren? Einen, dem das Leben scheißegal ist? Der wird sich gerade für sie interessieren. In seinem Schatten zu sein, ist das einzige Bedürfnis, das sie wirklich verspürt. Weiter seinen Spuren folgen, sich vielleicht nur überzeugen, dass es ihn gibt. Eine Verbindung zur Wahrheit herstellen, wie auch immer sie aussehen mag.

Auf dem Weg schaut sie sich die Häuser an, als müsste sie später jedes Gebäude einzeln beschreiben: hier ein türkischer Gemüseladen, dort ein Geschäft mit asiatischen Möbeln, riesigen Buddhafiguren, chinesischen Tassen und orientalischem Nippes. Gegenüber ein Massagestudio, ein mediterraner Supermarkt, unzählige Sushiläden, auf der Ecke ein einladend aussehendes Café. Eine Pizzeria, ein chinesisches Restaurant mit an den Krallen aufgehängten toten Enten im Schaufenster, ein Möbelgeschäft, ein Antiquitätenladen und schließlich: sein Haus. Auf der Ecke, im Erdgeschoss ein Tabakladen.

Außer Zigaretten kauft sie noch ein Feuerzeug.

„Können Sie sich da raussuchen." Die Verkäuferin deutet auf eine kleine Box auf dem Tresen.

Maite nimmt Neongelb, zahlt und geht. Raucht eine vor dem Gebäude und wartet, bis sich die Haustür öffnet. Das dauert nicht lange. Eine Frau versucht ihr Fahrrad hinauszubugsieren, Maite verhält sich hilfsbereit und erntet Dank.

„Sagen Sie, wo sind denn hier die Briefkästen? Ich müsste meinem Kollegen ein paar Arbeitsunterlagen hineinstecken."

„Gleich hier unten fürs Vorderhaus und durchgehen fürs Hinterhaus."

Bingo. Beim ersten Versuch ist sie drin. Bevor jemand sie aufhalten kann, nimmt sie zwei Stufen auf einmal und läuft in den ersten Stock hoch. Liest im Vorbeigehen die Namen auf den Klingelschildern, stellt dabei fest, wie feudal die Türbeschläge sind. Roter Sisalteppich ergießt sich über die Treppe, das Geländer ist gedrechselt, und sie erkennt die Art von Wohlstand, in dem sie selbst aufgewachsen ist.

Einer Cramón de la Caza mangelt es an nichts, auch wenn sie nicht wirklich dazugehört, ein Bastard ist. Geld ist eine feste Größe, mit der sie rechnen kann, und sie weiß das zu schätzen. Maite ist reich geboren und doch nicht Tochter von Beruf. Sie lebt von dem, was sie als Journalistin verdient. Wenn das nicht reicht, nimmt sie etwas von dem Konto, das für Extraausgaben angelegt ist. Den Rest verwaltet eine Anlageberaterin, die auch die Angelegenheiten für ihre Mutter regelt. Das Vermögen ist ihr eher lästig.

„Das hast du von deinem Vater."

Schwachsinn. Was soll sie von diesem de la Caza haben, der sie lediglich angenommen hat?

Von oben sind Stimmen zu hören, ein älterer Mann kommt die Treppe herunter. Maite dreht sich um und bleibt vor der nächsten Tür stehen, tut so, als ob sie wartet. Grüßt freundlich, ohne sich ganz umzudrehen.

Die Möglichkeit, erkannt oder verleugnet zu werden, wandelt sich in Misstrauen. Was soll sie machen, wenn sie ihr nicht glauben, dass sie seine Tochter ist? Und was macht sie außer der Ähnlichkeit überhaupt so sicher?

„Glaub mir, ich würde dir das nicht antun. Wenn ich überhaupt in meinem Leben jemals etwas gewusst habe, dann, wer dein Vater ist."

Sie glaubt ihrer Mutter. Auch wenn es keinen Grund mehr gibt, ihr zu vertrauen, und Maite sich bis auf die Knochen betrogen fühlt. Elisa hätte einfach weiterschweigen können. Selbst nach Berlin fahren. Warum tut sie das eigentlich nicht? Warum will sie ihn nicht sehen, wenn sie ihn doch liebt und Angst um ihn hat?

Er wohnt ganz oben. Und jetzt? Soll sie bei einem klingeln, der gar nicht da ist? Hoffen, dass jemand öffnet, den sie nach ihm fragen kann? Maite setzt sich auf die Treppe, sie muss nachdenken. Irgendwann wird etwas passieren. In ihr oder außerhalb von ihr. Das ist immer so. Dann sieht sie weiter.

*

Leo stellt ihr Fahrrad im Hof ab und schließt es an das ihres Vaters. Ob er es jemals wieder benutzen wird? Sie muss den Wacker im Bauch zeichnen, den sie in sich spürt, wenn sie so etwas denkt. Unebene Oberfläche, wie Pocken, oval und schwer.

In ihren Ohren dröhnt als Dauerschleife endloses Goa-Zeug. Immer wenn sie mit den Kopfhörern ein Treppenhaus hochgeht, fürchtet sie, dass sie dabei zu laut keucht. Und jetzt sitzt auch noch eine oben vor der Wohnungstür. Klar, irgend so eine Pressetussi, die sie ausfragen will. Leck mich.

„Hauen Sie ab!", sagt sie im Vorbeigehen, ohne die Frau richtig anzusehen. Dabei setzt sie die Kopfhörer ab. „Ich hole die Polizei, wenn Sie nicht verschwinden."

„Das brauchst du nicht." Maite steht auf und schaut sie an.

Für einen Moment weiß Leo nicht, was sie sagen soll. Ihr Herz schlägt schneller, sie kann dem Blick kaum standhalten. Das Gesicht kommt ihr eigenartig bekannt vor, aber sie hat einen völligen Blackout.

„Was wollen Sie?“, fragt sie.

„Christian Steger sehen.“

„Warum?“

„Ich bin seine Tochter.“

„Komisch, ich dachte, das bin ich.“ Leo schluckt, jetzt weiß sie, an wen die Frau sie erinnert.

„Du?“ Maite mustert den jungen Typen vor ihr genauer. Kurze Haare unter einer grünen Mütze, dunkelgrauer Sommeranzug, weißes Hemd, Krawatte. Gut gestylt, vielleicht Mitte Zwanzig, sportliche Figur, ein wenig größer als sie.

Leo setzt die Sonnenbrille ab. „Ja, ich.“

Blau. Ihr Blau. In einem außergewöhnlichen Gesicht, in das sie jetzt aufhört zu starren. Auch, weil ihr Duft sie ablenkt, ein eigenwilliges Parfum. Eindringlich, aber nicht aufdringlich. Ihr stockt ein wenig der Atem, sie weiß nicht, was sie sagen soll.

„Du bringst mich zum … Stolpern“, sagt sie schließlich.

Leo errötet und setzt die Brille wieder auf.

„Und du riechst gut.“ Maite deutet auf ihre Nase. „Was ist das?“

„Betriebsgeheimnis.“ Leo grinst kurz, dann verdunkelt sich ihre Miene wieder. Wer weiß, ob die Ähnlichkeit mit ihrem Vater nicht nur ein Reportertrick ist.

Maite bemerkt die Abwehr, steckt die Hände in die Hosentasche.

„Meine Geschichte ist ziemlich wild. Ich würde sie dir gern erzählen.“

Keine Reaktion. Leo steht nur da und sieht sie an.

„Vorschlag: Ich lade dich auf einen Kaffee ein und dann reden wir. Ich kenne mich hier kein bisschen aus. Du sagst, wohin. Wie klingt das?"

Sichtlich erleichtert, dass Maite nicht in die Wohnung will, nickt Leo.

„Okay."

Dann geht sie an ihr vorbei, wortlos die Treppe hinunter. Maite folgt ihr unaufgefordert. Schweigend laufen sie eine Weile nebeneinander her und betreten schließlich ein kleines arabisches Café. In einer Ecke liegen ein paar Sitzkissen um einen niedrigen runden Tisch, dort lässt sich Leo mit gekreuzten Beinen nieder.

Sie bestellen Tee und Maite erzählt von dem Gespräch mit ihrer Mutter.

„Ist ja der Hammer", sagt Leo nach einem Moment der Stille.

„Ja."

„Ich meine, alles ist ein Hammer. Auch, dass du einfach hergekommen bist."

„Was hätte ich denn sonst machen sollen?"

„Keine Ahnung. Nichts? Oder erst mal anrufen?"

„Ich will ihn sehen." Sie schaut auf. „Ist doch klar, oder?"

„Irgendwie schon, ja." Leo legt den Kopf ein wenig schief. „Da gibt es bloß grade nicht viel zu sehen. Nur eine Menge Schläuche, Maschinen und sein Gesicht." Für einen winzigen Augenblick fixiert sie Maites Augen. Dann greift sie in die Tasche, holt ihren Block heraus und blättert darin. Klappt ein paar Blätter um und legt eine Seite vor sie hin. „Ungefähr so."

Maite lässt ihren Blick über die Zeichnung spazieren. Schnelle Striche, die nur andeuten, was sie abbilden.

Einen Schlafenden, der seltsam angespannt wirkt. Eine Umgebung, die klinisch ist. Ein Frösteln im Raum, das auf sie überspringt.

„Toll gezeichnet. Von dir?"

Leo nickt und will den Block wieder zuklappen.

„Kann ich noch mehr sehen?"

„Warum?"

„Weil ich von dir wissen will."

„Warum?"

Maite lehnt sich zurück.

„Ich könnte sagen, weil du meine Halbschwester bist. Aber das wäre nur die halbe Wahrheit."

„Und was ist die ganze?" Leo will die Antwort darauf eigentlich gar nicht hören. Sie wird ihr nicht gefallen. Sie ist schon wieder dabei, einen Film abzudrehen, aus dem sie gleich herauskatapultiert wird.

„Ich war lange nicht so fasziniert von einem fremden Menschen wie von dir."

Die Worte treffen nicht nur Leo ganz in der Nähe des Herzens. Auch Maite wird von ihrer Wucht mitgerissen.

„Warum?" Fast unhörbar klettert die Frage an den Rand der Stille.

Sie könnte verraten, was sich nun in ihr auftürmt. Aussprechen, was sie selbst zutiefst erstaunt. Dass es ihr vorkommt, als wäre diese Begegnung nicht zufällig. Dass sie den Moment fürchtet, an dem sie wieder getrennte Wege gehen. Dass sie stundenlang in diese Augen, dieses Gesicht schauen will. Dass sie dem Impuls widerstehen muss, Leos Hand zu nehmen, um sicherzugehen, dass sie aus Fleisch und Blut ist, und dass sie wissen will, wie sie sich anfühlt. Dass sie in Aufruhr ist und keine Ahnung hat, warum. Doch sie denkt das nur.

„Einfach so."

Leo nickt. Tut so, als ob diese Antwort sie zufriedenstellen würde. Dabei weiß sie, dass sie herausfinden muss, ob Maite wirklich meint, was sie sagt.

*

Ingrun weicht ihren Blicken aus. Sie will diese Frau nicht hier haben, sie will nicht, dass Maite existiert. Sie will nicht glauben, dass sie nicht die Einzige ist, mit der er ein Kind hat, und noch weniger, dass sie nicht die Erste ist. Allmählich reicht es. Langsam, aber sicher schwindet der Boden unter ihren Füßen.

„Wollen wir nicht erst einmal zusammen essen?", fragt Ben.

Als keine der Frauen darauf reagiert, drückt er jeder einen Teller in die Hand: „Wir essen drüben am großen Tisch, Gläser und Besteck bringe ich mit."

Dann zwinkert er seiner Verbündeten zu. Leo und er sitzen abwechselnd am Steuer dieses angeschlagenen Schiffs, jetzt ist er in der Küche und sie im Wohnzimmer dran. Dass zu allem Überfluss auch noch eine uneheliche Tochter von Christian auftaucht, macht die Angelegenheit nicht leichter. Obwohl ihn diese Tatsache nicht erstaunt. Er kann sich genau vorstellen, wie es zu so etwas kommt.

„Wie denn?", will Leo wissen.

„Du verliebst dich, verbringst eine heiße Zeit zusammen und dann eröffnet dir die Frau plötzlich, dass sie schwanger ist. Du greifst dir selbst an den Kopf: Wie naiv bist du eigentlich? Sie will dich sofort heiraten, du sagst Ja aus Liebe oder Pflichtgefühl, und die Sache mit der Freiheit und dem Abenteuer hat sich erledigt. Oder du sagst Nein und zahlst jahrzehntelang Unterhalt für ein Kind, das deins ist und doch nicht. Oder aber sie entschließt sich zur Abtreibung. Möglich, dass du das als einfachste Lösung empfindest, sie unterstützt, und ihr werdet hinterher gute

Freunde. Oder ihr seht euch niemals wieder. Letzte Option: Du willst das Kind unbedingt, weil du die Frau liebst, und sie zeigt dir den Vogel. Entscheidet sich gegen euch beide und verschwindet aus deinem Leben."

So geschehen vor acht Jahren in Hamburg-Harburg. Fassen kann Ben das bis heute noch nicht.

„Kommst du?" Leo steht in der Tür zur Küche.

„Gleich fertig. Hier, nimm mal den Wein und das Wasser mit. Und frag, ob eine von ihnen lieber Bier will. Oder Whiskey." Er grinst. „Alles klar mit dir?"

„Klar."

Ben hockt sich vor den Backofen und nickt zufrieden. „War eine gute Idee von Maite, das mit den Kartoffeln im Ofen."

Er mag sie. Leo registriert das mit gemischten Gefühlen. Am liebsten wäre sie mit ihr gar nicht hier aufgetaucht. Am allerliebsten wäre sie mit ihr nach Hamburg gefahren, um an der Elbe spazieren zu gehen. Das Wasser in Berlin ist überall zu wenig. Zu eng, zu flach, zu still. Trotz der beiden Flüsse, trotz der vielen Seen scheint die Stadt ihr ausgetrocknet wie ein morbides Stück Brachland, durchzogen von ein paar Adern und größeren Pfützen. Jedes Blühende zehrt an diesem Reservoir. Das, was ans Licht drängt, wird nicht satt, das Grün explodiert und verliert schnell die Farbe. Der Sommer ist seltsam trüb.

Ben bugsiert ein riesiges Tablett durch die Tür und stellt Schüsseln auf den Tisch. Essen und Trinken, sagt seine Großmutter, hält Leib und Seele zusammen. Gedünstetes Gemüse, Rohkost und ein paar Dips. Die Kartoffeln passen überhaupt nicht dazu, aber er will Maite ins Boot holen. Wenn man sich nicht kennt, ist zusammen kochen einfacher als miteinander zu reden. Wenn man sich gut kennt, manchmal auch. Eigentlich, findet er, wird sowieso viel zu viel geredet und viel zu wenig gekocht. Mit Worten kommt er nie besonders weit. Sein Studium schmeißt er schon nach drei Semestern, und den Traum, den Frieden zu predigen, beendet er schnell.

„Mir wurde schwindelig von den vielen Büchern, die in den Religionswissenschaften auf der Leseliste standen und sich neben meinem Bett stapelten."

„Liest du nicht gern?", fragt Maite.

„Doch, aber ich werde nicht gern zugetextet. Also hab ich die ganze Lektüre wieder zurückgebracht und bin als freiwilliger Helfer nach Nicaragua gegangen, in ein Hilfsprojekt. Dort hab ich gemerkt, wie gerne ich mit meinen Händen arbeite. Und als ich wiederkam, habe ich eine Ausbildung zum Schreiner gemacht."

„Und jetzt baust du Möbel?"

„Aus heimischen Hölzern, ja."

Mehr will er nicht dazu sagen. Nichts über seine Ladenwerkstatt in Barmbek, die er für ein Jahr verpachtet, nichts über seine Arthrose in den Gelenken, nichts über den immer stärker werdenden Drang, in Kirchen zu gehen und Kreuze zu betrachten. Nichts davon, dass er neuerdings ein Thema mit Holzkreuzen hat.

„Du bist toll", seufzt Ingrun, als Ben alles vor ihnen abstellt und das Besteck verteilt.

„Du auch", antwortet er.

Dann sitzen sie alle um den runden Tisch.

Fast alle. Einer fehlt.

*

Sie kann sich kaum einen schöneren Ort vorstellen als diesen. Noch immer verbringt sie die lauen Abendstunden am liebsten auf ihrer Terrasse. Noch immer blickt sie mit Stolz auf die knorrigen Olivenbäume, die Bougainvilleen, die Jasminsträucher und die unzähligen anderen Pflanzen.

Diesem Stück Erde in einem kleinen Vorort der Stadt widmet Elisa ihre ganze Aufmerksamkeit, als Maite sie nicht mehr braucht. In diesem Garten steckt all die Liebe, die sie nicht mit einem anderen Menschen erleben kann. In der bewachsenen Pergola, den Tontöpfen, die den Weg durch den Hof säumen, in den bunten Fliesen an den Wänden, den kleinen Brunnen, die durch die Abendhitze plätschern, dem großen Badeteich, in dem außer ihr nur Seerosen schwimmen, in den Stühlen und Liegen, die sie liebevoll aufarbeitet, um dieses Paradies so aussehen zu lassen, als verginge hier keine Zeit.

Vor ihr liegt sein Brief.

Auf dem weißen, wattierten Umschlag steht kein Absender, aber sie weiß sofort, von wem er ist. Ihr Name in seiner Schrift, ein wenig ungelenker als damals, erscheint ihr seltsam fremd. Elisa Cramón de la Caza. Ein Name, der klingt wie aus einem Märchen, eine Geschichte, die nicht weniger unglaublich ist. Nach all den Jahren hält sie ein Lebenszeichen von ihm in der Hand. Oder eher ein Todeszeichen? Im Juni sterben zu wollen, kann kein Zufall sein. Es kann nur heißen, dass er es weiß. Wie lange schon? Woher?

Neben dem Umschlag liegt ein blaues quadratisches Buch, das ein winziges Vorhängeschloss zusammenhält, daneben eine große Kneifzange. Denn der einzige Schlüssel dazu verrottet irgendwo auf dem Grund des Gaudalquivir.

Elisa weiß genau, was es bedeutet, sich diesen Zeilen auszuliefern. Es gibt kein anderes, kein passenderes Wort dafür als dieses. Sich ausliefern. Zu wissen, dass sie danach keine Kraft mehr haben wird, all die Gefühle zurückzuhalten, die zwischen den gefütterten Plastikbuchdeckeln aufbewahrt sind. Die dort seit nunmehr dreißig Jahren gut verschlossen auf diesen Augenblick warten, niedergeschrieben gegen das Vergessen.

Es ist nur ein kurzes Knacken, mit dem der kleine Bügel des Schlosses unter dem Druck der schweren Zange zerbricht. Sie fädelt die Verschlussreste aus der Öse und legt sie auf den Tisch. Dann streicht sie über die glatte Oberfläche des Buches. Klappt den Deckel auf und liest auf der ersten Seite: *Dieses Tagebuch gehört Lisa.* Die entschlossene Schrift rührt sie. Ihr Name mit Bleistift hineingeschrieben, als ob es wichtig sein könnte, ihn später wegzuradieren oder zu ändern. Sie muss lächeln.

„Lange bevor die Dinge geschehen, wissen wir in unserem Inneren davon. Wir haben keine konkreten Vorstellungen, aber das Leben veranlasst uns, dafür unbewusst Vorbereitungen zu treffen."

Doctora Elisa Cramón de la Caza sagt das in ihrem Vortrag auf einem Kongress zum Thema Resilienz, und der Satz wird inzwischen von Kollegen zitiert. Darauf ist sie stolz. Überhaupt ist sie stolz. Wie sie es bis hierhin schafft. Und nun kommen die Schatten von gestern und greifen nach ihr.

Bevor sie seinen Brief lesen kann, muss sie zurück. Ihr Körper ist unruhig, ihr Geist wandert rastlos, sucht einen Anker. Sie fühlt sich wie auf offenem Meer. Irgendwo da draußen treibt auch Christian herum und Maite, die ihn sucht. Was auch immer mit den beiden geschieht oder nicht, es liegt nicht mehr in ihrer Verantwortung. Sie wird an anderer Stelle gebraucht. Die, die sie nun retten muss, ist sie selbst.

*

Eine Flasche Wein später verstehen sich Ingrun und Maite besser. Ben trinkt Bier, Leo steigt nach dem Essen auf Wasser um. Sie mag das Gefühl nicht, benebelt zu sein.

Sie kennt Marihuana, Koks, Trips, Pilze – nichts toppt die Wirklichkeit, die sie viel abgefahrener findet als ihre Hirngespinste.

Längst hängt sie in einem der Sessel ab und zeichnet. Drei, die zusammensitzen und doch nicht. Nach jeder Skizze stellt sie fest, dass Ben eigentlich nur zuschaut. Die beiden Frauen dagegen mustern einander, mal distanzierter, mal zugewandter, manchmal vorsichtig lächelnd, dann ernst, beinahe traurig. Leo verliert sich in ihren Gesichtern, was sie reden, tropft in den Raum und fließt an ihr vorbei. Schließlich konzentriert sie sich ganz auf Maite.

Immer wieder fallen ihr Strähnen ins Gesicht, verdecken ihre Nase oder ihren Mund. Dann streicht sie sich das Haar wie beiläufig nach hinten. Sie erzählt mit den Augen. Große, blaue Augen, die weit strahlen, und im nächsten Augenblick in bodenlose Tiefe fallen können. Leo fragt sich, ob sie jemals einen ungeschminkteren Menschen gezeichnet hat. Ein Gesicht, das alles über sich verrät, nichts zurückhalten will.

Ich war lange nicht von einem fremden Menschen so fasziniert wie von dir.

Leo könnte nicht sagen, ob sie überhaupt von Menschen wirklich fasziniert ist. Andere sind ferne Planeten, die höchst selten die Umlaufbahn mit ihr teilen. Sie schweben an ihr vorbei, sie nimmt die Silhouetten wahr, spürt vielleicht die Temperatur ihrer Körper, tauscht flüchtige Blicke aus. Drängt in der Dunkelheit an nackte Haut und verleibt sich verzweifelte Leidenschaft ein. Aber sich nah fühlen? Sie schaut nur dabei zu, wie andere es tun. Im rötlich gefärbten Licht lässt sie die Blicke nicht von den Paaren, die sich zu elektronischen Rhythmen auf dem Tanzboden begegnen. Leo hält fest, wie sie hingebungsvoll führen und folgen im Vertrauen darauf, gemeinsam die richtigen Schritte zu gehen. Sie kann nächtelang zeichnen, ihre Skizzen sind in der Neotangoszene gefragt, sie verschenkt oder verkauft sie. Leo hat ihren Platz am Rand. Ihr selbst ist es unvorstellbar, in Bewegung zu verschmelzen und doch eigen zu bleiben. Sie nimmt alles auf, wirft ein Echo auf den Takt und bleibt im Dunkel.

Ihre Gedanken tragen sie weit aus der Wohnung ihres Vaters fort und werden unmerklich zu Form, Maite tanzt vor ihr auf dem Papier. In hohen Schuhen und weiten Hosen beschreibt sie leichtfüßig Achten. An anderer Stelle wirft sie den Kopf zurück, und eine unsichtbare Hand scheint ihren Rücken zu halten. Dann wieder lehnt sie am Bildrand, einen Fuß an die Wand gestellt, die Arme neben dem Körper, die Handflächen nach außen gedreht. Weiter oben tanzt sie mit erhobenen Armen, weiter unten hat sie die Hände in den Hosentaschen vergraben, halbfertige Skizzen füllen das Bild: Maite von der Seite, von hinten, von vorn. Still, wild, lachend, gestikulierend, konzentriert, ein Blick, der sein Gegenüber sucht – zum ersten Mal tanzt Leo auch.

„Willst du nicht hier übernachten?" Ingrun scheint jede Berührungsangst verloren zu haben. Vielleicht ist ihr inzwischen auch einfach nur alles egal. Ben betrachtet sie aus dem Augenwinkel, und er könnte nicht sagen, wo auf der Wohlfühlskala zwischen eins und zehn sie sich mittlerweile befindet. Er kocht nach dem Essen Espresso, räumt ab, stellt die Spülmaschine an, hört den Frauen mit halbem Ohr zu.

Sie erzählen einander, was sie nicht wissen, bringen vorsichtig die Versatzstücke zweier Leben zusammen, ohne zu ahnen, was daraus entstehen könnte. Christian in Spanien? Maites Mutter in Deutschland? Sie zeigen sich Handybilder: Nein, Ingrun kennt Elisa nicht. Er spricht nie von ihr. Und Elisa erwähnt seinen Namen nicht ein einziges Mal. Ernste Worte treffen auf verständnisvolles Nicken, manchmal fällt ein vorsichtiges Lachen in den Abend. Das Eis ist gebrochen, Maite und Ingrun zeigen ihre Fassungslosigkeit ohne Scheu, Gefährtinnen im Kampf um Gewissheit.

Leo ist erleichtert, dass Maite die Einladung ins Gästezimmer dankend ablehnt. Sie brauche ihre Sachen, sie habe das Hotel im Voraus bezahlt.

Außerdem, denkt Leo, willst du wahrscheinlich einfach deine Ruhe von dieser verrückten Familie, zu der du plötzlich gehörst.

„Ich geh dann auch mal", sagt sie und klappt ihren Skizzenblock zu.

Ingrun will sie zum Abschied umarmen. Den Schritt auf sie zu wehrt Leo ab.

„Lass stecken, ich finde den Weg raus." Sie deutet ein Lächeln an. „Ich hab hier mal gewohnt."

„Hast du Lust, noch ein Stück zu gehen?", fragt Maite unvermittelt. „Um nicht zu sagen: Bringst du mich zu meinem Hotel?"

Christians Töchter. Verlassen gemeinsam das Haus und lassen sie zurück. Zwei fremde Wesen, die ihr brutal spiegeln, wie alt sie geworden ist. Hilflos sieht Ingrun sich nach Ben um. Wahrscheinlich würde er am liebsten mit ihnen gehen. Wenn jetzt nichts aus der Reise wird, verlässt er sie ohnehin bald, da ist sie sicher. Sie, die schon immer zu unflexibel ist, zu konservativ und gebunden. Geht doch alle, haut doch ab, würde sie am liebsten schreien, macht doch mit eurer Scheißfreiheit, was ihr wollt. Bringt euch doch meinetwegen alle um.

*

Elisa entzündet die Fackeln im Garten, gießt sich die letzte Tasse Tee ein, wartet, bis die Katze sich neben ihr einrollt. Sie könnte nach Sternschnuppen Ausschau halten, aber es gibt nichts zu wünschen. Die Dinge sind, wie sie sind, und so soll es sein. Alles wäre einfacher, wenn er sterben würde, Undenkbares könnte geschehen, wenn er überlebt. Sie hat keine Angst mehr. Nicht davor, dass Maite erfährt, wer ihr Vater wirklich ist, nicht davor, dass Christian ihr nicht verzeihen könnte, nicht davor, was die Leute sagen.

Über ihre Gelassenheit wundert sich Elisa selbst, bis sie versteht, woher sie rührt. Sie hat nichts zu verlieren. Auch den Blick zurück, der ihr nun bevorsteht, fürchtet sie nicht mehr. Es ist beinahe so, dass sie sich darauf freut, die Kapsel zu öffnen und diesen Teil ihres Lebens endlich freizugeben. Nie verliert sie ihn aus den Augen, sie verfolgt seine Spuren im Fernsehen, später im Netz. Sie lebt nie ganz ohne ihn. Von Anfang an hat sie ihn bei sich.

Elisa schließt die Augen und denkt sich zurück in die Zeit nach Maites Geburt. Ruft sich die Zwanzigjährige ins Gedächtnis, schon verwitwet, nach einer kurzen Ehe mit dem todkranken Jesús Cramón de la Caza. In einer feudalen Stadtwohnung mitten in Sevilla, angefeindet von einer Familie, die sie für eine schmarotzende Ausländerin hält, ohne Perspektive und mit einer frischen Wunde im Herzen.

11. Februar 1984

Das Herz in Schach halten. Das stand in irgendeiner Kurzgeschichte, die wir in der Schule gelesen haben und interpretieren sollten. Ich habe mir dafür vorgestellt, wie ich mein pochendes Herz über die hellen und dunklen Kästchen schieben würde, damit es nicht an den Rändern des Spielbretts abstürzt. Ich habe fünfzehn Punkte auf die Arbeit bekommen. Sie verstehen etwas von Literatur, hat der Schwertfeger gesagt und mit meinem Heft gewedelt. Sie können schreiben, mein Fräulein. Vielleicht habe ich die Metapher deshalb so gut verstanden, weil ich mein Herz schon immer in Schach halte: Jedes Gefühl, das in mir aufsteigt, verschiebe ich nach einem bestimmten Muster hinter eine Schleuse, wo es sicher ist. Wenn es dort einen Dammbruch gibt, werde ich wahrscheinlich wahnsinnig.

Immer wenn ich denke, dass ich gleich durchdrehe, schaue ich Maite an. Sie ist ein Wunder. Ich bin so erleichtert, dass alles gut gegangen ist. Ich freue mich so über diese kleinen Hände, die Finger mit den zarten Nägeln, die kräftigen Arme, ihre kurzen Beine. Egal, was sie tut, ihr Anblick beruhigt mich. Solange sie atmet, weiß ich, dass ich noch lebe.

An Tagen wie heute vergesse ich die Zeit. Dann ist sie es, die für uns beide denkt. Wenn sie Hunger hat, essen wir, wenn sie unruhig wird, laufen wir herum. Wir tun alles zusammen. Langsam. Die Luft ist schwer, meine Schritte sind schwer, mein Atem geht schwer. Es ist still im Haus, wenn Maite schläft. Und sie schläft viel. Nachts liege ich wach. Ich betrachte die Schatten an der Wand, und meine Gedanken wandern zu C. Ich spaziere mit ihm durch den Park und gebe ihm Maite auf den Arm. Oder ich renne auf ihn zu, damit er mich auffängt und herumwirbelt. Bis das Ziehen in der Brust stärker wird, ein großes Nein aufzieht und der Vorhang fällt.

Ich habe solche Sehnsucht, dass mir schlecht davon wird. Am liebsten würde ich Maite einpacken und mit ihr nach Deutschland fahren. Unangemeldet bei ihm aufkreuzen und sagen: Hier, unser Kind. Ich brauche dich, ich kann nicht ohne dich. Schick uns nicht weg. Wir könnten irgendwo neu anfangen, es geht, ich habe es gerade hinter mir.

Aber ich weiß zu gut, dass es nicht funktionieren würde. Es ist völlig unmöglich, und das zu wissen ist einfach nur schrecklich. Doch das Schlimmste ist, ich kann mir nicht einmal wünschen, dass es aufhört. Denn wenn es aufhört, kommt das Vergessen. Und was bin ich dann noch?

*

„Wie findest du sie?"

„Wen?"

„Meine Mutter. Und Ben."

„Nett. Offen. Mutig."

„Wieso mutig?"

„Na ja, sie hätten mich ja auch rauswerfen können. Immerhin glauben sie mir. Ihr glaubt mir alle. Wieso eigentlich?"

„Weil du aussiehst wie er." Leo schaut sie von der Seite an. „Und weil du keinen Grund hättest, hier so eine Show abzuziehen. So viel ist bei ihm auch nicht zu holen."

„Ach, du Schande. Wegen Geld? Das brauche ich nicht. Davon habe ich mehr als genug."

„Klingt, als wärst du reich."

„Bin ich."

„Cool."

„Findest du?"

„Klar. Dann musst du nicht arbeiten, kannst machen, was du willst."

„Meinst du?"

„Ja."

„Vielleicht zeigst du mir ja, wie das geht."

„Was?"

„Zu tun, was ich will."

Sie stehen vor dem Hoteleingang.

„Was würdest du denn jetzt am liebsten machen?", fragt Leo.

„Mit dir weiterreden."
„Okay. Und wo?"
„Egal."
„Drinnen oder draußen?"
„Draußen."
„Wir könnten durch den Tiergarten spazieren."
„Gute Idee. Dann geh ich schnell hoch in mein Zimmer und hole mir andere Schuhe. Wartest du hier auf mich?"
„Ja, klar."

Es ist noch weit vor Mitternacht, aber es sind kaum Menschen unterwegs. Das genaue Gegenteil von Leos Kiez. Hier sind in den Seitenstraßen unter der Woche die Gehwege nach zehn hochgeklappt. Das Hotel jedoch ist gut besucht, die gläserne Schiebetür gibt von Zeit zu Zeit den Blick auf das Foyer frei. Stylisches Mobiliar, kühle Farbkombinationen an Wand, Decke und Vorhängen laden nicht gerade zum gemütlichen Zusammensitzen ein. Weiter hinten ist das Licht schummriger, dort wird die Bar sein. Und irgendwo in diesem Kasten hat Maite ein Zimmer mit einem Doppelbett.

Was denkt sie da? Die Frau ist ihre Halbschwester und außerdem total *straight.* Unübersehbar. Ihr Outfit, ihre Handtasche, die Art, wie sie mit Ben redet, die Blicke, die sie mit Ingrun wechselt – sie ist eine Hetera. Umso mehr muss sie darüber grinsen, dass Maite sie zuerst für einen Typen hält. Für einen von der Sorte, die sie gut findet? Oder wäre der ihr zu jung? Fährt sie auf Ältere ab? Ist ja auch völlig egal, weil sich die Frage ohnehin nicht stellt.

Warum muss sie eigentlich immer an das Eine denken? Kann sie nicht einfach mal mit einer Frau befreundet sein? So wie mit Manuel. Mit ihm kann sie stundenlang abhängen, philosophieren oder einfach nichts tun. Schweigend in der Gegend herumlaufen, kochen und irgendwann sagen: Ich brauche jetzt meine Ruhe. Manuel ist nie beleidigt, nie kompliziert, und vor allem will er nicht mit ihr ins Bett. Höchstens, wenn er es alleine zu Hause nicht aushält und jemanden zum Kuscheln braucht.

Leo sieht durch die Scheibe, wie Maite aus dem Fahrstuhl tritt. Sie hat sich komplett umgezogen. Frauen, typisch. Wieso braucht sie jetzt für den dunklen Park ein neues Outfit? Das mit den Schuhen versteht sie ja noch – aber das restliche Styling?

„Entschuldige, aber ich musste aus meinen Klamotten raus."

„Warum?"

„Ehrliche Antwort?"

„Immer."

„Weil sie heute schon so viel gesehen, erlebt und aufgenommen haben. Energetisch, meine ich. Das wollte ich jetzt nicht alles weiter mit mir herumtragen. Reicht schon, wenn ich es im Kopf ablegen und einsortieren muss."

„Ich habe fast immer dasselbe an."

„Und wenn du es waschen musst?"

„Habe ich das Gleiche noch mal."

„Praktisch."

Leo führt sie durch ein ruhiges Wohnviertel über eine Hauptstraße auf ein weitläufiges Gelände.

„Wo sind wir hier?"

„Das ist meine Uni. Hier hab ich mal rumstudiert."

„Rumgezeichnet?"

„Auch."

„Jetzt nicht mehr?"

„Nein."

Sie laufen an einem Areal mit Skulpturen vorbei, bizarre steinerne Figuren, dicht aneinandergedrängt, hinter Maschendraht.

„Und was machst du jetzt?"

„Rumzeichnen. Bloß nicht mehr hier." Leo kickt einen Stein auf dem Gehweg vor sich her. „Also nur noch, wenn ich will und was ich will."

„Klingt vernünftig."

„Ist aber unvernünftig."

„Sagt wer?"

„Zum Beispiel mein …", Leo korrigiert sich, „… also, unser Vater."

„Weil er findet, dass man ein abgeschlossenes Studium braucht, um Künstlerin zu sein?"

„Weil er findet, dass man ein abgeschlossenes Studium braucht, um nicht von brotloser Kunst zu leben."

„Findest du das auch?"

„Ich zeichne nicht, um Geld zu verdienen."

„Das wiederum finde ich unvernünftig."

„Wieso?"

„Vernünftig finde ich, wenn man macht, was man will und dafür bezahlt wird. Denn in den allermeisten Fällen ist das, was man wirklich möchte, auch das, was man besonders gut kann."

Sie verlassen das Universitätsgelände durch den Hinterausgang, überqueren eine Nebenstraße und schlagen sich hinter einem Bibliotheksgebäude in die Büsche.

„Pass auf, hier ist es ein bisschen dunkel und steinig."

„Ich mag Schleichwege."

Plötzlich bleibt Leo stehen und deutet mit der Hand auf eine Baumgruppe. Im schwachen Licht der fernen Straßenbeleuchtung ist der Umriss eines Fuchses zu erkennen.

„Wow", flüstert Maite, und sie gehen langsam weiter.

Hinter einer Bahnunterführung sind Stimmen zu hören, bunte Lampions blitzen auf.

„Absacker gefällig? Echt netter Biergarten."
„Du kannst ja Gedanken lesen", antwortet Maite.
Schön wär's, denkt Leo.

*

An Schlaf nicht mehr zu denken. Mit der Dunkelheit kriecht die Angst durch das Fenster, setzt sich auf die Haut, schiebt sich unerbittlich zwischen Decke und Laken. Der Atem gerät zum Seismografen schattiger Gedanken. Sie ist in Alarmbereitschaft. Registriert, wie der Körper neben ihr sich im Schlaf abwendet. Verbindet diese Wahrnehmung mit der Tatsache, dass sie beim Küssen eingeschlafen sind. Das Gefühl, ihre Lust an seine Müdigkeit zu verlieren, schickt sie in einen Albtraum: Stolpernd läuft sie durch immense Schluchten, die sich so hoch in den Himmel erstrecken, dass er nur als schwerer, bedrohlicher Streifen zu erkennen ist. Dort kreist ein riesenhafter Vogel. Seine Krallen sind lang, reichen bis zu ihr hin und wollen sie greifen. Das Geröll unter ihren nackten Füßen lässt sie nicht von der Stelle kommen, sie fällt auf die Knie, spürt den Windhauch des flügelschlagenden Tieres und verbirgt ihr Gesicht in den Armen.

Dann wacht sie auf.

Sie glaubt Ben nicht, dass er sie noch so liebt wie am Anfang. Es sind die vielen Kleinigkeiten, die sich seit Wochen, wenn nicht Monaten, schleichend verändern. Noch immer ist er aufmerksam, zuvorkommend und liest ihr beinahe jeden Wunsch von den Augen ab. Doch die Geschmeidigkeit in seinem Gang, die Helligkeit in seinem Lächeln lässt nach. Seine Bewegung auf sie zu wirkt bemüht, die Blumen, die er mitbringt, sind zu bunt, zu groß, zu wichtig. Ihretwegen braucht er seine Zuneigung nicht zu beweisen. Sie will nicht mehr und nicht weniger von ihm, als dass er da ist, dass er sie hält und dass er bleibt. Dass er nicht aufhört, sie zu begehren, keine andere will, heute nicht, morgen nicht. Nie wieder. Ingrun weiß, dass es so nicht laufen wird.

Fast zehn Jahre ist sie älter, und ihren körperlichen Verfall kann sie nicht aufhalten. Noch findet er sie schön, mag ihre Falten, noch gelingt es ihr, sich die gute Figur durch tägliches Training zu bewahren. Sie ist Physiotherapeutin, sie hat viele Körper in ihrem Leben gesehen und berührt. Frauen können ab einem bestimmten Alter nichts mehr gegen die Alterserscheinungen tun. Unweigerlich siedeln sich dann braune Flecken auf der Haut an, an Stellen, wo kein Make-up hilft. Die Fettpölsterchen nehmen zu, ganz gleich, wie man sich ernährt. Irgendwann kippt alles, der Hormonhaushalt, der Säuren-Basenhaushalt, das innere Gleichgewicht. Die Wechseljahre tragen ihren lautmalerischen Namen, weil in dem Land, das Körper heißt, eine neue Zeitrechnung beginnt. Das System schaltet diktatorisch in einen anderen Modus und lässt die Fruchtbarkeit versiegen, verursacht bedrohliche Klimaschwankungen und zettelt kriegerische Konflikte an. Oder einfacher gesagt: Ingrun hat unkontrollierbare Hitzeschübe und ist wahnsinnig schlecht gelaunt.

Noch kann sie das alles ganz gut verbergen. Sie schlafen nicht mehr so oft miteinander, manchmal eine ganze Woche lang nicht, es könnte also gut sein, dass sie menstruiert, ohne dass er etwas davon mitbekommt. Schwierig wird es nur, wenn sich nachts ihr Körper übermäßig aufheizt. Tagsüber atmet sie die unberechenbaren Wellen weg. Erträgt stoisch die aufsteigende Hitze und wechselt mehrmals ihre durchgeschwitzten Sachen. Nur ihre Zickereien, die sie selbst empfindlich stören, hat sie kein bisschen unter Kontrolle.

Vielleicht sollte sie ihn einfach verlassen, bevor er es tut? Sich für den Rest ihres Lebens mit dem Single-Dasein anfreunden, das sie sowieso besser kann. Statt auf vier Rädern durch Europa zu tingeln, eine neue Praxis eröffnen, mit der sie noch mehr Erfolg haben wird als mit der gerade gewinnbringend verkauften. Was um alles in der Welt veranlasst sie eigentlich dazu, alles aufzugeben, um Bens Hippieträumen zu folgen? Nächstes Jahr wird sie 50. Und dann? Wenn sie nach ihrer Rückkehr kein Bein mehr auf den Boden bekommt, das Geld sich trotz der gut durchdachten Anlage nicht vermehrt? Was ist eigentlich mit Christians Erbe?

Entschlossen schlägt sie die Bettdecke zurück und setzt sich auf. Sie muss sofort mit diesem Film aufhören. Jetzt denkt sie schon an Christians Tod, dabei liegt er im Koma, und sie wünscht sich nichts mehr als seine Genesung. Ist das so? Was empfindet sie eigentlich wirklich? Wut. Angst. Überforderung. Und für ihn? Tut er ihr nur leid? Mag sie ihn noch? Natürlich mag sie ihn noch, liebt ihn auf ihre Art. Christian versteht sie. Auch wenn er auf einem völlig anderen Stern lebt. Er kann zuhören, er weiß, wie sie tickt, und er will sie nie anders, als sie ist. Mit Ben hat sie immer das Gefühl, sie müsste etwas tun, damit er nicht verschwindet. Wie er beim Essen Maite ansieht! Keine Frage, eine sympathische junge Frau. Klug, eloquent, attraktiv. Unglaublich, diese Ähnlichkeit mit Christian. Sie hat alles Schöne von ihm: die Augen, die Nase, die Stirn. Gefällt sie Ben? Würde er mit ihr schlafen wollen? Sind seine Blicke verlangend? Sie unterstellt ihm etwas. Es gibt keinen Grund, eifersüchtig zu sein. Und es gibt auch keinen Grund, an ihrer Entscheidung zu zweifeln.

Und natürlich will sie nicht, dass Christian stirbt, völlig absurd. Er muss schon deshalb überleben, weil sie ihn zur Rede stellen will. Wegen des Versuchs, sich einfach davonzumachen, aber auch, weil er ihr den Grund dafür verheimlicht. Es stellt alles zwischen ihnen in Frage. Als ob ihr altes Kartenhaus nicht nur in sich zusammen fiele, sondern auch noch auf marodem Grund stünde. Weshalb es vielleicht überhaupt erst einstürzt. Vielleicht ist Christian in Wahrheit ja ein ganz anderer. Dieses Nichtwissen, diese Leerstelle versetzt sie in Aufruhr, erschüttert ihre Grundfesten. Betrügt er sie schon immer um sich selbst?

*

Der Staub der Stadt fließt an ihr ab, sie lehnt sich an die kühlen Kacheln, lässt das warme Wasser über ihren Körper laufen. Lange. Ihre Hände streichen über ihre Schultern, ihre Brüste, ihren Bauch. Maite ist müde, aufgedreht und sie ist erregt. Zwischen dem Abend und ihrer Lust gibt es eine Verknüpfung, der sie ausweicht. Unfertige Bilder steigen in ihrem Kopf auf, doch noch bevor sie Farbe bekommen, tauchen sie wieder ab, hinterlassen eine leise Vorahnung. Noch ist sie nicht bereit, zu sehen, was sie weiß. Noch ruht ihr Herz auf neutralem Boden, lehnt sich nur wenig an dieses Sehnen, dem sich ihr Körper längst hingibt.

Maite trocknet sich leicht ab, bindet ein großes Handtuch um, betrachtet ihr nasses Gesicht. Kleine Rinnsale laufen aus den Haaren über ihre Wangen. Sie sieht so anders aus als Leo, obwohl sie den gleichen Vater haben. An ihr selbst gibt es keinen Zweifel, dass sie eine Frau ist. Eine schöne Frau. Maite hat es oft gehört und sie weiß, warum. Sie wird gesehen, ohne dass sie etwas dafür tun müsste. Ihre Augen, klar und blau, bedürfen keiner Unterstreichung. Manchmal hätte sie gerne einen weniger vielversprechenden Mund, in jederlei Hinsicht.

Beim Zähneputzen geht sie durchs Zimmer, erledigt mit einer Hand, wofür sie eigentlich zwei bräuchte: Herumliegendes wegräumen, Fenster öffnen, Handy aufladen. Es lenkt sie ab vom automatischen Kreisen der Zahnbürste, bis sie endlich die Paste ins Waschbecken spucken kann.

Der letzte Gin Tonic hätte nicht sein müssen. Und dennoch bereut sie ihn nicht. So wenig wie die ganzen letzten achtundvierzig Stunden. Auch wenn die Verwirrung immer größer wird und nichts mehr klar scheint. Und sich in ihr etwas wie Traurigkeit entfaltet, der Druck auf die Brust steigt und ihr Kiefer unter Hochspannung steht. Sie hält zusammen, was zu bersten droht, und sie hat keine Ahnung, wie diese Story weitergeht. Sicher ist nur, dass sie weder morgen noch übermorgen zurückfliegen wird. Schon nachmittags überlegt sie, Unterwäsche zu kaufen, und schaut nach, ob sie ihren Führerschein dabei hat. Hinweise auf ein Unterbewusstes, das scheinbar eigene Wege geht. Klüger und schneller ist. Oder vielleicht einfach nur furchtloser.

Maite löscht das Licht, zieht die Vorhänge wieder zurück und legt sich aufs Bett. Gestern hat sie um etwa die gleiche Zeit an dieser Stelle Sex mit einem netten Unbekannten. Timo schreibt ihr mittags. Ob sie Lust hätte, ihn zu treffen. Hat sie nicht, sie wird auf die Nachricht nicht reagieren.

Warum, denkt sie, tue ich das? Schlafe mit einem und halte es danach nicht einmal für nötig, ihm zu antworten? Wieso ist mir eine schnelle Nummer mit einem Fremden lieber, als mit dem zu schlafen, den ich liebe? Jorge. Den inneren Dialog, ob es tatsächlich Liebe ist, was sie für diesen Mann empfindet, bricht sie im Ansatz ab. Es ist nicht wirklich wichtig. Denn sie wird ihn nicht heiraten, sie wird nicht mit ihm zusammenziehen und sie wird schon gar keine Kinder bekommen. Sie bleibt bei ihm, weil sie keinen Grund hat, ihn zu verlassen. Und weil es ihr Sicherheit gibt: das Gefühl, mit einem anderen Menschen verbunden zu sein, die Selbstverständlichkeit, Hand in Hand zu gehen, die automatisch an zwei gerichteten Einladungen zum Geburtstag, das Geschenkekaufen an Weihnachten und die unzähligen, immer gleich ablaufenden Streitereien. Mit Jorge fühlt sie sich allein und doch nicht allein genug, um Einsamkeit zu verspüren. Sich von ihm zu trennen, würde vor allem das Zurückgeworfensein auf sich selbst bedeuten, und die Frage danach, wohin sie eigentlich gehört. Mit wem sie sonst einkaufen, kochen, Urlaub machen und sich langweilen könnte. Vor allem aber, von wem sie sich dann distanzieren sollte.

Wahrscheinlich ist sie beziehungsunfähig und egozentrisch. Trotz aller Versuche, das Beste aus sich herauszuholen, einfach ein schlechter Mensch. Denkt ihr Vater das auch? Glaubt er auch, nicht richtig zu sein, und will deshalb aus dem Leben gehen? Vielleicht versucht er nur entschlossen abzutreten, um die Bühne freizugeben für Schauspieler, die im Leben eine bessere Figur machen: für die Guten, die den Text besser können, die sich für die anderen zurücknehmen, immer zuvorkommend sind und die nie zu unlauteren Mitteln greifen, um etwas zu erreichen. Die überhaupt Ziele haben, sie verfolgen, irgendwann erreichen und dann kein Aufhebens darum machen. Die sich selbstlos in den Dienst anderer stellen und keinen Dank dafür erwarten. Also für Menschen, die das genaue Gegenteil von ihr sind. Sie ist nicht gut. Sie tut nur so. Trotz ihrer Bemühungen, der jahrelangen Meditation, der klugen Unterweisungen ihrer Lehrer. Sie ist eine lausige Schülerin, sie hat keine Disziplin und sie haftet an ihrem Ego wie eine Klette.

„Papa ist manisch-depressiv", erzählt Leo. „Das wissen wir schon lange. Wenn er gut drauf ist, kann er echt witzig sein. Wenn er schlecht drauf ist, stürzt er ziemlich schnell ab. Dann kommt er nicht mehr aus dem Bett, will niemanden sehen und lässt sich total gehen. Solange er seine Tabletten nimmt, geht es. Aber die machen ihn müde und irgendwie auch anders."

Depressiv. Ist sie das auch? Wird das nicht auch vererbt? Vielleicht liegt das ganze Problem in ihren Genen und ist sie gar nicht selbst schuld an diesem grübelnden Kopf, der alles wissen und verstehen will, koste es, was es wolle. Ist die Wegbewegung etwa in ihr angelegt, dieser Rückzug, der sie nie wirklich teilhaben lässt am Spaß der anderen, der sie zwingt, genau dann zu verschwinden, wenn Gott und die Welt bleiben will? Maite geht nicht gern auf Partys, sie hasst Essen an langen Tischen, sie mag keine Gesellschaftsspiele, mehr noch: Sie mag es nicht, in Gesellschaft zu sein. Überhaupt ist sie anders als die anderen. Immer eine Spur daneben. Wenn sie überhaupt Nähe erträgt, dann nur mit einem. Oder mit einer. Was von beidem ist eigentlich Leo?

Ihr Gesicht schiebt sich zwischen die anderen inneren Bilder, und wenn sie es zulässt, dann macht Maite die Art, wie Leo sie ansieht, ziemlich durcheinander.

Es stimmt, sie bringt sie zum Stolpern. Nicht nur auf den ersten Blick. Seit ihrer Begegnung stolpert beim Gedanken an Leo alles in ihr. Ihr Verstand, ihr Atem, ihr Herz. Maite erschrickt, wie sehr ihr Körper auf diesen Menschen reagiert. Das kann eigentlich nicht sein.

Und wenn doch?

*

Statt nach Hause geht Leo in ein Café, das rund um die Uhr geöffnet ist. Es ist weniger düster, als der Name verspricht, aber gemütlich sieht anders aus. Hier treffen Touristen auf Taxifahrer und Hippies auf Transen, die Wände erzählen von absichtslosen Begegnungen, die in Hochzeiten enden, aber auch von der Verlassenheit in nicht enden wollenden Nächten.

Leo bestellt Chai und macht sich daran, das weiße Papier mit Strichen zu füllen. Ihre Augen sind müde, fallen fast zu, immer wieder muss sie den Stift aufnehmen, neu ansetzen. Sie will den Fuchs hierherholen, diesen Moment, als Maite flüstert: *Wow*.

Ihre Stimme verankert sich dabei sanft, aber bestimmt, und dehnt sich immer weiter in ihr aus. Verbindet sich mit all den anderen Worten, die Leo gierig in sich aufnimmt, manchmal, ohne wirklich zu verstehen, was sie bedeuten. Zum Beispiel die Antwort auf die Frage, warum Maite meditiert.

„Mit Mitte zwanzig habe ich bemerkt, dass ich vor allem, was ich gefühlt habe, weggelaufen bin. Dann bin ich in einer buddhistischen Gemeinschaft mit Meditation in Berührung gekommen und fast verrückt geworden. Einfach still dazusitzen und nichts zu tun, außer zu atmen und meine Gedanken vorüberziehen zu lassen, hat mich ziemlich an meine Grenzen gebracht. Aber irgendwann habe ich gespürt, was darunter liegt."

„Was denn?"

„Furcht."

„Und wovor?"

„Vor Veränderung. Vor der Tatsache, dass nichts bleibt und alles ständig im Wandel ist. Dass wir nichts festhalten können. Aber es immer wieder versuchen. Reichlich frustrierend, und wenn man es durchschaut, ziemlich angsteinflößend."

„Und Buddhismus hilft?"

„Das stille Sitzen hilft mir dabei, nicht alles zu glauben, was ich denke."

Leo findet diesen Satz echt stark, obwohl sie überhaupt nicht weiß, wie das gehen soll. Nicht zu glauben, was sie denkt. Was soll sie denn sonst glauben? Etwa, was die anderen denken?

Vor ihr auf dem Zeichenblock sitzt Maite mit gekreuzten Beinen in einer Haltung, die Leo von indischen Göttinnen kennt. Und weil indische Göttinnen meist nur leicht bekleidet sind, legt sie Maite lediglich ein Tuch um die Lenden. Dann schließt sie die Augen und versucht sich ihren nackten Oberkörper vorzustellen. Maite wirkt durchtrainiert, hat muskulöse Arme und Beine. Die Hüften sind eher schmal, der Rücken bis in die Schultern muskulös. Ihre Brüste denkt sie als wohlgeformte Rundungen, die sich sanft erheben. An dieser Stelle lässt sie den Bleistift sinken. Sie kann den inneren Blick nicht von Maite lassen, sondern wandert langsam an ihrer Flanke hinab zu den Füßen. Längst liegt sie ein paar hundert Meter weiter neben ihr im Hotelbett und betrachtet die Schlafende. Niemals würden ihre Hände sie berühren, schon das Anschauen in Gedanken scheint ihr verboten.

Leo will nicht wissen, wie lange Maite in Deutschland bleibt, aber sie ist erleichtert, als sie hört, dass sie nach Hamburg will.

„Spurensuche", sagt sie. „Ich will wissen, was für eine Geschichte das zwischen meiner Mutter und ihm ist."

„Und wie willst du das herausfinden?"

„Recherchieren. Das ist mein Beruf. Der Wahrheit auf den Grund gehen."

Leo verspürt bei diesem Gedanken eine leichte Unruhe. Sie betrachtet die Dinge lieber an der Oberfläche und macht Momentaufnahmen davon. Ein Grund, ihr Studium hinzuwerfen, ist der ganze Aufriss, den immer alle um eine Zeichnung machen. Der konzeptuelle Überbau hinter einem Bild, die genaue Herangehensweise, die Zugehörigkeit zu einer Tradition und Technik. *The big picture*, mit dem alles verknüpft sein soll, und das sich in Beziehung setzen damit. Warum reicht es nicht, zu nehmen, was sich zeigt? Wenn ihr Vater eine andere Frau hat, okay. Wenn er nicht mehr leben will, weil er damit ein Problem hat, okay. Was nützt es, die Dinge zu erklären, wenn man sie nicht ändern kann?

„Ich muss alles verstehen", sagt Maite, „sonst kann ich es nicht akzeptieren. Das ist anstrengend. Und kann ziemlich wehtun. Aber es ist mir lieber, als den Zusammenhang nicht zu erkennen."

Zusammenhangslos. Vielleicht beschreibt dieses Wort genau den Zustand, in dem Leo beinahe immer ist. Ein Puzzleteil, das in keine Lücke passt, das am Ende, wenn das Bild fertig ist, einfach übrig bleibt. Es fehlt nirgends, es stört nicht wirklich, doch es ist auch nicht von Nutzen. Es erinnert in Form und Farbe an Vertrautes, aber sein Inhalt hängt mit nichts zusammen, was vertraut wäre. Ob es hier oder da ist, macht keinen Unterschied, denn es hat keinen Platz im Gefüge.

*

Elisa zieht vom Garten ins Haus um, sie braucht jetzt Wände um sich herum. Beim Lesen ihrer Eintragungen hält sie immer wieder inne und versucht sich als die junge Frau zu denken, die vor dreißig Jahren in dieses Land kommt: Welche Kleidung trägt sie, auf wen trifft sie, was geht in ihr vor? Wie gut sind ihre Spanischkenntnisse aus der Schule? Warum Sevilla? Nur, weil sie nichts mit der Stadt verbindet? Weil Christian dort nicht nach ihr suchen wird?

Die Wochen und Monate nach Maites Geburt, dieses zeitlose Vakuum aus himmelhochjauchzend und zu Tode betrübt, verdrängt ihre Seele erfolgreich. Viel später lernt sie, weshalb: Gerade die Fähigkeit des Gehirns, in größter Not abzuschalten, ermöglicht das Überleben nach Katastrophen. Der Körper bleibt anwesend, der Geist schaltet auf Autopilot, und die Gefühle erreichen nur peripher das Schaltzentrum des neuronalen Systems. Eine schützende Schicht legt sich um die empfindlichen Stellen der Synapsen, leitet den Schmerz nicht dorthin weiter, wo er das folgerichtige Rasen auslösen könnte. Kluger Kopf, kluger Körper, traumatisierter Mensch.

Aus dieser Zeit bleiben ihr Fragmente, schnell mit Bleistift hingekritzelte Textfetzen, getrocknete Blüten zwischen leeren Seiten, die ersten Fotos von Maite eingeklebt. Mit dem Aufklappen des Tagebuchs öffnet sich auch ein inneres Fenster, und unerbittlich steigt der bittere Geschmack des nie Gesagten zwischen den Zeilen auf. Das erste Jahr mit Kind weht als löchriger Schleier in ihr, viele Bilder fehlen. Manch eine Erinnerung weckt Traurigkeit, manch andere entlockt ihr ein Lächeln, manches kann sie kaum glauben. Und doch betrachtet sie ihre Geschichte beinahe mit Wehmut, wie einen verstorbenen Weggefährten, der an längst vergangener Lebendigkeit rüttelt.

14. Januar 1985
Heute feiert Maite ihren ersten Geburtstag. Wir haben Jesús besucht und eine Kerze für ihn angezündet. Es hätte ihm gefallen, uns zu sehen. Ich glaube, wir sind ein ganz gutes Team und machen seinem Namen aller Ehre. Auf jeden Fall

sind wir absolut anders als der Rest seiner Familie, und darauf wäre er stolz.

Manchmal glaube ich fast selbst, dass er Maites Vater ist, und dann erschrecke ich, denn es bedeutet, dass ich C. für nicht existent halte. Und vielleicht sollte ich das wirklich tun. Aber ich kann einfach nicht aufhören, an ihn zu denken. Ich schlafe abends mit seinem Gesicht vor Augen ein und wache morgens damit auf. Dazwischen sehe ich ihn in Maite.

Es ist keine gute Idee, nur zu Hause zu sein. Zum nächsten Semester werde ich wieder studieren. Ich habe schon eine Frau gefunden, die sich um Maite kümmert, wenn ich in der Uni bin. Ich drehe durch, wenn ich noch ein Jahr nichts anderes tue als stillen, Windeln wechseln, den Kinderwagen herumschieben und Bauklötze stapeln.

Zu Hause würden mich die meisten beneiden. Ich muss nicht arbeiten gehen, kann mich den ganzen Tag um meine Tochter kümmern und kaufen, was ich will. Ich zahle keine Miete, bekomme Geld, ohne einen Finger zu krümmen, und bin frei und unabhängig. Hier in Spanien denkt man anders. Meine Nachbarinnen bemitleiden mich dafür, eine so junge Witwe zu sein. Alle wollen mir helfen, alle wollen auf uns aufpassen. Ana sagt, ich muss mit dem Trauern aufhören. Wenn sie wüsste, dass der, den ich liebe, noch lebt. Dass ich nicht trauern kann, sondern nur sehnen. Manchmal möchte ich dieses Stück Herz, das ihn vermisst, einfach herausschneiden und verbrennen.

Ana ist vor drei Wochen in Jesús' Wohnung eingezogen. Sie ist Lehrerin und kommt aus Bilbao. Auch in ihrem Leben ist etwas Schreckliches geschehen, das habe ich sofort an ihren Augen gesehen. Ich habe ihr das Apartment für wenig Geld vermietet. Sie war so glücklich darüber, dass sie geweint hat. Aber ich dachte nur, dass Jesús ja das Gleiche mit mir gemacht hat. Wenn alle das füreinander täten, wenn sie in Not wären, gäbe es vielleicht weniger unglückliche Menschen. Obwohl mir niemand aus meinem Unglück heraushelfen kann. Geld hilft schon gar nicht. Manchmal denke ich sogar, ich käme besser damit klar, wenn ich arbeiten müsste. Etwas Handfestes tun, das mir keine Zeit ließe, mir den Kopf und das Herz zu zermartern.

Elisa klappt das Tagebuch zu, ihr Blick geht nach innen, zurück zum ersten Tag in der Universität. In der ehemaligen Tabakfabrik fühlt sie sich längst nicht so selbstsicher wie Carmen, die in der Oper von Bizet genau dort im Hof Don José eine Blüte zuwirft. Sie hört die Arien zum ersten Mal mit Jesús. Der wie Carmen an seiner Freiheit festhält, für die auch er mit dem Leben bezahlt.

„Wenn es ein Mädchen wird, nenn sie nicht nur Maite. Gib ihr noch Carmen mit auf den Weg. Damit sie sich nie einen fremden Willen aufzwingen lässt."

Jesús plant alles besser als Christian. Er überrascht Elisa nicht, er organisiert seinen Freitod wie ein notwendiges Projekt, und er verabschiedet sich anständig. Schickt sie und das Kind fort und ist bei ihrer Rückkehr einfach verschwunden. Sein Geld heilt keine Wunden, aber es hilft, sie zu verarzten.

Elisa verbringt die Nacht damit, in ihrer Vergangenheit zu lesen, duscht gegen Morgen und macht einen Spaziergang. Ihre Termine für den Rest der Woche sind abgesagt, sie muss nicht in die Praxis, nicht in die Stadt. Sie kann bleiben, wie sie ist, braucht die Tür nicht zu öffnen, wenn es klingelt, muss nicht ans Telefon gehen. Ihre Vorratskammer ist gut gefüllt, vielleicht geht sie später auf den kleinen Markt im Dorf und kauft frischen Fisch. Den Schlaf holt sie nach, wenn er kommt.

*

Ein steiniger Weg führt zu ihm. Er erstreckt sich durch einen kleinen Park, in dem die Bäume angeordnet sind wie Wächter. In Reih und Glied säumen sie einen schmalen Streifen Gras, trotz der Verbotsschilder sind viele Decken ausgebreitet. Es ist warm, Kinder toben herum, Patienten und Besucher sitzen unter Bäumen, ein paar Leute sonnen sich, niemand scheint auf die Gänseblümchen zu achten. Eine Erinnerung blitzt in Maite auf, ihre Mutter erzählt ihr eine Gute-Nacht-Geschichte: In Grönland würden die zarten Blüten unter Eis wachsen und hätten es deshalb besser als anderswo. Denn niemand könnte sie aus Unachtsamkeit zertreten.

Maites Schritte werden kleiner, je näher das große Gebäude kommt. Der Kies unter den Sohlen knirscht, vor ihr wird eine Zigarette angezündet, sie hebt den Blick. Auf der Strecke von der Straße zu dem gläsernen Foyer gibt es eine unsichtbare Grenze. Dahinter sind die Spaziergänger ungekämmt, einige halten sich an silberfarbenen Stangen mit Infusionsflaschen fest, schieben sie langsam vor sich her, als fürchteten sie, von ihnen überholt zu werden.

Gleich ist es so weit. Ihr Herz beginnt schneller zu schlagen und sie verlangsamt den Schritt noch mehr. Atmen, denkt sie, eins ein, eins aus, zwei eins, zwei aus. Das Herz einfach lassen, es weiß schon Bescheid.

Vor ein paar Wochen macht sie zum ersten Mal damit Bekanntschaft. Eine Routineuntersuchung, ihr Arbeitgeber hält zu Prävention an. Sie wundert sich über das Ergebnis. Zu hoher Blutdruck, lassen Sie sich gründlich durchchecken. Auch das. Maite rechnet mit einem EKG, erwartet nervöse, zackige Linien auf dem Monitor, die später auf einem langen Papierstreifen ausgedruckt, Eingang in eine Krankenakte finden. Was sie stattdessen zu sehen bekommt, rührt sie: ein schattenfleckiger unförmiger Klumpen, der in regelmäßigen Abständen Tinte auszuspucken scheint, ein in sich versunkenes, auf seltsame Weise schüchtern wirkendes Bündel. Ihr Herz im Ultraschall. Dass derart Fragiles in ihrer Brust schlägt, überrascht sie und löst ihren Beschützerinstinkt aus. Am liebsten die Hand vorsichtig um das bläulich zitternde Ding legen. Ist ja schon gut, keine Angst, alles im grünen Bereich.

Die Kardiologin kreist mit dem kalten Plastikaufsatz auf ihrem linken Brustkorb und bringt ihr armes Herz noch näher heran, so nah, dass sie beide in einen Abgrund hineinsehen können.

„Hier, sehen Sie: die vergrößerte Herzkammer, und da, die verdickten Muskeln. Das ist ungewöhnlich in Ihrem Alter, Sie sind ja gerade mal knapp über dreißig! Gibt es Herz- oder Gefäßerkrankungen in Ihrer Familie?"

Der Vater stirbt an Krebs, die Großmutter hat Diabetes, die Mutter einen hohen Cholesterinspiegel. Eine Prädisposition also, die Ärztin nickt und rät ihr zur Langzeitblutdruckmessung. Sie stimmt widerwillig zu. Erträgt das Plastikkästchen am Arm, das alle dreißig Minuten die Manschette aufpumpt und ihr den Oberarm bedrohlich eng zusammenpresst. Dabei macht es ein Geräusch, als würde es gleich abheben, nur um dann erschöpft die Luft abzulassen. Sie geht damit nicht aus dem Haus, sie hält still und verfälscht bewusst das Ergebnis, sie hat keine Lust auf Scherereien. Ihrem Körper schenkt sie schon genug Aufmerksamkeit. Sie isst gesund, bewegt sich viel und ist ausreichend an der frischen Luft.

„Ihr Zweitwert ist zu hoch. Viel zu hoch. Das lässt sich nicht über Ernährung und Sport regeln. Das ist Veranlagung. Je früher Sie darauf reagieren, umso besser. Das vermindert das Schlaganfallrisiko."

Den Großvater erwischt es vor zwei Jahren, seitdem ist er gehbehindert. Laufen und Sprechen muss er erst wieder lernen, derselbe ist er nicht mehr. Maite schluckt ihre Diagnose und von da an Tabletten. Eine kleine rosafarbene, eine kleine gelbe und eine halbe weiße im Bad nach dem Frühstück. Sie erzählt niemandem davon, nicht einmal im buddhistischen Kloster in der Sierra Nevada, wo sie einmal im Monat ein langes Wochenende verbringt.

„Was machst du denn da die ganze Zeit?", will Leo wissen.

„Auf einem Kissen sitzen."

„Nur sitzen?"

„Nein, auch bewusst atmen und meine Gedanken zur Kenntnis nehmen."

„Und dafür musst du die ganze Zeit sitzenbleiben? Das kannst du doch auch beim Radfahren oder Spazierengehen."

„Dabei lasse ich mich zu sehr verwickeln. Drifte ins Kopfkino ab. Beim Meditieren üben wir, im Jetzt zu bleiben."

„Ich bin immer im Jetzt. Du nicht?"

„Na ja, im Grunde sind wir doch den ganzen Tag entweder mit dem beschäftigt, was war, oder mit dem, was noch kommen könnte. Wir wollen unser Leben am liebsten nach vorne und hinten und rund um die Uhr kontrollieren. Wir versuchen, alles irgendwie in den Griff zu kriegen, weil wir Angst haben, dass es sonst aus dem Ruder läuft. Und merken dabei nicht, wie uns der Moment, in dem wir wirklich existieren, entgleitet."

„Also, wenn ich nur rumsitze und Löcher in den Boden starre, kriege ich erst recht Angst."

„Am Anfang, ja. Dann nicht mehr. Alles Übung."

„Und was hast du davon?"

„Dann gibt es manchmal einen winzigen Augenblick, in dem du total präsent bist."

„Ist das so toll?"

„Es wirkt sich im Laufe der Zeit auf deinen Alltag aus."

„Wie genau?"

„Interessiert dich das wirklich?"

„Klar."

„Dann erzähle ich dir eine Geschichte: Stell dir vor, es ist Freitagabend, du hast jemanden zum Essen eingeladen und du denkst viel zu spät ans Einkaufen. Du nimmst dein altes Auto und stürzt dich in den Feierabendverkehr, jemand fährt dir fast rein, du fluchst, rufst ihm zu, was für ein Dummkopf er ist, fährst beim Einbiegen auf den Parkplatz fast jemanden um und rennst total genervt in den völlig überfüllten Supermarkt. Dort rempelst du alle Leute an, weil du es so eilig hast, knallst schließlich eine Packung Spaghetti, eine Büchse Tomaten, Parmesan und einen Salat in den Einkaufskorb, drängelst dich an der Kasse vor, zahlst, hetzt zum Auto, willst aufschließen, greifst in die Jackentasche und stellst fest: Du hast den Schlüssel unterwegs verloren."

Maite macht eine Pause und lächelt.

„Lass mich raten", sagt Leo. „Wenn du meditierst, rufst du deine Freundin an und lädst sie ganz im Hier und Jetzt beim Italiener um die Ecke ein."

„Falsch." Maite grinst. „Wenn du einigermaßen regelmäßig meditierst, könnte sich die Geschichte folgendermaßen abspielen: Es ist Freitagabend, du hast einen Freund zum Essen eingeladen und du denkst viel zu spät ans Einkaufen. Du nimmst dein Auto, stürzt dich in den Feierabendverkehr, jemand fährt dir fast rein, du fluchst, nennst ihn einen Idioten, fährst beim Einbiegen auf den Parkplatz fast ein Kind um und rennst genervt in den überfüllten Supermarkt. Dort wirfst du erst mal was um, haust eine Packung Spaghetti, eine Büchse Tomaten, Parmesan und einen Salat in den Einkaufswagen, drängelst dich an der Kasse vor, zahlst, hetzt zum Auto, willst aufschließen und denkst: Scheiße, ich hab den Schlüssel verloren." Maite hält ihr beide Hände hin. „Dann greifst du in die Jackentasche. Und da ist der Schlüssel."

„Thema Achtsamkeit."

„Gutes Stichwort. Hast du dich damit beschäftigt?"

„Ist doch total angesagt. Meine Mutter hat gerade eine Fortbildung dazu gemacht und ist total begeistert."

„Und du kannst damit nicht so viel anfangen?"

„Doch."

„Aber?"

„Ich glaub, es geht dabei nur um Geschwindigkeit. Mir geht oft alles viel zu schnell. Und bei deinem Beispiel sorgt die Achtsamkeit nur dafür, dass die restliche Unachtsamkeit nicht zur Katastrophe führt. Finde ich ehrlich gesagt nur mäßig."

„Der Punkt geht an dich. Ich wusste allerdings nicht, dass du schon fortgeschritten bist."

„Bin ich nicht."

„Doch. Und wahrscheinlich weißt du auch, dass es im Grunde nicht so sehr um Gedanken geht, sondern um Gefühle. Genauer gesagt darum, sich berühren zu lassen. Vom offenen Herzen im leeren Raum."

„Das klingt schön", sagt Leo.

Maite versteht das Herz neuerdings nicht mehr nur als Ort des Mitgefühls. Seitdem sie das Wort Infarkt dazu denkt, wird es auch zum Motor. Zum anfälligen Motor. Allerdings erscheint die Logik der Vererbung in einem anderen Licht, seit sie weiß, dass die Familienanamnese ihrer Ärztin auf dem Gesundheitszustand von Menschen beruht, die nicht mit ihr verwandt sind. Vielleicht ist das Ganze bloß ein Missverständnis, man hat einen Fehler bei der Auswertung gemacht, und sie senkt völlig unnötigerweise künstlich ihren Blutdruck und ist in letzter Zeit deshalb so schlapp. Und als Nebenwirkung depressiv. Sie muss das alles noch einmal überprüfen und auch, ob dieser Christian Steger ihr das angehängt hat.

Dieser Mensch, der irgendwo hinter in diesem Gebäude liegt, vor dem sie nun steht.

*

Er wird sich an seine Träume vielleicht nie erinnern. Nur sein Körper wird später noch wissen, wie er in diesem Bett liegt, an Schläuche und Monitore angeschlossen, medizinisch überwacht von einem wechselnden Team, das ihn nicht aus den Augen lässt. Er wird keine Bilder abrufen können von diesen Tagen, eingerahmt von Messingstangen, unterwegs in einem gnädigen, nicht an die Oberfläche drängenden Unterbewusstsein. Christian Steger träumt.

Er ist Berater eines Fernsehstudios, geht mit schnellen Schritten durch ein Großraumbüro. An seinem Schreibtisch bleibt er erstaunt stehen. Wieso lebt er noch, ist er nicht gerade gestorben? Es ist später Nachmittag, seine Kollegen machen nach und nach Feierabend, doch kein Einziger verabschiedet sich beim Hinausgehen. Die Tatsache, dass ihn niemand beachtet, führt er darauf zurück, dass er möglicherweise als Toter unsichtbar ist. Plötzlich wird es dunkel und kalt, und er zieht einen Wintermantel über, den er von der Garderobe nimmt. Dabei stellt sich ein Mann neben ihn, in dem er sich selbst als Studenten erkennt.

„Endlich hast du meine richtige Größe getroffen“, sagt er.

Christian folgt ihm nach draußen und begegnet auf einem parkplatzähnlichen Gelände zwei dunkel gekleideten Schlägertypen, die ihm winzige Boxerwelpen verkaufen wollen. Er schüttelt den Kopf und wendet sich ab. Die beiden verschwinden, dafür tauchen aus einem Fabrikgebäude gegenüber kleine weiße Hunde auf, die ihn attackieren. Christian kann sie durch Tritte und Schläge zwar abwehren, doch einer beißt sich auf Hüfthöhe in seinem Mantel fest. Als er laut um Hilfe ruft, kommt der Student zurück und versucht vergeblich, dem Hund an seiner Hüfte Ober- und Unterkiefer auseinanderzudrücken.

„Ich gehe Werkzeug holen", sagt er.

Kaum ist der junge Mann außer Sichtweite, lässt der Hund von ihm ab, rutscht in den Mantel, schiebt sich über Christians Rücken bis nach oben zur Schulter und flüstert ihm ins Ohr: „Hör mir gut zu, ich will dir etwas sagen."

Christian ist überrascht, dass der Hund seine Sprache spricht, fürchtet sich aber nicht. Er hat eher Angst, jemand könnte zuhören und ihn und den Hund stören. Dann verliert er die Verbindung zu dem Tier, und die ganze Szene versinkt in tiefer Dunkelheit.

*

Dass sie verabredet sind, wäre zu viel gesagt.

„Wir sehen uns dann morgen im Krankenhaus."

Immerhin. Leo schläft kaum, liegt nur zwei Stunden auf dem Bett und verscheucht bohrende Gedanken. Sie schwankt zwischen Aufgeregtheit und Resignation, ein Zustand, den sie nicht zeichnen kann. Sie versucht es immer wieder, doch die Striche entgleiten ihr, wollen keine klare Richtung einschlagen, knicken ein, bevor sie ihren Ausdruck finden.

Mit Vollgas auf der Bremse stehen. So heißt Bild Nr. 28 in dem neuen Zyklus, den sie unter dem Buchstaben M. führt. Darauf ist außer dem Titel nichts zu sehen. Leere. Das weiße Papier, auf dem alles und nichts möglich ist. Und eigentlich jedes Wort zu viel. Trotzdem reißt sie es nicht heraus, turnt in Gedanken mit Kohle darüber. Oder Filzstift. Weiche, beinahe zärtliche Berührungen der Spitze mit der Fläche. Irgendwo gibt es ein Muster, das sie noch nicht versteht, vielleicht etwas wie eine ungeheuerliche Möglichkeit.

In unregelmäßigen Abständen öffnet sich die automatische Glastür und mit dem Aufschwingen der beiden Flügel treten Ärztinnen, Patienten und Besucher aus dem Eingangsbereich. Einige von ihnen setzen sich auf eine der Holzbänke, die so positioniert sind, dass man frontal auf die Fassade blickt, ein architektonisches Schwerverbrechen, das um einiges älter als Leo ist. Hier wird geraucht, zwischen den eingepferchten Kieseln der Waschbetonplatten im Eingangsbereich verrotten jede Menge Zigarettenkippen. Man müsste sie mit einem dieser düsenbetriebenen Rohre fortpusten oder aufsaugen, wie die Blätter im Herbst zum Schutz der Kastanien vor den Miniermotten. Leo fertigt im Oktober eine ganze Serie an, wie eine Horde Freiwilliger mit eigenartigen Maschinen bepackt den Laubhaufen zu Leibe rückt. Eines Tages wird sie darüber einen Comic aus der Sicht von Außerirdischen zeichnen, die versehentlich in Berlin landen.

„Das musst du unbedingt machen“, konstatiert Maite nachts um drei unter einer grünbelaubten Kastanie im Tiergarten.

„Meinst du, das findet noch jemand außer dir witzig?“

„Unbedingt.“

Unbedingt. Unbedingt muss sie in Maites Nähe bleiben, unbedingt alles von ihr wissen. Leo schreibt ihr eine Nachricht, dass sie auf einer Bank vor dem Krankenhaus sitzt. Sie geht nicht nach oben. Es reicht, wenn sie in Reichweite ist. Seit der Sache mit ihrem Vater hält sie ihre Mutter kaum aus. Braucht mehr Raum, weil die Zeit sich deformiert. Denn in dem Augenblick, in dem Leo ihn auf dem Sofa findet, bleibt ihre innere Uhr stehen und dreht sich nur noch um sich selbst. Als ob Tage und Nächte nicht in die Zukunft führten, sondern sich in der Gegenwart zentrifugierten. Hell, dunkel, früh, spät, Mittag, Abend, nichts macht mehr einen Unterschied, sie tritt auf der Stelle und wartet auf den Augenblick, in dem der Film weiterläuft. Wenn er wieder aufwacht. Oder wenn er nicht mehr atmet. Wie Schneewittchen, denkt sie. Jemand müsste ihn wachküssen und die Einzige, die ihr dazu einfällt, ist Maites Mutter.

„Meine Mutter? Bis vor Kurzem hätte ich noch gesagt: total offen."

„Und jetzt nicht mehr?"

„Sie hat mich jahrelang angelogen."

„Lügst du nie?"

„Doch, aber nicht in solchen Dingen." Maite schüttelt den Kopf. „Nicht, wenn es um etwas Großes geht."

„Wenn du es vorher gewusst hättest, hättest du ihn gesucht?"

„Weiß ich nicht. Irgendwann schon, sicher."

„Das hat sie versucht zu verhindern."

„Richtig."

„Warum eigentlich?"

„Weil sie nicht wollte, dass er es weiß. Sagt sie."

„Wird bestimmt ein Hammer für ihn."

„Alles wird ein Hammer für ihn."

Leo denkt nach. Da ist diese Frage, die ihr seit Tagen nicht aus dem Kopf geht.

„Wie es wohl ist, wenn man merkt, dass es nicht geklappt hat? Da gibst du dir Mühe, planst alles und denkst, du bist im Himmel, und dann wachst du auf und deine Familie steht an deinem Bett. Ist doch total schräg."

Irgendwie will Leo ihm das ersparen. Nicht da sein, wenn er die Augen aufschlägt und in die Runde schaut. Es ist nicht die Angst, dass er Schaden davongetragen haben könnte. *Worst case*, davon geht sie nicht aus. Es ist mehr das Gefühl, sich vorzustellen, wie er mit allem, was er dann fühlt, den Blicken ausgeliefert ist. Christian wird nicht gerne ertappt. Einmal hört sie ihn schluchzen und sie wird nie vergessen, wie er sie ansieht, als sie plötzlich im Türrahmen steht.

„Was machst du da?"

„Ich wohne hier."

Sie würde gern etwas anderes sagen, aber sie treffen einander zeitgleich auf der Achse des zur Schaugestelltseins. Auch in ihr steht alles auf Abwehr und sie will am liebsten im Boden versinken. Rührt sich nicht von der Stelle, bis er seinen Blick abwendet und an ihr vorbei aus dem Zimmer geht.

„Was für eine Familie seid ihr denn?"

„Gar keine." Leo zuckt mit den Schultern. „Ich fühle mich eigentlich gar nicht wie ihre Tochter, eher wie ein entferntes Familienmitglied ohne Anbindung."

„Akzeptieren sie dich nicht?"

„Doch, klar."

„Aber?"

„Keine Ahnung. Wir verstehen uns, gehen uns manchmal auf die Nerven, mögen uns. Aber wir machen nicht das, was andere Familien so machen."

„Was denn zum Beispiel?"

„Weihnachten und Geburtstage feiern, Ferien machen. Wenn wir zusammen sind, dann immer eher jeder für sich." Sie überlegt kurz. „Aber wir finden das nicht schlimm."

„Bis du dir sicher?"

„Wie, sicher?"

„Ich meine, bist du dir sicher, dass deine Eltern das genauso sehen?"

Die Antwort kommt prompt. „Absolut."

Ihr Handy fiept.

Bin oben, gehe gleich rein. Sehen wir uns später?

Was schreibt sie ihr jetzt? Viel Erfolg? Viel Spaß? Hoffe, es läuft gut? Quatsch.

Ich warte unten am Ausgang auf dich.

*

Es dauert eine Weile, bis Elisa in einem ramponierten Schuhkarton die Musikkassette findet. Sie betet, der eingestaubte Rekorder in der Abstellkammer möge noch funktionieren. Und tatsächlich lässt er sich anschließen, das Band leiert, aber es läuft. Ihr Körper reagiert sofort mit Herzklopfen und leichtem Schwindel. Elisa schließt die Augen, beruhigt sich: Fehlalarm, nur ein Trigger, sonst nichts. Sie rührt am Eingemachten, und ihr System bemerkt das mit Unruhe.

Elisa ist zwanzig, als sie das Lied zum ersten Mal im Radio hört, und schon damals denkt sie, dass sie ihn viel öfter als tausendmal berührt, bis etwas zwischen ihnen passiert. Wie oft streift sie ihn flüchtig, absichtslos und doch nie unbewusst. Wenn sie Christian spürt, spürt sie sich selbst. Dann wird ihr bewusst, wie sehr sie ihn braucht, wie stark ihr Verlangen ist, in seiner Nähe zu sein. Lange schon, bevor sie einander die Hände halten und ihre Lippen sich in der Dunkelheit wie zufällig begegnen.

Wie muss es für ihn sein, all die Jahre nichts von ihr zu wissen? Sie verschwindet über Nacht unter einem Vorwand. Bis er merkt, dass sie weg ist, beginnt eine neue Woche und unmerklich ein neues Leben. Ihre Worte zum Abschied bringt der Briefträger per Einschreiben, weil sie ganz sichergehen will, dass sie ihn erreichen. Wenigstens soll er erfahren, was er nicht weiß.

Mit dir sein ist nicht möglich, ohne dich nicht denkbar. So gehe ich für uns beide fort. Ich habe dich schon immer geliebt, ich liebe dich und ich werde dich ein Leben lang lieben. Deine L.

Nun liegt seine Antwort vor ihr. Er ist nicht mehr der angehende Schauspieler und sie ist nicht mehr die Medizinstudentin im ersten Semester. Wer aber sind sie ohne einander und was sind sie noch füreinander? Elisa spürt ihre Furcht, seine Gefühle für sie könnten erloschen sein. Vielleicht zögert sie nur deshalb so lange, den exakt auf Kante gefalteten Briefbogen aufzuklappen. Viel hat er ihr nicht zu sagen, die schräge Schreibschrift in Blau scheint durch das Papier. Vorsichtig streichen ihre Finger über den Bogen und öffnen ihn langsam. Bis hierher reicht ihre Fantasie. Wochen, Monate und Jahre füllt sie mit Gedankenspielen und Bildern, allein ihrer Vorstellung obliegt, was sie ihm ist. Ob sie ihm noch etwas ist. Nun erhält sie eine Gewissheit, um die sie nicht bittet, die ihr willkommen ist und doch nicht. Nichts zu wissen, lässt mehr Raum für Hoffnung, Wahrheit kann vernichtend sein.

Seine Handschrift. Seine Worte.

Mit dir sein ist nicht möglich, ohne dich nicht mehr aushaltbar. So gehe ich für uns drei fort. Ich habe dich mein ganzes Leben lang geliebt. Dein C.

*

„Wie, du bist nicht reingegangen?"

„Ich fand es komisch." Maite dreht an dem Plastikdeckel ihres Kaffeebechers. „Ich kam mir plötzlich vor wie eine Voyeurin. Mal schauen, was der Kranke so macht. Ich kenne ihn doch überhaupt nicht. Und was hätte ich sagen sollen, wenn er plötzlich aufgewacht wäre? Eine absolut absurde Situation. Ich will ihn lieber sehen, wenn er entscheiden kann, ob er von mir besucht werden will."

„Das finde ich richtig gut." Leo lächelt.

„Wirklich?"

„Ja. Mir geht es genauso. Und mich kennt er." Sie grinst. „Jedenfalls ein bisschen."

„Ich würde dich gern ein bisschen besser kennenlernen. Und ihn auch. Hältst du das für möglich?"

Leo weicht ihrem Blick aus. „Klar. Was willst du denn wissen?"

„Alles. Ich bin von Natur aus neugierig."

„Alles ist aber nicht ein bisschen."

„Alles wissen, ein bisschen kennenlernen."

„Bist du immer so genau?"

„Meistens. Aber ich habe Zeit. Und du?"

„Ich auch."

„Dann komm doch mit nach Hamburg."

„Okay."

Sie verabreden sich am Berliner Hauptbahnhof. Als der Zug in Hamburg einfährt, kann sich Maite ein Bild von ihrem Vater machen. Über Leo weiß sie nicht viel mehr, und doch ist sie ihr überraschend vertraut. Ihre reduzierten Gesten, ihre feine Mimik, ihr zurückgehaltenes Lachen und der Versuch, möglichst wenig Zähne zu zeigen, lassen Maite immer weiter fragen. Nur, damit Leo nicht aufhört zu reden, zu lachen. Dazwischen blinzelt sie in Zeitlupe, als ob die langen Wimpern tonnenschwer wiegen würden.

Schlafzimmerblick. So heißt das auf Deutsch. *Mirada seductora*. Aber das ist nicht das Gleiche. Das heißt nur, dass der Blick verführerisch ist. Was er zweifelsohne ist. Wen verführt sie eigentlich damit? Männer? Frauen? Beide?

Das online gebuchte Hotel liegt nicht weit vom Hafen entfernt, Maite freut sich darauf, Leo zum Essen einzuladen, die Stadt zu entdecken, in der sie geboren ist.

„Möchtest du lieber irgendwo anders wohnen? Bei Freunden? Wir können uns auch erst zum Frühstück treffen. Du musst dich nicht um mich kümmern, das weißt du, oder?"

„Wenn du allein sein willst, kann ich mir was organisieren."

„Überhaupt nicht, im Gegenteil. Einzelzimmer oder Doppelzimmer?"

„Familienzimmer, ist doch klar." Leo grinst.

Das erste Mal mit einer Frau im Hotel und dann ist es ihre Halbschwester. Was ist mit der anderen Hälfte? Leo versucht im Fahrstuhl ihren Blick dahin zu richten, wo kein Spiegel ist. Schlimm genug, sich beobachtet zu fühlen, sich dabei auch noch selbst zu sehen, ist kaum auszuhalten. In ihrem Rucksack sind ein zweiter Anzug, drei Hemden, ein Kapuzenpulli, T-Shirts und alles, was zu einem mehrtägigen Ausflug noch dazugehört. Zahnbürste, Deo, Duschgel, Bodylotion, Parfum. Der Skizzenblock und Stifte. Viele Stifte. Wer weiß, was sie alles zeichnen muss und ob darunter auch Buntes ist. Im Moment sieht sie in Schwarz-Weiß, obwohl in dem Hotel alles entweder grün oder braun ist. Die Sessel in der Lounge und die Kissen darauf, die Tapete an der Wand und der Teppich, die Arbeitskleidung der Angestellten. Selbst im Fahrstuhl wird das Farbkonzept durchgezogen und Leo kann sich sofort eine Handvoll Kommilitonen vorstellen, auf deren Konto das gehen könnte. Neben dem Wiedererkennungswert, so würde im Designhandbuch dazu stehen, suggeriert das Farbduo eine Zugehörigkeit, gerade da, wo der Gast gern über Nacht bleiben und sich zu Hause fühlen soll.

Leo fühlt sich alles andere als wohl. Sie ist unsicher, aufgeregt und sie schämt sich dafür. Sie wäre gern souveräner im Umgang mit Maite, sie wäre gern erfahrener, sie wäre gern diejenige, die eine Kreditkarte über den Tresen schiebt. Die zuerst aus dem Fahrstuhl steigt, ohne nachzudenken die Plastikkarte an die Türklinke hält und sie im Zimmer in das dafür vorgesehene Kästchen steckt, damit das Licht angeht. An der Wand hängt ein stattlicher Flachbildschirm, zur Begrüßung läuft das Kaminfeuerprogramm.

„Ist das stark!" Leo ist begeistert. „Wenn man da lange genug reinstarrt, wird es bestimmt auch warm."

„Möglicherweise sogar heiß." Maite deutet auf das Doppelbett: „Ist das ein Problem für dich? Wir können bestimmt ein anderes Zimmer mit getrennten Betten bekommen."

Leo spürt, wie sie errötet. Verdammt.

„Ich finde es groß genug." Nur jetzt nicht ihren Blick kreuzen, schnell die Tür zum Badezimmer öffnen, beiläufig wirken. „Und du?"

„Mich stört es überhaupt nicht. Du darfst dir die Seite aussuchen."

Keine Sekunde muss Leo überlegen, denkt auf den Bettrand, der näher an der Tür ist. „Ich nehme die."

Fluchtwege offenhalten, den Notausgang in Reichweite haben, sichern, dass geräuschloses Verschwinden spontan möglich ist. So zu leben ist eine grundsätzliche Haltung, und Leo ist sie auf den Leib geschrieben. Ihr Körper befindet sich in einem Hab-Acht-Zustand, sobald sie unter Menschen ist. In ständiger Alarmbereitschaft und jederzeit bereit, zu fliehen. Als Abschlussarbeit planet sie einen Zeichentrickfilm mit dem Titel *Flight or Fight*.

„Es gibt aber bisher nur das *Making of* davon."

„Und worum geht es?"

„Darum, dass es nicht immer das Beste ist, sich einer bedrohlichen Situation zu stellen, sondern manchmal das Cleverste, einfach wegzulaufen."

Immer wieder ist Maite verwundert über die Ernsthaftigkeit, mit der Leo die Welt betrachtet. Sie denkt an ihre eigene Studienzeit. Mit fünfundzwanzig raucht sie Joints wie Zigaretten, setzt sich berauscht ans Steuer, prescht über die Autobahn, nur um völlig übermüdet den ersten *cortado* in Portugal am Strand zu trinken. An der Seite von Leuten, die davon träumen, später einmal so viel Geld zu verdienen, wie sie schon lange hat. Mónica, Jaime, Luisa, Miguel. Was machen sie wohl jetzt gerade?

Und Julián? Der, den sie für den Mann ihres Lebens hält und den sie verliert an etwas Größeres. Mit ihm wandert sie durch die weißen Dörfer in den Bergen, ihn lässt sie zurück in einer kleinen Hütte einer buddhistischen Gemeinschaft. Dort sitzt sie zum ersten Mal auf einem harten Kissen und kämpft mit ihrem Inneren. Erkennen, berühren, loslassen. Maite will es verstehen und am liebsten vergessen. Julián soll einfach nur mit ihr nach Hause kommen, was macht sie bloß ohne ihn in der Stadt, mit wem diskutiert sie nun über Sinn und Unsinn des Lebens, wer außer ihm versteht sie denn? Aber er bleibt in den Bergen, nimmt Zuflucht und wird vom Geliebten zum Bruder.

Und nun teilt sie ein Doppelbett mit ihrer Halbschwester, die vielleicht ein schwuler Junge ist. Oder eine Lesbe? Leo duscht. Warum duscht sie jetzt? Ihr Jackett liegt auf dem Bett, Maite legt sich daneben und versenkt ihre Nase im Kragen. Es ist ein betörender Duft, er lässt sie tiefer atmen und ihre Hände eine Umarmung suchen. Sie nimmt diesen Geruch in sich auf, spürt ihn in der Kehle, schluckt ihn, ein Verlangen steigt auf. Sie will mehr davon.

Mit dem Geräusch der heruntergedrückten Türklinke rollt sie sich auf den Rücken und verschränkt die Arme hinter dem Kopf.

„Zeigst du mir jetzt ein bisschen die Stadt?"

„Klar."

Leo steht vor ihr mit nassen Haaren, in Anzughose und Trägershirt, barfuß. Nicht provozierend, nicht abwartend, sondern vollkommen unschuldig. Maite muss die Augen schließen. Sonst sagt sie Dinge, die sie vielleicht später bereut.

*

Leo und Alex umarmen sich lange. Sie muss sich dafür ein wenig auf die Zehenspitzen stellen, eine gewohnte Bewegung, sie kennen sich gut, sie mögen sich. Für einen Moment verspürt Maite den Impuls, einfach wieder zu gehen, sie fühlt sich außen vor. Doch dann tut Leo etwas völlig Überraschendes. Sie nimmt ihre Hand und sagt:

„Das ist Maite. Papas erste Tochter."

In seinem Gesicht ist Sympathie zu lesen, er begrüßt sie mit einem Lächeln.

„Freut mich", sagt er. „Christian ist immer wieder für Überraschungen gut." Kein Wort davon, dass er im Krankenhaus liegt, keine Bestürzung, kein Drama. Viel später erst reden sie über das Geschehene. Maite genießt den langen, warmen Händedruck. Sie mag große Männerhände, seine sind noch dazu gepflegt.

„Er ist Theaterschauspieler. Frauen und Männer fliegen auf ihn. Papa sagt, wenn er schwul wäre, würde er auch auf ihn stehen."

„Gefällt er dir auch?"

„Zu alt."

Alex sieht gut aus, ist charmant, eloquent und außergewöhnlich aufmerksam. Noch bevor sie die Jacke ausziehen kann, hilft er ihr dabei, bittet sie auf die Terrasse. Dort ist neben drei Liegestühlen und niedrigen Tischen ein kleines Buffet aufgebaut.

„Nicht, dass ihr denkt, ich hätte den ganzen Tag in der Küche gestanden und Tapas gebastelt. Das habe ich beim Spanier von unten bestellt."

Er macht eine ausladende Geste und wartet, bis sie sich setzen. Er steht zu seiner Größe, macht sich nicht klein und schaut doch nicht auf sie herab.

Von der Dachterrasse blickt man über ein unspektakuläres Wohnviertel. Alex erzählt, wie er als Schauspielschüler die Ein-Zimmer-Mansarde bezieht und viel später das ganze Dachgeschoss kauft, wie er die Wohnung langsam umbaut, zu dem, was sie heute ist: Ein Kleinod, aus dem man ihn mit den Füßen zuerst hinaustragen muss.

„Übrigens habe ich eine Weile mal mit Christian hier gehaust." Er lächelt. „Damals war es noch etwas beengter. Und wir insgesamt beweglicher."

„Ist das die Zeit, die Papa seinen Sturm und Drang nennt?", fragt Leo.

Alex lacht. „Nein, ich glaube, die kam später." Dann wird er ernst. „Als ich Christian kennengelernt habe, ging es ihm ziemlich schlecht. Seine Freundin hatte ihn verlassen und er hat gelitten wie ein Hund. Er wollte überhaupt nicht darüber sprechen, hat sich tagelang im Bett verkrochen und geschrieben."

„Weißt du, wer die Freundin war?" Maite macht sich in einem kleinen Heftchen Notizen.

„Nur, dass er sie aus Mannheim kannte."

„Aus Mannheim? Wo ist das denn?"

„Das liegt in Baden-Württemberg. Sein Vater hat dort gearbeitet. Vor dem Unfall."

„Welcher Unfall?"

„Unsere Großeltern sind beide bei einem Autounfall gestorben. Papa war damals Anfang zwanzig." Leo kaut auf einem Holzspieß herum. „Er redet nicht so gerne über seine Familiensachen. Ich kenne auch sonst keine Verwandten von ihm. Er sagt, er braucht keine, außer uns."

„Hab ich bis vor einer Woche auch gesagt." Maite runzelt die Stirn. „Und wieso ist er ausgerechnet nach Hamburg gegangen?"

„Wegen der Schauspielschule. Und weil er schnell aus Mannheim wegwollte. Er hatte verweigert und seinen Zivildienst in einem Kinderheim geleistet. Danach war er mit der Stadt fertig. Keine zehn Pferde hätten ihn in seinem Elternhaus gehalten. Er hat den Verkauf einem Freund der Familie übergeben, ich glaube, das waren sogar die Nachbarn." Alex schüttelt den Kopf. „Es war ihm völlig egal, wie viel er dafür bekommt. Und er hat auch überhaupt nichts mitgenommen, sondern alles verhökern lassen. Ich weiß noch, dass ich ihn gefragt habe, ob er nicht wenigstens für seine neue Wohnung etwas aus der Küche wollte oder andere Möbel. Da ist er mir fast ins

Gesicht gesprungen. Ob ich noch alle Tassen im Schrank hätte, nichts davon würde er nehmen. Er wollte ganz neu anfangen."

„Verstehe ich", sagt Maite. „Immerhin war er Vollwaise."

„Schon, aber gleich so drastisch? Er kam hier an mit zwei Koffern, das war alles. Keine Bücher, keine Fotos, keine Erinnerungen, nichts." Er überlegt. „Als ich von zu Hause ausgezogen bin, habe ich einen Kleintransporter gemietet. Mein Fahrrad, meine Skier, meine Anlage, meine Platten."

„Er hat doch bestimmt geerbt. Dann konnte er sich alles neu kaufen."

„Klar, aber das ist nicht dasselbe. Ich glaube, den Cut hat er vor allen Dingen wegen der Frau gemacht."

Links erhellen ein paar Feuerwerkskörper den Hamburger Abendhimmel. Alle drei denken das Gleiche. Reden sie über Maites Mutter?

*

Mannheim?

Ein einziges Wort per SMS genügt, um sie sofort das Handy ausschalten zu lassen. Sie wird ihr darauf nicht antworten, sie ist an einem anderen Punkt. Elisa will nicht wissen, was Maite woher genau weiß, sie lässt sich jetzt nicht drängen.

Seit sie von Christians Selbstmordversuch weiß, fühlt sie sich verraten. Immer wieder betrachtet sie ihn auf dem grobkörnigen Foto in der Zeitung. Darüber schiebt sich ein Bild von ihm, das in ihrem Inneren ruht. Dunkle Hosen mit einer Bügelfalte und ein helles Hemd umhüllen einen schlaksigen Körper, der sich bewegen will wie die Art von Männern, die mit Narben auf die Welt kommen. Mit großen Händen, die hervorschnellen können wie Revolver. Wenn sie ihm nicht folgen will, rebellisch stehenbleibt, dann lacht er, geht ihr entgegen, um ihre Hand zu nehmen und sie mit sich zu ziehen. Dann verschwimmt das Bild, gnädige Täuschung des Gehirns.

Doch seine langen Finger mit den breiten Kuppen sind heute noch wahr. Seine große Hand, die ihre verschluckt. Der breite Silberring, den er sich von einer seiner Reisen mitbringt, umkreist als weißer Schatten seinen kleinen braungebrannten Finger, während ihr Daumen von nun an schwerer wiegt. Immer wandern seine Augen zuerst dorthin, bis zuletzt muss er sich vergewissern, dass sie von ihm umringt ist.

Und noch immer trägt sie ihn.

Sie springt in Gedanken von einer Zeit in die andere und steht plötzlich an der Kellertreppe. Darüber ist eine dünne Eisenstange gespannt.

„Wetten, dass ich das schaffe? Wie Superman?" Er will sie mit allen Mitteln beeindrucken.

Sie sieht, wie er abspringt, mit den Händen die dünne Stange umfasst, die sich aus der Verankerung in der Wand löst, und wie er auf eine der Treppenkanten stürzt. Er schreit, verzieht das Gesicht schmerzverzerrt, schaut sie irritiert an, lacht auf, versucht, so zu tun, als wäre nichts passiert. Sein Arm ist gebrochen, er muss ins Krankenhaus, sie darf als Erstes ihren Namen auf den Gips schreiben. Er fürchtet den Moment, wenn er abgenommen wird, dann ist die Tracht Prügel fällig. Der Hausmeister hängt die verbogene Stange wieder auf, um Christians Flugversuch nicht in Vergessenheit geraten zu lassen.

Es gibt keinen Menschen, den sie länger kennt als ihn. Sie sieht ihn in seiner Fransenlederjacke mit Siebzigerjahrefrisur, im Anzug auf dem Abschlussball, und am Boden zerstört nach seinem ersten Tag als Zivi im Kinderheim:

Als käme er vom Schlachtfeld und könnte nicht glauben, was dort passiert.

Überlebt er nun den Kampf mit sich selbst? Sie weiß, was ihn dann erwartet. Sie kennt die Arbeit mit den Lebensmüden in der Psychiatrie. Und so sehr sie auch versucht, diese innere Stimme zu überhören, weiß sie doch: Dort will sie bei ihm sein.

*

Statt am Hafen schlendern sie an der Binnenalster entlang.

„Ich muss keine großen Schiffe sehen, ich habe keine Sehnsucht nach der großen weiten Welt." Maite will etwas anderes von Leo. „Zeig mir lieber, wo du das erste Mal im Freien geküsst hast."

„Wer sagt dir denn, dass ich draußen küsse?"

„Meine Erfahrung."

„Weil du tausend Jahre älter bist als ich?"

„Weil ich immerhin sieben Jahre früher geboren bin."

„Und schon dreizehn warst, als ich eingeschult wurde."

„Du lenkst ab."

„Ich lenke nicht ab, ich lenke um. Ich mag das Thema nicht besonders."

„Welches Thema?"

„Beziehung. Davon reden wir doch, oder?"

„Wenn für dich die Tatsache jemanden zu küssen, gleich bedeutet, eine Beziehung anzufangen, dann ja."

Musik weht zu ihnen herüber. Unweit vom Uferweg sitzen Nachtschwärmer auf einer ins Wasser gebauten Terrasse, Stimmengewirr umgibt die Bootsanlegestelle, bunte Lichter erhellen den Weg. Viele sind hier unterwegs, sitzen unter Laternen auf der Wiese, gehen Arm in Arm spazieren.

Maite fragt sich, was die Leute sehen, wenn sie an ihnen vorbeigehen. Ein Paar? Sie wagt nicht, sich bei Leo einzuhaken, es wäre eine befremdliche Geste.

„Das ist tatsächlich so."
„Was ist wie?"
„Wenn ich jemanden küsse, habe ich meistens hinterher eine Beziehung."
„Heißt das, du küsst erst, wenn du dir ganz sicher bist, dass du mit der Person zusammenbleiben willst?"
„Nein, es ergibt sich so."
Die Frage, ob es Männer oder Frauen oder Männer und Frauen sind, mit denen sich etwas ergeben kann, liegt Maite auf der Zunge, aber etwas hält sie zurück. Seltsamerweise scheint es ihr unangemessen, das wissen zu wollen.
Auf dem Weg durchqueren sie einen kleinen Park, in dem es deutlich ruhiger ist als am Wasser. Jede hängt ihren Gedanken nach.
„Fährst du mit mir nach Mannheim?", fragt Maite plötzlich in das Schweigen hinein.
„Klar."
Maite lacht leise auf und bleibt stehen.
„Du bist schon ganz schön verrückt, weißt du das?"
„Ja", entgegnet Leo und geht auch nicht weiter. „Aber was genau findest du jetzt verrückt?"
„Du machst einfach alles mit."
„Warum sollte ich das nicht tun?"
„Weil du mich nicht kennst? Weil du mich komisch findest? Weil dir die ganze Geschichte zu anstrengend ist?"
„So denke ich nicht."
„Und wie denkst du?"
„Ich mag dich." Leo steckt die Hände in die Taschen und schaut sie an. „Und das sage ich eigentlich nicht so schnell."
Ein Mann mit Hund geht vorbei, nicht weit von ihnen sitzen zwei auf einer Bank, einzelne Bäume säumen den

Weg. Sie stehen einander gegenüber, und würde später ein Foto davon existieren, dann wäre Leo darauf ein kleines bisschen größer und Maite ein kleines bisschen aufrechter. Der Zwischenraum wäre erkennbar als ein zu Überbrückendes.

„Ich mag dich auch, Leo. Sehr sogar."

Maite geht den ersten Schritt und nimmt dabei Leos Hand. Sie ist überrascht, wie groß und fest sie sich anfühlt, wie leicht sich ihr Gang anpasst, wie einfach es ist, einen gemeinsamen Rhythmus zu finden. Finden? Nein, er scheint schon vor ihnen zu existieren und lädt sie nur noch ein.

Leo schaut auf ihre Schuhe, lässt den Boden nicht aus den Augen, wagt es nicht aufzusehen. Aufsehen könnte bedeuten, dass es aufhört, dass sie diesen Moment des Zusammenseins durch eine Unachtsamkeit zerstört. Und doch entgeht ihr nicht, wie Maite sie eindringlich von der Seite betrachtet. In Sekundenschnelle skizziert Leo im Kopf all diese Bilder: Wie sie stehen, wie sie gehen, wie Maike sie mustert. Wach, fragend, spürbar. Zwei Hände, ihre eigene die haltende. Vier Füße im Gleichklang. Verbundenheit, Herzklopfen, Angst, Freude – sie wird Buntstifte nehmen müssen.

„Was denkst du gerade?", fragt Maite, kurz bevor sie die Straße zum Hotel überqueren.

„Dass ich dich zeichnen will."

„Muss ich dabei stillhalten?"

„Bloß nicht."

Sie lassen einander erst los, als die Eingangstür zum Hotel sich vor ihnen öffnet.

*

Es geschieht im Vorbeigehen, zwischen Schreibtisch und Bett. Vielleicht gehen sie auch aufeinander zu, ohne es zu ahnen. Ihre Körper wissen genau, was sie wollen. Noch aber sind es ihre Gedanken, die sie beherrschen. Zögerlich stehen sie voreinander, sehen sich an.

Ich will dich berühren, denkt Leo. Gib mir ein Zeichen, ob ich das darf.

Ich will dich anfassen, denkt Maite. Willst du das auch?

Durch das gekippte Fenster weht ein leichter Wind, streicht um ihre nackten Beine. Das einzige Licht kommt von der Stehlampe neben ihr. Wird sie alles kaputtmachen, wenn sie jetzt auf den schwarzen Knopf tritt? Ein Schritt trennt sie von Leo, ein Schritt von der Lampe. Sie kann sich nicht rühren und Leo lässt sie nicht aus den Augen.

„Ich würde gern das Licht löschen“, sagt Maite leise. „Aber nur, wenn du nicht weggehst.“

Vom Hinterhof des Hotels erhellen Laternen das Zimmer, die Umrisse ihrer Körper zeichnen sich verschwommen ab. Nur langsam gewöhnen sich die Augen an den blaugrauen Ton der Nacht.

Maites weiße Bluse hebt sich von der Dunkelheit ab, auf ihre Haare fällt von irgendwo Licht, ihre Augen strahlen selbst jetzt noch. Leo steht regungslos da, die angewinkelten Daumen leicht in den Bund ihrer Shorts gesteckt. Wartet sie?

Niemals hat Maite mehr Lust verspürt und nie hat sie sich stärker gebremst. Darf sie das überhaupt? Kann sie einfach über Leos Stirn, ihre Haare streichen? Allein bei dem Gedanken, sie zu berühren, droht ihr Brustkorb zu explodieren, spielt alles bauchnabelabwärts verrückt.

Und dann landen Leos Fingerkuppen auf ihren Schultern. Wie ein winziger Vogel, der sie mit seinen Federn streift, auf ihrem Schlüsselbein spazieren läuft. Maite drängt dieser Berührung entgegen, verbietet ihren Händen nicht länger, ihre Taille zu umfassen und Leo an sich zu ziehen.

Ewig so stehen. Diesen Moment niemals vorübergehen lassen, ihn nicht verlieren an die Wirklichkeit, bleiben in diesem unendlichen Raum zwischen Wachen und Träumen. Hier und jetzt sterben. Nichts lieber will Maite, als Leo zu küssen, und doch will sie es nicht. Noch nicht. Auch wenn sie einander Zentimeter für Zentimeter näher kommen, wagen, die Augen zu schließen. So nah sind sie sich, dass ihr Atem kaum Platz hat. Auf einer inneren Landkarte ist genau eingezeichnet, wo sie selbst aufhören und wo die andere beginnt – die Grenze dehnen sie mit geöffneten Lippen vorsichtig aus. Gleich werden sie sich dort berühren, sobald sie diesen Millimeter mehr zulassen, wird eine Zungenspitze neues Terrain entdecken.

Leo weicht ein klein wenig zurück, nur, um im nächsten Atemzug wieder die Distanz zu verringern. Ein Spiel mit der Ungeduld, bis es nichts mehr gibt, was sie noch zögern ließe. Alles verliert sich in dem Verlangen, endlich loszulassen.

Eine Welle überschlägt sich im Innern.

Maite ist überrascht von so viel Weichheit. Leos Lippen fordern nicht und wollen doch jeden Winkel erkunden, ihre Zähne nehmen zärtlich zwischen sich, was sich hingibt. Sie lassen Zungen, Lippen, Finger spielen, lachen leise, betrachten einander im Halbdunkel ernst. Lange bevor ihre Hände sich verselbständigen, halten sie inne.

„Willst du das wirklich?"

„Klar. Und du?"

„Ganz klar, ja."

*

Er bemüht sich wirklich, er versucht alles, den Streit zu vermeiden, doch als Ingrun morgens um sieben auch noch behauptet, er wirke genervt, reißt ihm der Geduldsfaden.

„Verdammt noch mal, was ist eigentlich mit dir los? Kannst du dir vorstellen, dass ich auch mal ein nettes Wort hören möchte? Ich mache immerhin dieses ganze Theater hier mit, obwohl ich mir echt etwas Besseres vorstellen könnte!"

„Theater? Aha. Meinetwegen kannst du gern etwas Besseres machen. Verschwende bloß nicht deine kostbare Zeit. Ich komme hier auch gut ohne dich zurecht."

„Ist das so, ja?"

„Ja, das ist allerdings so."

Ben nimmt kommentarlos seine Jacke vom Stuhl, steckt Geld und Autoschlüssel ein und knallt die Tür zu. Die Treppen nach unten nimmt er, als ob einer hinter ihm her wäre. Nur weg hier, raus aus diesem Haus, raus aus dem Viertel, am besten gleich raus aus dieser Stadt. Irgendwohin, wo der Sommer eine bessere Geschwindigkeit hat, er will endlich mehr Himmel sehen und einen Horizont, der Weite verspricht. Die aggressive Stimmung überall, im Krankenhaus, in der U-Bahn, im Biomarkt, macht ihn eng.

Unten auf der Straße bleibt er stehen und atmet tief durch. Wie gut, dass er das Headset nie aus der Jackentasche nimmt, dies ist genau der richtige Moment für PJ Harvey im Ohr. Er stellt die Musik auf maximale Lautstärke und geht mit federnden, großen Schritten nach Hause. Eine Viertelstunde später schließt er die Seitentür des Wohnmobils auf.

Seit zwei Tagen steht das Auto hier, er sieht nur abends nach dem Rechten. Jetzt macht er es sich auf der Eckbank bequem und frühstückt. Von hier aus blickt er direkt auf den Kanal. Der Platz ist nicht gerade so, wie er sich die

Sache mit dem Unterwegssein eigentlich vorstellt, aber hier draußen geht es ihm um einiges besser als in Christians Küche, wo sie aus Tassen trinken, die nach Ingruns Vergangenheit schmecken. Nach einer Zeit, die so sehr nach ihr greift, dass sie ihm entgleitet. Die sich wie ein Schatten auf ihre Haut legt und einen Grauschleier hinterlässt. Berlin verändert ihre Augen, ihren Mund, furcht sich in ihre Haut und verleiht ihr kantige Konturen. Sie ist ihm fremd, und je länger er sie in seiner Nähe erlebt, umso mehr entfernt er sich von ihr. Ben ist nicht eifersüchtig, er will sie nicht für sich allein. Er will sie nur ganz und gar. Ohne ihre Angst, er könnte sie verlassen, weil sie ihm zu alt wäre. Ihn kränkt dieser Gedanke. Natürlich sieht sie nicht aus wie eine Dreißigjährige, täte sie das, würde er sich überhaupt nicht für sie interessieren. Es ist gerade das viele Leben, das er an ihr mag, die Spuren auf und unter ihrer Haut. Alt machen sie nicht die Jahre, alt macht sie ein Gestern, das so tut, als wäre es nicht vergangen.

„In zehn Jahren bin ich fast 60, dann bist du noch im besten Alter!"

Zehn Jahre. Er denkt sich nicht dahin, er denkt sich jetzt. Im nächsten Moment kann doch alles vorbei sein. Eine Krankheit, ein Unfall, ein Verbrechen, es gibt so viele Gründe, weshalb jeder Moment der letzte sein könnte. Und dann soll er ihn nicht erleben, weil er mit der Zukunft beschäftigt ist?

„Das habe ich auch gedacht, als ich so alt war wie du."

„Du tust gerade so, als könntest du meine Mutter sein. Ich bin bloß neun Jahre jünger. Was würdest du denn im umgekehrten Fall machen? Mich abwickeln, wenn ich in Rente ginge?"

„Das ist etwas völlig anderes. Ich bin eine Frau."

Das Älterwerden wird mit den Wechseljahren zum Thema. Sie spricht nicht mit ihm darüber, im Gegenteil, sie versucht das Ganze vor ihm zu verbergen. Hält sie ihn für einen unsensiblen Klotz? Denkt sie wirklich, dass ihm die Veränderungen an ihr nicht auffallen? Natürlich bemerkt er, wie sich ihr Körper nachts neben ihm aufheizt. Und auch tagsüber entgeht ihm das nicht. Ganz abgesehen davon, dass ihr Zyklus unregelmäßiger ist. Er ist sicher, sie denkt, dass er keine Ahnung von alldem hat. Im Traum würde ihr nicht einfallen, mit ihm darüber zu reden, lieber spielt sie ihm vor, dass alles in Ordnung wäre. Verletzt ihn das? Zumindest macht es ihm mehr aus, als er vor sich selbst zugibt. Er fühlt sich sonderbar ausgestoßen, weggehalten von ihr, das Einzigartige zwischen ihnen entwickelt sich immer mehr zur Farce. Sie tut, was sie kann, um sich ihm zu entziehen, sie benutzt seltsame Sprays und Mittelchen, um nicht schlecht zu riechen, und zu allem Überfluss versteckt sie das Zeug auch noch in einer Kiste im Badezimmer. Längst ist er über das Thema informiert, ist im Besitz der entsprechenden Sonderausgabe einer Frauenzeitschrift. So heimlich wie Ingrun Makulatur betreibt, so verdeckt macht er sich schlau. In einem Internetforum tauscht er sich mit anderen Männern aus, fast alle sind dort genauso frustriert wie er. Soll er sie darauf ansprechen? Will er das überhaupt? Ist das sexy? Sein Problem?

Neben ihm parkt ein VW-Bus, zwei, die wie Studenten aussehen, steigen aus. Eigentlich träumt er sein Leben lang auch von etwas selbst Ausgebautem, einfach, unkompliziert und mit Charakter. Der Wagen, in dem er jetzt sitzt, entspricht ihm überhaupt nicht, wenn er ganz ehrlich ist, kommt er sich reichlich bescheuert darin vor.

„Ich bin doch kein Hippiemädchen!“, sagt Ingrun. „Ich mache das nur mit, wenn mein Lebensstandard nicht auf

Festivalniveau sinkt." Damals lacht er darüber, ist froh, dass sie überhaupt mitkommen will. Bittersüß, die Träume der anderen zu leben. Ben ist verliebt und er weiß, dass er ohne sie nicht losfährt. Also lässt er sich anstecken von ihrer Begeisterung für den sechs Meter langen Caravan, der sich zugegebenermaßen butterweich fährt.

Jetzt und hier ist ihm das Teil einfach nur peinlich und er kommt sich vor wie Vati, der auf den Campingplatz nach Bayern fährt. Innentoilette, Außendusche, Standheizung und Klimaanlage. Und Mutti ist bei Opa im Krankenhaus.

Sein Handy klingelt, der Ton verrät ihm, dass Ingrun ihn versucht anzurufen. Zum ersten Mal, seit er sie kennt, lässt er die Mailbox anspringen. Während sie ihm vielleicht etwas aufspricht, schaut er einem Kanu hinterher, in dem ein junger Typ sitzt. Allein. Der braucht niemanden, der zieht einfach sein Ding durch. Muss keine Rücksicht nehmen auf den Rhythmus seiner Freundin, hat ein Single-Boot und fährt, wohin er will.

Der gibt einfach Gas, denkt Ben. Nicht wie ich. Ich stehe total auf der Bremse.

Statt die Mailbox abzuhören, geht er ins Netz und sucht nach der Adresse des Autohändlers. Er will wissen, wie viel Geld er verliert, wenn er den Wagen zurückgibt.

*

Schon eine Weile sitzt Leo im Bett und wagt kaum, sich zu bewegen. Maite neben ihr atmet tief und ruhig. Es ist die erste Nacht, die sie mit einer Frau verbringt, in der sie einander nur küssen. Nur? Immer wieder kehrt sie zu dem Augenblick zurück, indem ihre Lippen sich endlich ergeben und diese Berührung ihr fast den Boden unter den Füßen wegzieht.

Später liegen sie nebeneinander, Maite betrachtet sie mit aufgestützten Armen.

„Ich könnte dich stundenlang ansehen."

„Mach doch."

Manchmal schließt Maite die Augen und verliert sich blind an ihren Mund, forschend, zart und leicht, dann wieder drängender. Ihre Hände wandern dabei vorsichtig über Leos erwartungsvollen Körper.

„Ich habe noch nie mit einer Frau geschlafen", flüstert Maite.

„Hast du Angst?"

„Nein. Aber viel Zeit."

Zeit. Das Wort löst in Leo ein Gefühl der surrenden Schwerelosigkeit aus. Heißt das, es ist nach dieser Nacht nicht vorbei? Kein durchgeknallter One-Night-Stand? Der Gedanke scheint ihr seltsam gewagt, lässt ihren Herzschlag Saltos schlagen und hält sie wach.

Im Morgenlicht skizziert sie die schlafende Maite mit langsamen leichten Strichen, sie soll von dem Geräusch nicht erwachen. Sieht Leo ihren Vater in diesem Gesicht? Nur, wenn sie ihn bewusst daneben denkt, sonst fällt ihr die Ähnlichkeit kaum ins Auge. Vielmehr studiert sie neugierig die perfekt ausgeprägten Nasenflügel. Sie gehen sanft auf Höhe der Kieferknochen in die Wangen über, eine einzigartige Landschaft, bis hin zu ihren Lippen. Selbst im Schlaf ist ihr Mund leicht geöffnet und deutet ein Lächeln an.

Leo kann nicht glauben, dass diese Frau neben ihr sie wirklich will. Tausend Gründe, weshalb Maite hier liegt, fallen ihr ein, die alle nichts mit ihr, Leo, zu tun haben: Das Neue ist aufregend und Maite ist neugierig. Zu diesem Trip gehört ein Abenteuer. Wenn sie schon ihren Vater nicht haben kann, dann eben sie. Spieltrieb. Provokation. *Whatever*.

Die Sonne scheint durch das Fenster und auf das Bett, am Himmel keine einzige Wolke, die Luft riecht nach

Sonntag, nach den Spaziergängen mit ihren Eltern am Hafen. Immer will sie zu den Schiffen, je größer, desto besser. Später würde sie als Kapitän die Welt entdecken, mit dem Finger um den Globus segelt sie entlang der Elfenbeinküste, um Kap Horn, strandet an einsamen Inseln, hebt verborgene Schätze. Sie gehört zu den guten Bösen, zu den großherzigen Piraten, die keiner Fliege etwas zuleide tun, sie ist ein Robin Hood auf dem Wasser, das weiße Hemd mit einer Kordel vor der Brust zusammengebunden. An Land die Braut, die auf den Heimkehrer wartet.

Leo schraffiert den Herz-Kreuz-Anker aus, den sie gedankenversunken auf Maites Oberarm zu Papier bringt, und muss grinsen. Hollywood ist um die Ecke. Überhaupt fühlt sie sich wie mitten im Film. Die berühmte Comic-Zeichnerin bei der Arbeit in einem New Yorker Hotel, ihre spanische Geliebte ruht sich noch aus. Später werden sie in einem kleinen Café am Straßenrand einen noch warmen Bagel essen und sich über Musik unterhalten. Bevor sie Hand in Hand durch den Central Park schlendern, um später hierher zurückzukehren, einander zu lieben.

„Guten Morgen", murmelt Maite plötzlich und blinzelt sie verschlafen an. Sie rückt näher an Leos ausgestreckte Beine heran und legt den Kopf in ihren Schoß. Ganz selbstverständlich, als hätte sie das schon oft getan. „Hast du gut geschlafen?"

„Ja", schwindelt Leo und legt Stift und Block auf die Ablage neben dem Bett. „Und du?"

„Himmlisch. Ich habe geträumt, dass ich phänomenal geküsst werde."

„Klingt gut. Von wem denn?"

„Von einer unglaublich erotischen Frau."

„Du küsst also Frauen?"

„Nur eine.“ Maite dreht sich auf den Rücken und öffnet ihre Arme. „Und das hoffentlich bald.“

Es ist eine Einladung ohne Zögern. Wenn es etwas wie Unsicherheit in ihr geben sollte, lässt sie sich das nicht anmerken. Leo ist weniger cool. Sie dreht sich zu ihr und wagt kaum, ihr in die Augen zu sehen. Das hier ist etwas ganz anderes als in der Nacht, jetzt überdeckt kein gnädiges Dunkel ihre Nervosität. Dennoch streifen ihre Fingerkuppen Augenbraue, Nase und schließlich Maites Mund, schieben sich ein klein wenig zwischen die Lippen. Maite zeigt Zähne und beißt sanft zu.

Sexy. Alles, was ihr dazu einfällt, ist dieses bescheuerte Wort. Weil mit Maite einfach alles sexy ist. Wie sie atmet, wie sie über ihre Finger leckt, wie sie vor Erregung lauter atmet, wie sie ihr zeigt, was ihr gefällt. Der Duft nach Sommer und Lust macht schwindeln. Schweigend tauchen sie ab. Es gibt keine Frage mehr, die beantwortet werden muss, keine Stille, die auszuhalten ist, und keine Zeit, die es abzuwarten gilt. Wie von selbst machen ihre Körper sich auf den Weg, ihre Hände suchen und finden nackte Haut, schieben Stoff beiseite, leise Töne klettern aus der Kehle. Nun hält nichts mehr sie auf, einander zu lieben.

*

Sein neuer Therapeut spricht Persisch, und Christian wundert sich, dass er ihm trotzdem folgen kann. Zum Vorgespräch wird von einem etwa zwölfjährigen Mädchen mit langen rötlichen Haaren Suppe serviert. Sie wird ihm als Tochter vorgestellt und wohnt in der Praxis. Der Therapeut erklärt, dass die Stunde fünfzig Euro kostet, was Christian erleichtert, weil er das Gefühl hat, schon ewig bei ihm zu sein. Die eigentliche Sitzung beginnt in einer Gruppe mit ihm in der Mitte. Der Therapeut setzt sich ihm gegenüber, nimmt seine Hand und fordert ihn auf, an etwas zu denken, wovor er Angst hat. Ihm fällt es schwer, sich zu konzentrieren, weil die Tochter sich vor ihn stellt und ihn bedrängt. Christian versucht sie mit seiner freien Hand wegzuschieben, doch sie drückt sich nur noch umso enger an ihn. Christian spürt den Ärger des Therapeuten, der nicht versteht, warum er sich davon so ablenken lässt. Die Tochter setzt sich auf seinen Schoß, obwohl Christian das nicht will, doch es scheint ihm, als könnte er dadurch die Situation besser unter Kontrolle behalten. Als er sich zu entspannen versucht, verschmilzt ihr Körper allmählich mit seinem, ihre langen Haare geraten in seinen Mund und verwachsen dort mit seinem Gaumen. Obwohl er sich fast übergeben muss, ist er erleichtert. Immerhin ist nun offensichtlich, was ihn ängstigt. Die Gruppe um ihn herum applaudiert, und der Therapeut stimmt einen Refrain an, den er mitsingt: *Das Bewusstsein hat begonnen, das Bewusstsein hat begonnen, das Bewusstsein hat begonnen.*

Als Christian Steger nach drei Tagen aus dem Koma erwacht, weiß er sofort, was los ist. Er liegt in einem Krankenhausbett, ein Computer zeichnet seinen Herzrhythmus auf, der Monitor zeigt eine lange Linie mit unregelmäßigen Zacken. Er lebt also. Diese Erkenntnis berührt ihn nicht weiter. Bleibt festzustellen, ob er sich noch bewegen kann oder sonstige Schäden hat. Er weiß seinen Namen, er weiß, warum er hier ist. Ist das jetzt gut oder schlecht? Das weiß er nicht. Christian betrachtet sich still von außen. Seinen verkabelten Körper, seinen Kopf und seine Arme, die über der Decke liegen, seine wieder geschlossenen Augen, sein Inneres, zu dem er nicht durchdringen kann. Er spürt sich, aber er fühlt nichts.

*

„Kommst du noch mal nach Hause?" Die Stimme von Simona am Telefon schwankt zwischen Scherz und Vorwurf. Leo hat alle ihre Anrufe ignoriert und die Mailbox nicht abgehört.

„Im Moment eher nicht."

„Wie meinst du das?"

„Ich bin in Hamburg und es könnte noch dauern."

„Sag mal, willst du mich verarschen?"

„Nein, wieso?" Leo tut so, als ob sie nicht verstünde.

Stille.

Dann fragt Simona leiser: „Machst du das immer so?"

„Was?"

„Mit einer ins Bett gehen und dann abtauchen?"

„Manchmal."

„Du bist echt heftig, weißt du das?"

„Ja."

„Und was war das Ganze jetzt für dich? Ein bisschen Spaß zwischendurch?"

Leo weiß, dass sie nur noch das Falsche sagen kann. Aber zwischen falsch und ganz falsch liegen Welten.

„Ich fand es sehr schön." Sie räuspert sich. „Aber wir haben keine Beziehung."

„Nein", antwortet Simona hörbar beherrscht, „wir haben keine Beziehung. Aber ich dachte, wir wären befreundet. Und mit meinen Freundinnen gehe ich anders um. Das unterscheidet uns offenbar."

Leo sagt nichts darauf.

„Ich nehme an, dass auch unsere Reise nichts ist, worauf ich mich verlassen kann, oder?"

„Ich glaube, ich komme eher nicht mit."

„Glaubst du, ja? Dann glaube ich jetzt mal für dich mit: Vergiss es."

Simona legt auf, ohne sich zu verabschieden.

Die Nacht mit ihr kommt Leo vor wie aus einer fernen Zeit. Schon da ist sie mit ihren Gedanken ganz woanders.

*

Ingrun. Sie nimmt seine Hand und es kommt ihm vor, als gehörte die Hand nicht zu ihm, sie hängt wie ein taubes Ende seiner selbst an ihm.

„Kannst du mich hören?"

Er nickt.

„Bin ich froh, dass du wieder da bist", sagt sie und ihre Stimme klingt dünn.

Froh, denkt er. Wie geht froh?

„Wie fühlst du dich?"

Er versucht ein Lächeln und weiß nicht, warum. Es gibt eigentlich keinen Grund zu lächeln, wenn er das richtig versteht. Schon als der Arzt mit ihm redet, bemerkt er, dass er zu grinsen anfängt. Unangebracht, aber er kann nicht anders.

„Ganz okay." Das ist eine Antwort, die immer geht. Sie bedeutet, dass im Hintergrund ein gewaltiges Problem besteht, das Theater auf der Bühne aber ganz gut läuft.

„Ich soll dich von Leonie grüßen."

Glaubt er nicht. Seine Tochter ist nicht so. Irgendwann wird sie selbst kommen und ihm sagen, was sie jetzt von ihm hält. Er nickt vorsichtshalber trotzdem.

„Sie hat dich gefunden."

Scheiße. Auch das noch. Er muss jetzt sagen, dass ihm das leidtut. Obwohl es klar ist, dass ihm das leidtut. So etwas muss einem Vater leidtun, selbst einem Vater, wie er einer ist.

„Tut mir leid."

„Ich glaube, sie hat es ganz gut weggesteckt." Ingrun lächelt. „Immerhin hat sie dich gerettet."

„Das tut mir auch leid."

„Was tut dir auch leid?“

Er schließt die Augen, er wird sich nicht um Kopf und Kragen reden. Sie werden ihn früh genug für verrückt erklären, wenn sie das nicht ohnehin schon getan haben. Er kommt sowieso erst mal in die Klapse, das hat man ihm heute morgen genau erklärt und sein Einverständnis dazu eingeholt. Natürlich kommt er auch ohne sein Okay dorthin, mit sieht aber in der Krankenakte besser aus. Eigentlich nett, dass sie ihn fragen. Vielleicht müssen sie das auch, weil er Privatpatient ist. Für später. Welches Später? Daran will er nicht denken. Ihm ist schlecht. Das sagt er aber nicht, immerhin ist er selbst schuld. Sein Magen kommt ihm vor wie ein schrumpeliger Luftballon.

„Mach dir keine Gedanken.“ Ingrun steht immer noch da. „Alles wird gut.“

Sie hat überhaupt keine Ahnung. Sie weiß ja nicht, was schlecht ist, also kann sie nicht wissen, was gut werden könnte. Denkt sie, er will aus Spaß aussteigen?

„Ich bleibe vorerst hier und warte, bis es dir ein bisschen besser geht. Ben und ich verschieben unsere Reise einfach nach hinten.“

Achja, die Reise. Noch einer, der sauer auf ihn ist, Ben. Zu Recht.

„Warum?“

„Warum, was?“

„Warum fahrt ihr nicht los?“

„Ich lass dich doch jetzt nicht allein.“

„Ich wäre aber gern allein.“ Das kommt einfach so aus ihm heraus. Völlig unüberlegt. Und es ist die Wahrheit.

„Das denkst du jetzt wahrscheinlich nur.“

„Nein. Das weiß ich.“ Plötzlich ist er ganz klar. „Ich hab versucht, mich umzubringen. Meinst du, das macht man, wenn man Gesellschaft will?“

Er sieht, wie sie die Lippen zusammenpresst. Was würde sie wohl sagen, wenn sie sich nicht im Zaum halten würde? Dass er ein verantwortungsloser Kauz ist, dass man sich immer um ihn kümmern muss, dass er nur Ärger verursacht? Dass sie sauer auf sich selbst ist, weil sie nicht aufhören kann, ihm die Mutter zu machen? Sagt sie natürlich nicht, weil sich das auch nicht gehört auf der Intensivstation. Das kommt später, wenn sie ihn alle für klar genug halten, um ihm Vorwürfe zu machen. Wie damals das mit dem Arm, da hat er die Prügel auch erst bekommen, als der Gips wieder ab war.

„Du wirst später auf die Station verlegt. Ich bringe dir was zum Anziehen. Hast du besondere Wünsche?"

Sich anziehen klingt nach aufstehen, klingt nach: Das Leben geht weiter. Er schüttelt den Kopf. Ob er jetzt im Pyjama rumliegt oder im Anstaltsnachthemd ist doch egal.

„Ich pack dann einfach mal eine Reisetasche mit ein paar Sachen und deinem Kulturbeutel. Soll was Spezielles hinein?"

Er denkt: Ich sage nichts mehr ohne meinen Therapeuten, und schüttelt wieder den Kopf.

Fünf Minuten später ist er endlich allein. Nicht, dass er plötzlich etwas gegen Ingrun hätte, es macht nur überhaupt keinen Sinn, mit irgendjemandem zu reden. Es gibt nichts zu reden. Außer vielleicht mit Lisa.

*

Sie frühstücken im Hotel in kleinen grünen Sesseln an einem braunen Tischchen. Leo wäre nicht überrascht, wenn auch Brot und Butter entsprechend eingefärbt wären.

„Magst du die Farben nicht?"

„Sind nicht unbedingt meine *favorites.*"

„Und was sind deine *favorites*?"

„Blau, blau und blau." Leo sagt das mit einem Lächeln und einem Blick in ihre Augen.

„Sieh mich nicht so an, hier."

„Warum?"

„Weil ich dich sonst sofort küssen muss."

„Und das wäre schlecht?"

„Im Gegenteil. Aber das tue ich lieber, wenn ich mit dir allein bin."

Es ist ihr also peinlich. Logisch, hinter verschlossenen Türen ist es leichter. Leo wendet ihren Blick ab.

„Nicht, weil ich dich nicht in der Öffentlichkeit küssen will", ergänzt Maite. „Eher, weil ich dann für nichts garantieren kann."

Leo errötet. Wieso kann sie ihre Gedanken lesen? Überstürzt steht sie auf und flüchtet Richtung Buffet. Lässt heißes Wasser in eine Tasse und sucht nach einem Teebeutel. Sie ist fahrig, nervös. Merkt jemand, dass sie sich hier nicht auskennt? Wirkt sie unsicher auf Maite? Ihr ist heiß, sie trägt Jackett, obwohl das gar nicht nötig wäre. Aber sie braucht es als Schutz. So offen, so voller Gefühle, wie sie das Bett verlässt, fühlt sie sich angreifbar.

„Wollen wir unseren Trip planen?" Maite checkt auf dem Handy die Reiseverbindungen.

„Okay." Leo nickt.

Maite schaut auf. „Hab ich dir schon gesagt, dass ich niemanden kenne, der so schön okay sagt wie du?"

„Nein."

Meint sie das ernst?

„Nein? Also: Ich kenne niemanden, der so schön okay sagt wie du. Wirklich." Sie beugt sich zu ihr hinüber und küsst sie auf den Hals. „Und du riechst so gut." Einen Moment sitzen sie so da und Leo bemerkt aus dem Augenwinkel, wie ein Pärchen am Nebentisch sie mustert. Sie ist das gewöhnt, aber wie wird Maite es finden, wenn es ihr auffällt?

„Wenn wir um 14.24 Uhr losfahren, sind wir um 18.43 in Mannheim. Dann könntest du mir vorher noch Hamburg zeigen."

„Gut. Was willst du denn sehen?"

„Wo du gewohnt hast, wo du zur Schule gegangen bist, wo …"

„… ich zum ersten Mal ein Mädchen geküsst habe?", unterbricht Leo sie grinsend.

„Genau."

„Das ist nicht weit von hier. An einer Schiffsanlegestelle. Ich war fünfzehn und sie vierzehn."

„Wart ihr verliebt?"

„Unzertrennlich. Aber Laura ging mit Florian."

„Und ihr habt euch trotzdem geküsst?"

„Wir hatten sehr viel Schnaps intus und sie hatte sich wahrscheinlich genug Mut angetrunken."

„Und?"

„Was und?

„Wie war's?"

„Wir mussten mittendrin aufhören, weil sie kotzen musste."

„Autsch." Maite verzieht das Gesicht

„Von da an war ich von ihr geheilt."

„Wer war die nächste?"

„Lilly."

„Hast du vielen Mädchen den Kopf verdreht?"

„Quatsch. Ich hab mich immer in die Falsche verliebt. Entweder sie stand eigentlich auf Typen, war verheiratet oder verrückt."

„Dann hab ich ja gute Chancen."

„Warum?“

„Ich stehe eigentlich auf Typen und ich bin verrückt.“

„Und ich soll mich in dich verlieben?“

„Unbedingt.“

„Warum?“

„Kannst du dir das nicht denken?“

„Nein.“

„Schade eigentlich.“ Maite steht auf, um sich einen Kaffee zu holen.

In Leo jubiliert es. Eigentlich. Sie steht nur eigentlich auf Typen. Und sie will, dass Leo sich in sie verliebt. Als ob das erst noch passieren müsste. Sie ist so hin und weg von Maite, dass sie aufpassen muss, sie nicht ununterbrochen mit einem dämlichen Grinsen anzuhimmeln. Keinen der Sätze zu sagen, die sonst zu ihrem Repertoire gehören: Du bist echt etwas Besonderes. Es war noch nie so toll. Überhaupt jede Art von Noch-Nies. Bisher sind ihr solche Sätze leicht von den Lippen gegangen, denn es ist jedes Mal wie nie zuvor, schon deshalb, weil es neu ist. Aber das, was sie mit Maite erlebt, ist tatsächlich besonders. Mit Maite spürt sie wirklich etwas. Wie soll sie das ausdrücken, ohne dass es kitschig oder banal klingt? Toll oder geil oder total irgendwas sind keine Beschreibungen, die zu ihr passen. Alles an ihr ist schön. Schön? Das reicht überhaupt nicht. Sie könnte stundenlang dasitzen und Maite einfach nur anschauen. Weil sie perfekt ist. Absolut perfekt für Leo.

Während sie darüber nachdenkt, wie sie ihr genau das sagen könnte, ohne sich lächerlich zu machen, beobachtet sie Maite von Weitem am Kaffeeautomaten. Eine junge Frau aus Spanien in einem deutschen Hotel auf der Durchreise. Und in diesem Augenblick wird Leo klar, wie kostbar jede Minute, jede Sekunde mit ihr ist.

*

Ingrun fährt direkt vom Krankenhaus zu Ben. Sie kann sich denken, wo er ist.

„Entschuldige bitte. Ich war heute Morgen nicht nett zu dir."

„Nicht besonders, nein. Aber unser Streit hatte sein Gutes. Ich habe nachgedacht." Er hält inne. „Ich fahre morgen."

„Wohin?"

„Nach Hamburg. Ich bringe den Caravan zurück."

„Warum das denn?"

„Ich tausche ihn ein gegen einen VW-Transporter. Den baue ich aus und dann fahre ich los in Richtung Süden. Wenn du mitkommen willst, sagst du mir einfach Bescheid."

Ingrun versteht die Welt nicht mehr.

„Warum gefällt dir der Wagen plötzlich nicht mehr? Das ist kein guter Deal, du wirst total viel Geld verlieren."

„Das ist mir egal, ich betrachte es als Lehrgeld."

„Lehrgeld wofür?" Sie ist alarmiert. „Was ist überhaupt los? Nimmst du unseren Streit heute Morgen als Vorwand, um mich loswerden?"

„Im Gegenteil." Ben ist ganz ruhig. „Ich will dich nicht verlieren. Und deshalb muss ich für mich gehen."

„Heißt was?"

„Dass ich tue, was ich schon so lange will, und du entscheidest, ob du das mitmachst. Ob du mit mir demnächst hippiemäßig unterwegs bist oder dich um deinen Ex-Mann kümmerst."

„Das ist Erpressung."

„Nein, das ist eine Bedingung." Ben sieht traurig aus, als er das sagt, und zugleich wirken seine Worte unumstößlich. „Ich stelle eigentlich nie Bedingungen und inzwischen glaube ich, das ist ein Fehler. Meistens tue ich, was die andern wollen, passe mich an. Auch an dich. Du wolltest noch ein Jahr warten, ich habe ein Jahr gewartet. Du wolltest eine Reiseversicherung abschließen, ich habe eine abgeschlossen. Du wolltest ein Komfortwohnmobil, ich habe es gekauft."

Sie sitzen am Kanal, trinken mittags Flaschenbier und wissen, dass nach diesem Gespräch nichts mehr sein wird wie zuvor.

„Ich wage einfach mal zu sein, wie ich bin. Ich brauche keinen Luxus, ich bin ziemlich anspruchslos. Ich will in den Tag hineinleben, und wenn das Geld alle ist, lasse ich mir etwas einfallen. Ich bin noch jung. Und ich kann nichts dafür, wenn du dich alt fühlst."

Der letzte Satz trifft Ingrun bis ins Mark, sie kämpft mit den Tränen.

„Wann willst du denn fahren?"

„Bald." Ben nimmt ihre Hand. „Ich habe Angst, dass du dich gegen mich entscheidest. Aber ich will mich nicht verbiegen, damit du bei mir bleibst, und du sollst auch nichts tun, was du nicht willst. Vielleicht brauchen wir eine Pause, vielleicht starten wir zusammen durch. Ich weiß es nicht. Ich weiß nur, dass ich keine faulen Kompromisse mehr will."

Sie lacht leise auf. „Das hat der Ben, in den ich mich verliebt habe, auch gesagt."

Er lässt sie los und streicht sich die Haare zurück.

„Da ist noch etwas. Ich weiß, wie wichtig dir Christian ist, er ist immerhin Leos Vater. Aber ich habe keine Lust auf ein fremdes Leben. Und das, was ich gerade hier tue, ist irgendwie komisch. Ich stelle meine Pläne völlig hinten an, weil seine Krise sich zwischen uns drängt. Was mich daran stört, ist die Selbstverständlichkeit, mit der das passiert. Dass du zulässt, dass er so viel Raum bekommt."

Jetzt steigt der Kloß in ihrem Hals unaufhaltsam nach oben, sie beißt die Zähne zusammen. Fragt eigentlich irgendwer danach, wie es ihr geht? Christian schickt sie fort, Ben will sie nicht mehr und Leo ist unauffindbar. Sie ballt ihre Hände zu Fäusten, die Fingernägel schneiden in die Handballen. Nur nicht weinen, denkt sie, atmen. Du schaffst das auch alleine.

„Ich bin nicht gegen dich, Ingrun." Ben spürt, wie sie ihm entgleitet. „Mach doch jetzt nicht zu. Lass uns das zusammen lösen."

Leeres Geschwätz. Was sollen sie denn zusammen lösen, wenn offenbar nur sie Probleme hat?

„Ich habe dich schon verstanden." Sie schluckt ihre Enttäuschung hinunter, macht Platz für schärfere Töne. „Es ist wahrscheinlich besser, wenn du dich jetzt um deine Angelegenheiten kümmerst und ich mich um meine."

„Dann hast du mich aber nicht verstanden." Er schüttelt den Kopf. „Zumindest ist das nicht das, was ich will."

„Aber ich vielleicht."

„Das fände ich schade." Er dreht sich zu ihr. „Und das kann ich auch nicht glauben." Ben weiß, dass es gut möglich ist, dass er sie jetzt nicht mehr erreicht. Er sieht in ihren Augen die Kränkung, die sie starr macht. „Ich glaube nämlich, dass du genau so viel Lust hast auf mich wie ich auf dich. Auf Spaß, auf Freiheit und auf Tiefe. Das, was jetzt zwischen uns passiert, ist ein alter Reflex. Wir fühlen uns beide missverstanden und sind enttäuscht. Lass uns das annehmen und nicht *deleten*." Er grinst. „*Deleten* hab ich von Leo."

Sie zögert, sie schwankt.

„Komm schon", drängt Ben leise, „lass mich nicht in dem Boot allein."

„Dann schmeiß du mich auch nicht raus."

„Mach ich nicht." Ben legt seinen Kopf an ihre Schulter. „Niemals."

Ingrun schließt die Augen und endlich kann sie dahinter eine Schleuse öffnen. Ihre Tränen zwängen sich unter den Augenlidern hindurch, und je schwerer sie Ben an ihrer Seite empfindet, umso leichter wird es in ihr.

*

Leo sitzt zum ersten Mal in der ersten Klasse eines ICE. Die Kunstledersitze sind weich, sie verstellt die Lehne, macht es sich bequem, und gleich hinter Hamburg schläft sie bereits tief und fest. Die kurze Nacht, das viele Herumlaufen und das Gefühlskarussell, das sich unaufhörlich in ihr dreht, erschöpfen sie.

Maite bestellt einen Kaffee und denkt an die Tage und Nächte, die hinter ihr liegen. Noch überdeckt die Aufregung jede Vernunft. Doch das Gefühl, etwas Wesentliches auszublenden, steigt langsam an die Oberfläche. Es ist eine mahnende Stimme, der sie noch keine große Beachtung schenkt, von der sie aber spürt, sie wird keine Ruhe geben.

Genießen, denkt Maite, ich will es einfach nur genießen.

Das Verliebtsein und dieses Begehren, das sie mitreißt. Sie ist von sich selbst überrascht. Seit Langem verspürt sie wieder das Bedürfnis, die Nähe eines anderen Menschen zu suchen. Ganz von selbst wendet ihr Körper sich zu Leo hin, sobald sie sich zu weit von ihr entfernt. Beinahe ist ihr das unheimlich, nicht nur, weil es Leo zu viel sein könnte. Auch, weil sie der Frage nicht mehr ausweichen kann, wohin das führen soll.

Maite hat gute Freundinnen, sie mag die unkomplizierten Nachmittage mit ihnen am Strand, das gemeinsame Klettern in den Bergen und die schnellen Treffen im Café. Es gibt immer etwas zu erzählen, zu besprechen, auszutauschen. Sie mag Gloria, Angela und Mercé, doch es kommt ihr einfach nicht in den Sinn, mehr mit ihnen zu teilen als Freundschaft. Mit Männern schlafen, mit Frauen reden, das ist eine Art ungeschriebenes Gesetz. Nur mit Julián ist es anders.

Maite betrachtet Leo und plötzlich fällt ihr auf, dass es auch in ihrem Gesichtsausdruck etwas Verletzliches gibt. Wie Julián ist ihr eine Sanftheit zu eigen, die Maite berührt. Und nicht nur das. Auch Leo löst widersprüchliche Gefühle in ihr aus. Schützend will sie dieses Andere umgeben, vor dem sie zugleich zurückweicht, das Hin- und Hergerissensein, in dem das Hin gewinnt, bringt sie durcheinander. Auch Leo ist unnahbar, in ihrer Direktheit kaum zu fassen. Wie Julián. Wie Muscheln. In einem Moment öffnen sie sich ganz und liefern sich dem Außen aus, im nächsten Augenblick verschließen sie sich unaufhaltsam und vollständig. Es ist ein unberechenbares Pendeln zwischen Auf und Zu, und es verleitet Maite mitzuschwingen.

Nun vermeldet ihr Herzschlag genau, wie nah sie der Angst ist. Kein Flattern mehr, sondern ein schneller, harter Rhythmus erinnert sie an Abschied. Nie wieder so hoch fliegen, nie wieder so tief fallen. Schon sieht sie sich einchecken und Leo am Flughafen zurücklassen. Der Geschmack von unmöglicher Liebe liegt ihr auf der Zunge, und sie würde ihn am liebsten ausspucken. Jetzt und hier den Film anhalten, aussteigen, kein Risiko, nicht noch einmal. Was es Schlimmeres gibt, als sich in einen Mönch zu verlieben? Sich die Halbschwester aussuchen, die noch dazu zwischen Mann und Frau lebt.

Ich müsste blind sein, wenn ich die Parallele nicht sehen würde, denkt Maite. Und ich müsste verrückt sein, wenn ich es nicht trotzdem täte.

Der Mensch neben ihr ist nicht irgendein Mensch, das spürt sie genau. All das ist kein Zufall, und irgendetwas gibt es hier zu lernen. Aber was? Folge deinem Herzen? Dann wird in den nächsten Stunden die letzte Bastion ihres Widerstands fallen, und sie wird alles, aber auch alles daran setzen, dass Leo nicht mehr von ihrer Seite weicht. Dass sie mitkommt nach Sevilla, ihre Mutter kennlernt, bei ihr einzieht, auf ihrer Terrasse sitzt und zeichnet, mit ihr schläft, mit ihr lacht, mit ihr lebt. Dann ist es ihr vollkommen gleichgültig, was die anderen wissen, dann wird sie lügen für ihr Glück.

Oder: Widerstehe dem Begehren? Dann wird die Mauer, deren Fundament bereits gelegt ist, größer und dicker werden, Maite wird sich langsam wieder zurückziehen und ihre Begegnung unter ausufernde Vatersuche abspeichern, sich zugestehen, dass in einem derart erschütternden Kontext alles möglich und erlaubt ist, bis die Vernunft den Wahnsinn wieder in die Schranken weist.

Sie atmet tief durch. Denken. Alles nur Kopfkino. Einmal mit dem Grübeln aufhören, einmal einfach sein, ohne falsch und richtig. Es ist doch alles gut, allein deshalb, weil es ist. Glaubt sie das? Ist alles nur deshalb so kompliziert, weil sie ihr Ego nicht tun lässt, was es am allerliebsten will?

Spiritueller *crap*, würde Mercé sagen. Mach dich locker, hör nicht auf deinen Bauch, hör einfach auf deinen Unterleib.

Sie schaut zur Seite, an Leos Stirn vorbei durchs Fenster. Ja, wenn sie darauf hört, ist alles ganz einfach.

*

Sein Zimmer ist erstklassig, wären die Fenster geputzt, könnte man meinen, er residierte leicht angeschlagen im Hotel. Morgen wird er das Etablissement wechseln, sein

Zustand ist stabil. Die Frau vom Sozialdienst gibt ihr Bestes, Christian Steger bekommt einen Platz in einer privaten Klinik im eigenen Kiez. Sie hat ein Lob verdient, er bedankt sich also höflich, später wird man sagen, er mache doch wirklich insgesamt einen guten Eindruck. Das Ganze nur eine Übersprungshandlung, bestimmt. Ergebnis einer schlecht überstandenen depressiven Phase, der programmatisch die Manie folgt. Es ist also zu erwarten, dass er bald wieder bei Laune ist. Alles eine Frage der medikamentösen Einstellung.

Ginge es ihm schlechter, würde er aus purer Selbstkasteiung auf der städtischen Notfallpsychiatrie bestehen, da kennt er wenigstens die Ambulanz, und das Elend im Flur ist in etwa so groß wie das im Innern. Er schaut auf sich herab und belächelt sich. Feigling, immer noch.

Unter seinesgleichen ist er sicherer vor der Presse, er ist jetzt ein gefundenes Fressen für den Boulevard. Die Idee, dass hier einer auftauchen könnte mit der Kamera im Anschlag und drei guten Fragen, gefällt ihm allerdings. Was, wenn er ihm die Wahrheit sagen würde? Einfach erzählen, wie es wirklich ist? Ein echter Skandal, ein *Never-Come-Back-Ticket*, die Rakete ins Off. Ihm käme es recht, er ist sowieso am Ende, doch Lisa will er das nicht antun. Nicht auch das noch.

Die Krankenschwester bringt Suppe und fragt nach seinem Befinden.

„Ich möchte keinen Besuch, ich will niemanden sehen. Keinen, der mich kennt, und auch keinen, der mich nicht kennt. Ist das möglich?"

„Wir tun, was wir können. Unten am Eingang weiß man nicht, dass Sie hier sind. Außerdem hat Ihre Frau Sicherheitsleute beauftragt, es sitzt jemand vor der Tür. Es ist ja nur noch für eine Nacht."

Frau? Bodyguard? Er will sofort weg hier. Er muss telefonieren. Wo ist sein Handy?

„Ihre Frau hat noch keine Sachen gebracht. Aber sie kommt sicher bald."

Ein Alptraum. Ganz ruhig. Dass ihn das alles nervös macht, zeugt davon, dass sein Überlebenswille wieder zurück ist. Ist das gut? Ja, er spürt wieder etwas in seiner Brust. Hat er Angst? Abhauen oder kämpfen? Im Moment geht weder das eine noch das andere. Also macht er das, was er am besten kann: schauspielern.

Die Suppe ist lauwarm, er hat Hunger. Sicher ein gutes Zeichen für gute Führung, er lässt es das Personal also wissen. Klingelt. Bittet um mehr, bestellt einen Tee.

„Hätten Sie vielleicht auch einen Stift und Papier für mich?"

„Bringe ich Ihnen gleich mit."

Er sieht ihr an, dass sie ihn für den Kommissar hält. Alle, die ihn nicht persönlich kennen, tun das. Ob sie ihn am Ende um ein Autogramm bittet? Dann malt er auf jeden Fall so ein kleines gehängtes Männchen drauf, das kann sie dann auf eBay versteigern. Wäre doch lustig. Aber wahrscheinlich ist er überhaupt nicht wichtig genug für die ganze Show. Vielleicht interessiert sich gar niemand dafür, ob er jetzt tot ist oder noch lebt. Er ist ein kleiner Schauspieler mit einer gescheiterten Theaterkarriere und einer langweiligen Dauerrolle im öffentlich-rechtlichen Fernsehen.

Wenn er über sein Leben nachdenkt, vollzieht es sich in seiner Vorstellung in Kreisen. Genauer gesagt in einem auf der Seite liegenden Oval, gegen den Uhrzeigersinn. Jahreszahlen gehen ihm völlig ab, und er neigt dazu, sich zu verschätzen. Wie lange er schon in Berlin ist? Einige Jahre. Seit wann er von Ingrun getrennt lebt? Schon länger her. Nur einen Punkt, den kann er auf den Tag genau beschreiben. Es ist der 13.06.1983. Deshalb sucht er sich diesen Tag aus. Weil an diesem Tag etwas in ihm stirbt.

*

Elisa erinnert eckige Sanduhren, eine an der anderen: Verbundsteine pflastern den Weg zum Haus. Es ist das einzige mit dunkelgrünem Sockel, das einzige mit bunten Glasbausteinen, das einzige, dessen Hecken so hochgewachsen sind, dass keiner sieht, was drinnen geschieht. Der Garten träumt im Frühjahr mit Kirschblüten und Magnolien von Japan, während im Sommer am Balkon Geranien blühen. Übersatt blitzt das Leben an den Ecken und Kanten der Häuserreihe hervor, alles hat hier seinen Platz, im Keller wird gehortet. Gegenüber blühen Obstbäume, und wer klettern kann, kriegt Pflaumen.

Die dürft ihr nur essen, wenn ihr nichts dazu trinkt.

Einmal trinken sie Limo dazu und es passiert gar nichts. Schlecht wird ihnen erst im Herbst, als sie den neuen Wein stibitzen und sich wie Apfelsaft reinschütten. Im Winter fahren sie Ski hinterm Haus, den kleinen Hügel hinunter, und stapfen wieder hinauf, so lange, bis er abgefahren ist, solange, bis sich die Erde mit der dünnen Schneeschicht mischt. Spielplätze gibt es nicht, die Welt ist der Spielplatz. Wenn sie beim Fußballspielen zu oft gegen ein Garagentor donnern, gibt es Ärger. Dann brüllt einer durchs Fenster, dass sie gefälligst verschwinden sollen. Sie kommen aber immer wieder, ein ganzes Kinderleben lang. In den großen Ferien riecht es abends nach Würstchen, weil alle in der Nachbarschaft grillen. Auf jeder Terrasse das gleiche Szenario: Vati ist für das Fleisch zuständig, Mutti macht Nudelsalat. Gegessen wird am Tisch, getrunken im Stehen. Die Kinder laufen von Garten zu Garten, zusammen sein, solange es geht. Wenn es dunkel wird, kommen die Schnaken, Mutti räumt ab. Dann heißt es das Weite suchen, sonst droht Zubettgehen. Sonst droht die Trennung. In der Nacht träumen sie vom nächsten Tag. Tagsüber sind sie im Freibad. Rein ins Wasser, raus aus dem Wasser, mit nassen Haaren Pommes von der Bude, Autoquartett, am späten Nachmittag sonnenverbrannt, hungrig am Abend. Mit jedem Schuljahr älter werden, irgendwann heißt es: Gymnasium. Die einen stehen schon an der Bushaltestelle, die anderen fahren noch mit dem Rad zur Schule, über kurz oder lang haben alle Englisch. Die Banden lösen sich auf, Cliquen bilden sich, manche verlieren einander, andere sind unzertrennlich. Sie dürfen länger weg, sitzen bis abends am Fluss. Auf Mopeds nimmt die Stadt andere Maße an, wer geht mit wem? Endlich achtzehn, Abitur, Führerschein, mit dem weißen Golf kommt die große Freiheit. In den Sommerferien fahren sie nach Frankreich, wohin sonst? Zelt, Schlafsack, Gitarre, der Sonnenaufgang an der Ardèche: ein großes Versprechen. Selbst im Winter bleibt der Himmel weit, erst im Frühling fällt er ihnen auf den Kopf. Und Mannheim ist ein fremdes Land.

*

Ein Taxi bringt sie an den Rhein, und Maite dankt innerlich dem, der nicht ihr Vater ist, für sein Geld. Keiner ihrer Freunde könnte sich leisten, womit sie Leo beeindrucken will. Beim Betreten der Lounge ist sie nicht mehr sicher, ob das Design-Hotel tatsächlich eine gute Idee ist. Wahrscheinlich denkt Leo, sie sei eine größenwahnsinnige Angeberin. Schon jetzt scheint die stilvolle Atmosphäre sie zu verunsichern, ihre Augen wandern ehrfürchtig durch die Eingangshalle. Allerdings passt sie in Anzug und Krawatte perfekt zum Ambiente.

In Mannheim werden sie eingehend gemustert. Mit Leo Hand in Hand durch die Straßen zu schlendern oder im Café zu sitzen, ist wie Schaulaufen. Zuerst betrachtet man sie beide, dann Leo, dann Maite. Als ob die Augen hängenblieben an einem Bild, für das der Kopf keinen Abgleich fände. Weil nicht klar ist, ob Leo ein Mann oder eine Frau ist? Weil zwei Frauen zusammen so ungewöhnlich sind?

Hier im Hafenhotel findet niemand sie komisch und wenn doch, zeigt man es nicht. Ich kaufe uns frei, denkt Maite plötzlich.

„Das Teil ist der Hammer!"

„Gefällt es dir?"

„Klar."

„Das freut mich. Mir auch." Sie ist erleichtert. „Warte, bis du das Zimmer siehst."

Dann bleibt ihr selbst nichts mehr zu sagen. Sie bewohnen ein Loft mit Panoramafenstern und spektakulärem Flussblick. Der Raum ist großzügig, licht und zurückhaltend, aber einladend eingerichtet. Unten ziehen Containerschiffe vorbei, oben ragen Baukräne in die Luft.

„Cool." Und wie am Tag zuvor geht Leo zuerst ins Badezimmer. „Das gibt es nicht, sieh dir das an – eine Badewanne mit Aussicht!"

Leo freut sich, Maite genießt es. Die neue Rolle gefällt ihr immer besser. In diesem Stück ist sie die Ältere, nimmt die Dinge in die Hand, trifft ungefragt Entscheidungen für zwei. Und das, obwohl sie hier doch eigentlich das Mädchen ist. Jedenfalls fühlt sie sich so in dem bunten Sommerkleid, das sie zu ihren Turnschuhen trägt.

„Ist schon ein bisschen seltsam, mich so aushalten zu lassen." Leo lässt sich in den Designersessel fallen und dreht ihn mit den Füßen hin und her.

„Wenn es dich beruhigt: Du verursachst kaum Mehrkosten."

„Du würdest echt auch alleine in so einem Hotel wohnen?"

Maite lächelt. „Vielleicht. Aber dann würde es mir nicht so viel Spaß machen."

„Was genau?"

„Der Luxus. Das gute Leben."

„Was ist denn das gute Leben?"

„Gut essen, gut schlafen, gute Aussicht." Sie setzt sich vor Leo auf den weichen Teppich, der ein Stück des dunklen Dielenbodens bedeckt, und lehnt sich an ihre Beine. „Vor allem aber gute Gesellschaft."

„Bin ich gute Gesellschaft?"

„Du bist die beste Gesellschaft, die ich mir vorstellen kann."

Sie schauen eine Weile schweigend durch die riesige, geöffnete Schiebetür, die auf einen Balkon führt.

„Mit wem bist du denn sonst so in Hotels zusammen?"

„Mit Fremden."

„Also ist alles wie immer?"

Maite dreht sich zu ihr um und schaut zu ihr hoch.

„Nein, gar nichts ist wie immer. Normalerweise wache ich alleine auf und frühstücke nicht in Begleitung." Es hört sich an, als kaufte sie sich Callboys. „Aber ich bezahle nicht dafür, falls du das jetzt denkst."

„Das denke ich nicht." Leo schaut sie überrascht an. „Ich glaube nicht, dass du das nötig hast."

„Findest du es komisch?"

„Komisch? Ich? Ich finde so schnell nichts komisch. Und dich schon mal gar nicht." Sie beugt sich zu Maite hinunter und nimmt ihre Hand. „Ehrlich gesagt ist mir das lieber, als wenn du mit deinem Mann ins Hotel gehen würdest."

„Mit welchem Mann?“

„Der, den du vielleicht hast und zu dem du zurückgehst, wenn du hier fertig bist.“

„So wie du vielleicht zu der Frau zurückgehst, mit der du zusammenwohnst?“

„Ich bin nicht mit der Frau zusammen, mit der ich zusammenwohne.“

„Ich wohne mit keinem Mann zusammen.“

Mehr müssen sie für den Moment nicht wissen. Es reicht, um die plötzliche Schwere zwischen ihnen aufzulösen.

„Hast du Hunger?“

„Und wie!“

„Wollen wir unsere Vaterstadt unsicher machen? Ich lade uns zum Essen ein.“

„Okay. Aber das Essen geht auf meine Rechnung.“

„Gut.“

Sie werden nicht dazu kommen. Sie werden sich kurz vor dem Verlassen des Zimmers küssen und lange nicht damit aufhören. Irgendwann den Room-Service anrufen und sich Fingerfood bringen lassen. Dazu Champagner trinken und bei Kerzenschein baden.

*

Seine ersten Schritte im geschenkten Leben sind unsicher. Christian geht vom Badezimmer zum Fenster, vom Bett zur Tür und wieder zurück zum Bett. Bald holen sie ihn ab, bald wird er reden müssen. Sein letzter Klinikaufenthalt liegt drei Jahre zurück. Einzelzimmer mit Bergblick, Allgäuurlaub für Wanderfeinde mit therapeutischer Begleitung. Drei Wochen, in denen er um den heißen Brei herumredet. Natürlich merkt sein Therapeut, dass er etwas verbirgt. Er will ihn knacken und Christian hält dagegen. Er gibt nicht auf, Christian weint allein. Malt seinen Frust in der Kunsttherapiegruppe auf überdimensional große Bilder, die er am Ende der Sitzung zerstört, joggt sich danach die Seele aus dem Leib. Macht sich fit für die nächste Runde Verdrängung. Erarbeitet sich Füllmaterial für diese schwindelerregende Wolke im Kopf, die auftaucht, sobald er den Versuch unternimmt, sich dem zu stellen, was ihn wirklich beschäftigt. Beschäftigt? Was ihn seit Jahrzehnten verfolgt, was ihn in Träumen einholt und wofür er sich so lange schämt. Nichts hat das mit seiner Diagnose zu tun: Manisch-depressiv heißt inzwischen *Bipolare Störung*, seine Schwankungen zwischen ganz oben und ganz unten haben sich dadurch nicht wesentlich verändert. Das schaffen nur die Pillen, die ihn in einem dumpfen Zwischenraum halten, in dem er Fett ansetzt. So viel kann er gar nicht trainieren, wie sich das Zeug in ihm ablagert. Gute Phasen wechseln mit schlechten ab, die Intervalle werden mit den Jahren kürzer. In der Depression verliert er sich, in der Manie vergisst er sich, dazwischen liegt der Kampf mit der Normalität. Er weiß nicht, wann es beginnt, was zuerst da ist: dieser immense Verlust eines Teils seiner selbst oder das Pendeln zwischen zwei Gemütszuständen. Aber er weiß genau, wann er zum ersten Mal aus dem Gleichgewicht gerät.

Sein Therapeut akzeptiert, dass er etwas verschweigt, es gibt zwischen ihnen die unausgesprochene Verabredung, dass er wenigstens nicht lügt. Bis zum Schluss drängt Christian die Wahrheit zurück, sobald sie wie ein Schatten in ihm auftaucht. Sein Therapeut beruhigt ihn:

„Vertrauen Sie sich. Ihre Seele schiebt."

Schiebt ihm seine Seele auch die Tabletten in den Mund, schiebt sie ihn in einen Krankenwagen und auf die Intensivstation? Schiebt sie ihn zuvor an den den Computer, lässt sie ihn ein Bilderkennungsprogramm installieren und solange suchen, bis er sie endlich findet? Und wohin schiebt seine Seele ihn jetzt?

Es klopft an der Tür, er reagiert nicht darauf, und Ingrun kommt herein.

„Na?"

„Na?"

„Wie geht es dir heute? Du siehst schon viel besser aus."

„Entschuldige, wenn ich gestern sperrig war", sagt er statt einer Antwort.

„Schon gut. Ist ja auch alles nicht besonders leicht."

„Nein."

Sie schließt die Tür, stellt die Taschen ab, rückt den Stuhl an sein Bett und plaudert von alltäglichen Dingen. Versucht, eine Atmosphäre der Normalität zu schaffen, wie die Ärzte es nennen. Doch sie spürt, dass Christian ihr gar nicht zuhört, sich keine Mühe gibt, so zu tun, als ob ihn irgendetwas davon anginge. Und im Grunde interessiert Ingrun auch etwas ganz anderes.

„Kann ich dich was fragen?"

„Ja."

„Hätte ich etwas für dich tun können?"

„Nein." Er lächelt, zum ersten Mal. „Nein, ganz sicher nicht. Und du kannst auch jetzt nichts tun. Außer, dein Leben zu leben. Und ich versuche das Gleiche mit meinem zu tun." Er wirkt plötzlich aufgeräumter.

„Ich habe ein komisches Gefühl, dich hier einfach zurückzulassen."

„Wenn ich es richtig sehe, bin ich erst mal eine Weile in der Klinik. Das ist sowieso eine geschlossene Gesellschaft."

Sie nickt. Dann bricht es aus ihr heraus: „Warum weiß ich überhaupt nicht, was mit dir los ist? Ich habe keine Ahnung, wie es dir gerade geht."

„Ich auch nicht. Glücklicherweise gibt es dafür Therapeuten, die finden das raus." Er versucht einigermaßen neutral zu klingen.

„Wenn du meinst." Ingrun legt sich die Hände an die Schläfen „Leonie ist übrigens abgetaucht."

Er nickt, als wüsste er darüber Bescheid. „Ist doch nichts Ungewöhnliches. Das hat sie von mir."

Und deine Nase und deine Augen hat eine andere von dir, denkt Ingrun und muss aufpassen, dass sie nichts sagt. Maite möchte nicht, dass sie ihr zuvorkommt. Außerdem kann Ingrun nicht garantieren, dass sie ihm dann nicht doch die Meinung sagt. Trotz seines Zustandes. Oder gerade deswegen.

„Du hast recht. Sie wird sich schon melden. Ich werde ihr sagen, wo du bist."

„Danke."

„Dann würde ich heute mit Ben zurückfahren."

„Wieso zurück?"

Sie schaut aus dem Fenster, weicht seinem Blick aus. „Wir kaufen ein anderes Auto."

„Aha." Warum will er das eigentlich wissen? „Na, dann gute Fahrt."

Ingrun schaut sich um, als gäbe es in diesem Zimmer noch irgendetwas zu tun. „Ich stelle dir die Tasche mit deinen Sachen in den Schrank. Handy, Geld und deinen Hausschlüssel lasse ich hier im Nachttisch, in Ordnung?"

Christian nickt.

„Wenn du noch was brauchst, gib mir Bescheid."

„Mach ich."

Das ist das Tolle am Film, denkt er. Jetzt einen *Cut*, und der Regisseur spart sich die leidige Abschiedsszene. Den Versuch, gut auseinanderzugehen, wenn es nichts mehr zu sagen gibt. Kein Pass-auf-dich-auf, keine seltsamen Gefühlsbekenntnisse, kein letzter Blick. Nur Schnitt und weg.

*

„Meine Mutter schreibt, er ist aufgewacht und es geht ihm den Umständen entsprechend gut. Was auch immer das heißt.“ Leo blinzelt in die Sonne. „Er kommt morgen in eine Privatklinik.“

„Gott sei Dank.“ Maite atmet hörbar auf. „Bist du erleichtert?“

„Klar.“

„Willst du gleich hinfahren?“

„Wieso das denn?“ Leo schüttelt energisch den Kopf.

„Um bei ihm zu sein.“

„Der braucht mich nicht.“ Leo lacht kurz auf. „Keine Ahnung, was er wirklich braucht, mich jedenfalls nicht.“

„Was macht dich da so sicher?“

„Wir haben zusammengewohnt.“

„Und?“

„Zwei Inseln im großen Ozean.“

Sie schauen einander an, und keine mag das Gefühl, über ihren Vater zu sprechen. Denn keine von beiden will noch die Schwester der anderen sein.

„Wollen wir wirklich in seiner Vergangenheit herumstöbern?“, fragt Leo unvermittelt.

„In meiner Vergangenheit“, korrigiert Maite. „Ich habe ein Recht darauf, zu erfahren, woher ich komme. Außerdem kann ich jetzt nicht einfach aufhören. Berufskrankheit.“ Sie deutet auf die leere Espressotasse, als der Kellner vorbeigeht und fragt: „Du auch?“

Leo schüttelt den Kopf.

„Aber du kannst dir einfach einen schönen Tag hier machen und ich ziehe alleine los“, schlägt Maite vor.

„Bist du verrückt? Keine Minute verbringe ich freiwillig ohne dich!“

Leo sieht zum ersten Mal die Journalistin in Maite. Wie sie kombiniert, wie sie Notizen macht, sich einen Plan zurechtlegt. Wie ihr Kopf noch arbeitet, während sie schon die nächste Frage stellt.

„Hat er denn nie von seiner Kindheit erzählt?“

„Nein, aber ich habe ihn auch nicht danach gefragt.“ Leo zuckt mit den Schultern. „Wahrscheinlich wegen der Sache mit seinen Eltern. Ich dachte, es muss ziemlich heftig sein für ihn, darüber zu reden.“

„Wolltest du nichts über deine Großeltern wissen?“

„Ich hab ja noch welche, die Eltern meiner Mutter. Die reichen mir völlig.“ Leo hebt die Augenbrauen. „Die haben sich auch eine andere Enkelin gewünscht.“

„Verstehe.“

Auch Maite weiß nicht viel von ihrer Mutter, sie erzählt nicht von früher, schon gar nicht von Deutschland. Kein Kontakt mehr zu den Eltern, von Verwandtschaft will sie nichts wissen. Doch Maites Fragen beantwortet sie.

„Wie hast du denn geheißen, bevor du Papa geheiratet hast? Woher kommt unsere Familie?“ Vielleicht könnte sie mit diesen Verwandten ja mehr anfangen als mit dem De-la-Caza-Clan.

„Meier. Meier mit e und i. Ursprünglich stammt die Familie aus München, deine Oma hat aber als Zimmermädchen in großen Hotels gearbeitet und wir sind ziemlich herumgekommen – Hamburg, Köln, Berlin.“

„Und habt ihr dann auch im Hotel gewohnt?“

„Manchmal ja.“

„Wie hieß Oma denn mit Vornamen?“

„Marianne.“

„Hast du ein Foto?“

„Nein."

„Und von dir, als du klein warst?"

„Auch nicht."

Maite versucht sich ein Bild zu machen von diesem Zimmermädchen. Stellt sich eine junge Frau mit Häubchen vor, die Betten aufschüttelt und staubsaugt. Das genaue Gegenteil von Doña Yolanda Cramón de la Caza, die sich niemals beim Putzen die Finger schmutzig machen würde. Wie Aschenputtel kommt ihr die Hotel-Oma vor, vielleicht macht sie als alte Frau immer noch irgendwo Zimmer sauber, während sie ihr doch helfen könnten.

„Was denkst du?" Leo berührt Maite leicht am Arm.

„Sorry. Ich bin ein bisschen abgedriftet." Sie trommelt mit dem Bleistift auf ihrem Notizblock herum. „Ich frage mich, wo sie sich kennengelernt haben und wann."

„Finden wir es raus."

Der Kellner bringt den Espresso und Maite trinkt ihn in einem Zug aus. Danach schreibt sie eine Liste mit den Dingen, die getan werden müssen.

Je länger sie sich damit beschäftigt, umso mulmiger wird ihr. Sie weiß immer, wenn sie einer echten Story auf der Spur ist, und sie ahnt, dass diese Geschichte aus gutem Grund ein Geheimnis ist.

*

Es ist ein wolkiger Sommertag, erst ab Mittag soll es aufklaren. Alex sitzt vor einer Kiste mit alten Fotos. Irgendwo muss er noch einen Abzug haben.

Er erinnert sich genau an diesen einen verregneten Morgen, an dem Christian aus dem Schlafsack kriecht und sich die verstrubbelten Locken aus dem Gesicht streicht. Alex ist lange vor ihm wach, trinkt Kaffee aus der Filtermaschine, die neben seinem Bett steht, und liest in einem Text. Sie kennen sich aus der Schauspielschule, und Alex ist hoffnungslos verliebt in ihn.

„Wenn du willst, kannst du bei mir einziehen, bis du etwas Eigenes gefunden hast. Also, wenn es dir nichts ausmacht, auf dem Boden zu pennen."

Noch am selben Abend steht Christian bei ihm vor der Tür. Wie der junge Werther persönlich, schön und verwundet.

In einer Ecke des Zimmers richten sie ihm einen Schlafplatz ein, und von da an sitzen sie sich gegenüber, reden, trinken, rezitieren, schlafen, gehen abwechselnd ins Bad, kochen Spaghetti, fahren zusammen zum Unterricht, zum Supermarkt und wieder nach Hause. Sie hausen zusammen in diesem Zimmer, und mit ihnen diese merkwürdige Geschichte, die Christian mitbringt.

Alex kramt in den Bildern von früher, legt viele Fotos achtlos zur Seite, sucht nur dieses eine von Christian. Betrachtet dabei seine eigenen Hände. Groß und von dicken Adern überzogen, sieht man ihnen ihr Alter trotz der Pflege an. Im Gesicht kann er sich locker zehn Jahre jünger machen, seine Hände machen niemandem etwas vor.

An dem Wochenende, als Udo auszieht, fährt Alex nach Berlin. Er will nicht mit ansehen, wie die Kisten und Möbel aus ihrem gemeinsamen Zuhause verschwinden. Diesmal hat er Liebeskummer, und trotzdem steht Christian wie damals in der Tür: Der alte Werther ist nicht weniger schön und nicht weniger verwundet.

Eine ganze Nacht sitzen sie auf seinem Balkon, rauchen Marihuana und blasen mit dem Rauch ihre geplatzten Träume über die Dächer der Stadt.

„Ich hab sie gefunden."

„Wen?"

„Lisa. Meine Jugendliebe."
„Du hast sie immer noch nicht vergessen?"
„Ich werde sie niemals vergessen."
„Hast du sie angerufen?"
„Nein."
„Warum nicht?"
„Sie hat eine Tochter."
„Na und? Du hast auch eine Tochter."
„Ich habe zwei."
Es dauert einen Moment, bis Alex versteht.
„Ach du Scheiße. Und woher weißt du das?"
„Internet. Ich hab recherchiert. Inzwischen reicht ja ein Foto, um alles Mögliche über jemanden herauszufinden. Jetzt weiß ich, warum Lisa eines Tages einfach weg war. Wie vom Erdboden verschluckt."
„Aber woher weißt du, dass das Kind von dir ist?"
„Das Geburtsdatum passt, und sie sieht aus wie ich. Die Ähnlichkeit ist so verblüffend, dass ich fast vom Stuhl gefallen bin."
Als Christian ihm davon erzählt, denkt Alex, dass er übertreibt. Doch seit der Begegnung mit Maite weiß er, was sein bester Freund meint. Und nicht nur das. Er empfindet die gleiche Zärtlichkeit für sie wie einst für ihren Vater.

Aber 1983 hat er keine Chance bei Christian. Der überhaupt nicht begreift, was Alex von ihm will, und sich einfach alles nimmt. Wenn er traurig ist, drückt er sich an seine Brust und weint, lässt sich von ihm ins Bett bringen und Suppe einflößen. Christian fliegt nur deshalb nicht von der Schauspielschule, weil Alex ihm nächtelang Texte in den Kopf prügelt. Hemmungslos kommt er nackt aus der Dusche und erzählt stundenlang von dieser Frau, die ihm das Herz bricht.

Bis zu diesem verregneten Morgen, an dem sie sich fotografieren. Sie sollen Begriffe in Pose setzen und eine Mappe mit Fotos zusammenstellen.

„Wir machen das ganz einfach", sagt Christian. Wenn er beschäftigt ist, wenn er sein Drama vergisst, lebt er auf. In Rollen wird er lebendig. „Ich bin ein Pornostar. Du sagst mir einen Begriff, ich setze ihn in Szene und du machst ein Bild davon."

Sie schieben dafür Christians Matratze unter das Dachfenster und Christian zieht sich fast ganz aus. Alex bleibt hinter der Linse die Luft weg.

„Hammerhart. Ist geil, so fotografiert zu werden. Du wirst es sehen."

Sie wechseln, der stärker werdende Regen verdunkelt das Zimmer, sie sitzen halbnackt nebeneinander und rauchen. Alex kann seine Erregung nicht mehr verbergen. Es ist Christian, der seine Hand plötzlich zwischen seine Beine legt und alles zum Kippen bringt.

Das Foto. Da ist es. Das Bild zeigt Christian danach. So sieht er ihn nur ein einziges Mal. Einen jungen Mann, selbstvergessen, selbstverliebt, von außergewöhnlicher Tiefe. In seinem Gesicht keine Spur von Trauer, Anspannung oder Schmerz. Der Gesichtsausdruck passt perfekt zu dem Begriff, für den er steht: gelöst.

Es donnert. Das angesagte Gewitter kommt pünktlich. Alex steckt das Foto ein, er wird es mitnehmen. Dann räumt er die Frühstückssachen vom Tisch und macht sich reisefertig. Mit dem Motorrad braucht er knapp zwei Stunden nach Berlin. Zum Kaffee will er in der Klinik bei Christian sein.

*

Maite ist Profi und völlig in ihrem Element. Sie trinkt Unmengen Espresso auf der Dachterrasse des Hotels, raucht, telefoniert und macht Notizen. Leo liegt im Liegestuhl und schaut zu. Maite schwindelt perfekt, ihre Stimme passt sich der Person am anderen Ende an. Zwischendurch recherchiert sie im Internet, gleicht Daten ab und tippt ihre Erkenntnisse in eine vorbereitete Tabelle.

Gegen Mittag weiß sie, wo Almut und Rainer Steger begraben sind.

„Sie waren auf der Landstraße unterwegs. Ein LKW ist von der Fahrbahn abgekommen, hat sie frontal erwischt. Beide sofort tot."

„Krass."

„Am 28. März 1983. Da war er 23." Maite sagt bewusst nicht unser Vater, und Leo ist froh.

„Wir könnten dem Städtischen Friedhof einen Besuch abstatten und vielleicht herausfinden, wo sie gewohnt haben." Maite wirft einen Blick auf die Uhr. „Lust?"

„Wie meinst du das genau?" Leo sieht sie herausfordernd an.

„Du weißt genau, was du sagen musst, nicht wahr?"

„Ganz ehrlich? Ja." Leo sagt das nicht provozierend, sie meint es ernst. „Aber ich hab es noch nie so gern gesagt und mich noch nie so darüber gefreut, dass es funktioniert."

„Ich habe die ganze Zeit Lust auf dich. Aber ich will nicht, dass du denkst, dass es mir nur darum geht."

„Worum?"

„Um deinen Körper."

„Worum geht es dir denn noch?"

„Um dich. Um alles, was du bist."

„Auch um deine Schwester?" Leo muss das fragen, selbst wenn sie damit vielleicht den Moment zerstört. Aber sie will nach dieser Nacht wissen, woran sie ist.

„Halbschwester, wenn schon“, antwortet Maite deutlich leiser. „Ich blende das aus. Ich will nicht darüber nachdenken.“

„Okay.“

„Okay?“

„Klar. Ich will auch nicht darüber nachdenken. Aber ich will auch nicht, dass es zwischen uns steht.“

„Und du denkst, das passiert, wenn wir an der Geschichte unseres Vaters dranbleiben?“

„Ich weiß es nicht. Ich wollte es einfach mal aussprechen. Dann ist es vielleicht nicht mehr so …“ Leo sucht nach einem Wort.

„… bedrohlich?“

„Ja, vielleicht.“

Das Gespräch verebbt, sie schauen aufs Wasser, als läge dort etwas für sie bereit, das vielleicht eine Richtung erkennen ließe.

Was passiert hier mit mir?, denkt Maite.

Vor einer Woche ist sie gedanklich bereits auf dem Weg nach Indien und nun sitzt sie in dieser deutschen Stadt, von deren Existenz sie erst seit Kurzem weiß, ist verliebt in einen Menschen, mit dem sie zufällig auch noch verwandt ist. Der ausgerechnet eine Frau ist. Ihre Mutter geht weder ans Telefon, noch reagiert sie auf ihre Nachrichten, und ihr Vater weiß nicht einmal, dass es sie gibt. Sie könnte das ganze Projekt an dieser Stelle abbrechen und einfach nach Hause fliegen. Jorge anrufen, zur Abwechslung mit ihm ins Bett gehen und das tun, was alle in ihrem Alter wollen: eine anständige Beziehung mit einem netten Typen führen. Diese Familiengeschichte mit allem, was dazugehört, ad acta legen und weitermachen wie bisher.

Könnte sie das? Nein, sie kann nicht mehr zurück. Ganz gleich, was werden wird. Und sie will auch nicht.

„Hast du es dir nun überlegt?“, fragt Maite und räumt ihre Sachen auf dem Tisch zusammen.

„Was?“

„Hast du Lust, mit mir zu schlafen?“

*

Seine Therapeutin heißt Ines Wagner, dürfte in seinem Alter sein und macht auf jeden Fall einen professionelleren Eindruck als der Perser, von dem er neulich geträumt hat. Die ersten Minuten verbringen sie mit Geplänkel, dann steigt sie ein. Mit einer Frage, die Christian überrascht:

„Was war denn heute das Bemerkenswerteste, das Sie erlebt haben?“

Er muss nicht lange nachdenken.

„Vorhin im Park. Da hat ein Eichhörnchen einen Joghurt gegessen.“

„Mit Löffel?“

„Sie haben Humor“, erwidert er. „Nein, ohne Löffel. Es hielt den Becher in beiden Pfoten und hatte den Kopf hineingesteckt. Erdbeere, glaub ich.“

„Sah bestimmt witzig aus.“ Sie lächelt. „Ihnen scheint der Sinn für Humor auch nicht abzugehen. Eher ungewöhnlich für einen Menschen, der gerade versucht hat, sich das Leben zu nehmen.“

„Ist das so?“

„Ich meine schon. Ist ja nicht besonders spaßig.“

„Nicht besonders.“

„War etwas gut daran?“

„Die Vorstellung, einfach zu verschwinden.“

„Sie wollten also nicht mehr da sein.“

Er nickt.

„Und jetzt sind Sie noch da.“

Er nickt wieder.

„Und wie ist das?“

„Eigenartig."
„Das denke ich mir."
„Der wievielte gescheiterte Selbstmörder bin ich denn für Sie?"
„So frisch der erste."
Dr. Ines Wagner belustigt ihn. Ist sie immer so direkt oder gehört es zu ihrer Strategie, sich für ihn interessant zu machen?
„Verraten Sie mir, warum Sie sich das Leben nehmen wollten?"
„Deshalb sitze ich doch hier, oder?"
„Ich weiß nicht, warum Sie hier sitzen. Ich sitze hier, weil ich wissen will, wie es Ihnen geht. Das scheint mir aber eine sehr große Frage zu sein. Deshalb stelle ich erst einmal kleinere."
„Ich sitze hier, weil es nicht geklappt hat."
„Wo würden Sie denn sitzen, wenn es geklappt hätte?"
„Nirgends mehr. Meine Akte hätte sich erledigt. Christian Steger, geboren im Mai 1959, wäre ausradiert. Begraben und vergessen."
„Haben Sie sich das gewünscht?"
„Ja."
„Vergessen zu werden?"
„Ja."
„Weshalb?"
„Weil dann alles, was ich jemals getan habe, ebenfalls in Vergessenheit geraten würde."
„Sie bereuen also etwas?"
„Das kann man so nicht sagen."
„Sondern?"
„Es gibt Dinge, die ich gerne anders gemacht hätte."
Christian ringt mit sich. Der Impuls, hier und jetzt alles zu erzählen, wird von Minute zu Minute stärker.

„Dinge, die so schlimm für Sie sind, dass niemand sie erfahren soll?“

„Dinge, die so jenseits sind, dass ich sie selbst kaum glauben kann.“

„Solche Dinge interessieren mich brennend“, erwidert sie und lehnt sich entspannt in dem kleinen Ledersessel zurück. „Finden Sie die Dinger hier, ganz nebenbei gesagt, bequem?“

„Bequem schon, aber ich sitze nicht gern auf Leder.“

„Ich auch nicht. Die Möbel waren aber schon vor mir da. Vielleicht kann ich sie mit Stoff beziehen lassen.“

„Fände ich besser.“ Er mustert sie. „Sie wollen die Wahrheit hören, stimmt's?“

„Wenn Sie damit herausrücken mögen, gern. Wenn nicht, nehme ich auch jede andere Story.“

„Ich weiß nicht, ob ich es erzählen kann. Ich habe es noch nie erzählt.“

Sie wartet, sie drängt ihn nicht.

„Es hat nichts mit meiner bipolaren Störung tun. Jedenfalls ist sie nicht der Auslöser dafür. Ich hatte meine Auf und Abs zuletzt einigermaßen im Griff. Ich war medikamentös gut eingestellt. Konnte arbeiten, schlafen. Ich bin damit ziemlich offen umgegangen und ich bin in regelmäßiger ärztlicher Behandlung gewesen.“ Er sucht ihren Blick, sie nickt leicht.

„Es geht um etwas ganz anderes. Ich muss dazu ausholen. Weit ausholen.“

Sie schaut auf die Uhr. „Heute haben wir noch eine knappe halbe Stunde und die nächsten Tage massig Zeit. Ich bin gespannt.“

Wo soll er anfangen?

„Als ich dreiundzwanzig war, sind meine Eltern bei einem Autounfall ums Leben gekommen.“ Er weiß, dass sie das schon weiß. „Darüber möchte ich nicht schon wieder sprechen. Darüber habe ich tausendmal geredet, weil immer alle denken, das wäre der Grund für meine Spaltung: das Trauma, auf diese Weise Vater und Mutter zu verlieren." Er schaut sie wieder an, er muss wissen, wie sie aufnimmt, was er sagt, ob sie ihm glaubt. „Natürlich hatte ich einen Schock. Viel wichtiger aber ist, wie ich ihn überlebt habe."

„Das kann ich mir vorstellen."

„Können Sie nicht." Sein Tonfall wirkt gereizter. „Die Wahrheit ist, ich bin mir sicher, Sie werden es sich auch nicht vorstellen können, wenn ich es Ihnen sage. Es ist nämlich unvorstellbar. Und keine leichte Kost."

„Ich mag es trotzdem gerne hören."

Er mustert die Frau vor ihm genauer. Sie hat ein markantes Gesicht, klare Augen und für eine Fünfzigjährige einen eher ungewöhnlichen Kurzhaarschnitt. Wenn Leo sich dagegen entscheidet, ein Mann sein zu wollen, könnte sie einmal eine solche Frau werden.

„Kann ich Ihnen vertrauen?"

„Was bedeutet das für Sie?"

„Dass es unter uns bleibt." Er deutet auf die Akte. „Keine Notizen, keine Besprechung mit Kollegen, kein Wort zu absolut niemandem."

„Ich bin Ärztin. Ich habe eine Schweigepflicht."

„Das interessiert mich nicht. Ich will Ihr Wort als Privatmensch."

„Ich bin hier kein Privatmensch." Sie sucht seine Augen. „Aber wenn ich einer wäre, würde ich Ihnen mein Wort geben. Sie wollen mir offenbar ein gut gehütetes Geheimnis anvertrauen, und es ist logisch, dass Sie es bei mir gut aufgehoben wissen wollen." Seinem Blick hält sie stand. „Kein Wort, das zwischen uns gesprochen wird, verlässt diesen Raum." Sie sieht, dass er zweifelt. „Wenn es Sie beruhigt: Ich verdiene gut genug, um keine Storys an Klatschblätter verkaufen zu müssen, und damit das so bleibt, kann ich mir gar nicht leisten, meinen Ruf zu verlieren."

Vielleicht, weil er spürt, dass sie sich nicht für ihn als Mann interessiert. Vielleicht, weil das Muster auf ihrer Bluse ihn an eine Platte von Genesis erinnert. Vielleicht, weil der massive Silberring an ihrer Hand auf etwas wie Sicherheit hindeutet. Er glaubt ihr. Und gibt sich einen Ruck.

„Einen Tag, nachdem meine Eltern beerdigt wurden, habe ich zum ersten Mal mit Lisa geschlafen."

Die nächsten fünfundzwanzig Minuten geht er dahin zurück. Sein Blick wandert dabei aus dem Fenster, er folgt immer wieder den schnellen Wolken, die der Wind durch den Himmel treibt.

„Meine Eltern waren tot, wir hatten das Haus, das Auto und alles, was sie zurückgelassen hatten, für uns. Es war eine völlig verrückte Situation, als ob wir in ein gemachtes Leben hineingeschliddert wären. Mein Vater war als Chemiker bei BASF gut abgesichert. Außerdem hatte er privat vorgesorgt, ich war mit einem Schlag vermögend. Und erwachsen."

„Wie alt war Ihre Freundin denn? "

„Neunzehn. Sie wollte Ärztin werden, ich Schauspieler. In unserer Fantasie waren wir das schon, glaube ich. Und wir träumten davon, fortzugehen. Weit fort. Aber stattdessen igelten wir uns in der Einliegerwohnung meiner Eltern ein und verzweifelten an unserer Liebe."

Seine Worte verklingen im Raum und die Therapeutin lässt die Stille eine Weile stehen.

„Wie war sie?"

„Lisa?"
„Ja, Lisa."
Er holt seinen Blick aus den Wolken zurück. Es ist lange her, dass ein anderer Mensch ihren Namen gesagt hat, und er spürt sein Herz schlagen. Weiß sie es schon? Ahnt sie es?
„Sanft. Und gleichzeitig ungeheuer stark. Wenn sie etwas wollte, war sie nicht davon abzubringen. Sie konnte nicht verbergen, was sie fühlte, es stand ihr einfach ins Gesicht geschrieben. Sie war so direkt, so dicht, so nah an mir selbst."
„Mögen Sie mir beschreiben, wie sie aussah?"
Christian nickt langsam.
„Braune Locken, eine eher längere Nase, eine ausgeprägte Kieferpartie, ein schmales Gesicht. Sie war nicht das, was man gemeinhin eine Schönheit nennt." Er macht eine Pause, schluckt. „Für mich war sie aber der schönste Mensch, den ich mir vorstellen konnte. Der einzige Mensch, in dessen Nähe ich mich wirklich wohlfühlte. Sie verstand mich, sie wusste genau, wer ich war. Wir hatten niemals Geheimnisse voreinander. Was auch immer wir dachten, wir haben es uns erzählt. Zwei offene Bücher mit einer dunklen Geschichte. Lisa war meine andere Hälfte. Ich dachte, ich könnte ohne sie gar nicht existieren." Er fährt sich mit der Hand über die Augen und seufzt. „Und gleichzeitig hatte ich Angst vor dieser Nähe. Ich wollte nicht mit ihr und nicht ohne sie sein. Wenn sie sich entfernte, geriet ich in Panik, wenn ich sie körperlich spürte, auch."
Christian Steger kämpft mit sich. Seine Augenlider flattern, seine Finger suchen Widerstand, im Innern scheint er sich unter dem enormen Druck zu winden.

Ines Wagner schweigt. Schiebt beiläufig die Papiertaschentücher näher zu ihm hin. Weiß, dass sie nur warten kann.

*

„Warst du schon auf vielen Beerdigungen?“, will Leo wissen, als sie den Friedhof betreten.

„Nur auf einer einzigen“, antwortet Maite. „Die Mutter meiner besten Freundin. Und du?“

„Keine.“

Maite steuert zielsicher auf den Lageplan zu.

„Friedhofsamt. Da müssen wir hin.“ Sie deutet nach links.

Der Friedhofsverwalter ist ein überraschend junger Mann, der in einem kleinen Büro vor einem alten Computer sitzt. Billiger schwarzer Anzug, weißes Hemd, staubige Halbschuhe.

„Wir suchen ein Grab. Das unserer Großeltern.“

„Wie heißen sie denn?“

„Almut und Rainer Steger. Sie sind schon lange tot.“

Der junge Mann gibt etwas in den Computer ein, nach einer Weile nickt er.

„G 57.“

Maite lächelt und bewegt sich nicht vom Fleck.

„Haben Sie vielleicht einen Plan vom Gelände, damit wir das auch finden? Wir kennen uns überhaupt nicht hier aus?“

Ich Jane – du Tarzan, denkt Leo, als sie den Blick dazu bemerkt.

Sofort steht er auf. „Muss ich suchen. Ist alles ein bisschen unordentlich hier, wir sind im Umbau.“

Während er im Nebenraum hinter einer Schranktür verschwindet, zückt Maite ihr Handy und fotografiert den Bildschirm ab.

Kurz darauf kommt er zurück und wedelt mit einem Papier. „Hier geht eben nichts verloren“, sagt er und umkringelt mit einem Rotstift die gesuchte Grabstätte.

Maite bedankt sich überschwänglich und winkt dem Verwalter beim Hinausgehen noch einmal kurz zu.

„Nicht schlecht", bemerkt Leo, als sie außer Hörweite sind.

„Was davon?"

„Die Dummchen-Nummer und der Agententrick." Sie grinst. „Ich frage mich nur, welche wichtigen Geheimdaten du jetzt digital gesichert hast."

„Das werden wir gleich sehen." Sie zieht Leo in Richtung einer Bank unter einer riesigen Kastanie. „Du studierst mal den Plan, damit wir zu Oma und Opa finden. Und ich sichte die fotografische Ausbeute."

„Jawohl, Chefin."

Maite setzt sich und vertieft sich in ihr Handy. Zumindest versucht sie es.

Ist sie schon wieder zu tonangebend? Sollte sie nicht so impulsiv sein? Sie hört das oft. Dass sie zu forsch ist, zu schnell, zu selbstsicher. Jetzt ist sie verunsichert. Auf keinen Fall will sie Leo mit ihrer Art überfahren.

„Bin ich zu bestimmend?"

„Bestimmend? Ja. Zu? Nein." Sie küsst Maite leicht auf die Schläfe. „Das Grab ist übrigens da vorne um die Ecke. Und was sagt die Geheimakte?"

Maite hält ihr die Vergrößerung des Fotos hin. Auf dem Datenblatt der Grabstätte G 57 stehen die Kontaktdaten der für die Grabpflege zuständigen Person und die Adresse des Auftraggebers. Ein gewisser Hartmut Brinkfeld in Mannheim-Freudenheim.

„Bingo! Den besuchen wir", triumphiert Maite.

„Zuerst besuchen wir mal unsere Großeltern."

„Stimmt. Und dann möchte ich mit dir zu dem anderen Fluss, über den wir vorhin gefahren sind."

„Und danach will ich irgendwohin, wo ich mit dir alleine bin."

„Okay." Maite grinst.

Sie laufen den Friedhofsweg entlang, bleiben hier und da stehen, lesen Grabinschriften, wundern sich über Namen oder Fotos. Schließlich stehen sie am Ende einer langen Reihe vor einem eher unauffälligen Grab, dessen rötlich marmorierter Stein zeigt, dass sie angekommen sind: Almut Steger, geborene Hess, 1935 – 1983 und Dr. Rainer Steger 1930 – 1983. Die Erde ist frisch bepflanzt, aus dem grün bewachsenen Boden sprießen gelbe und rote Begonien.

Sie stehen da und schweigen. Ganz unerwartet überkommt Maite ein Gefühl der Leere. Sie fühlt nichts. Als ob diese Großeltern sie nichts angingen. Ein Jahr vor ihrer Geburt gestorben, scheinen sie sich unter der Erde von ihr abzuwenden.

„Wie ist es für dich?", fragt sie Leo.

„Nichts Besonderes. Papa hat nie von ihnen gesprochen. Außer einmal." Sie zieht die Stirn nach oben. „Er hat gesagt, dass er nie werden wollte wie sie."

„Wer will schon so werden wie seine Eltern?" Maite deutet auf den Grabstein. „Almut und Rainer. Meinst du, sie waren glücklich?"

„Zumindest sind sie zusammen gestorben." Leo spielt in ihrer Hosentasche an dem winzigen Bleistift, den sie immer bei sich trägt. Am liebsten würde sie ihn jetzt herausholen und zeichnen. Die beiden, wie sie einander im Tod die Hände halten.

Maite schiebt ihre Hand in Leos Hosentasche. „Wie würden sie es finden?"

„Was?"

„Uns zusammen?"

„Pervers wahrscheinlich. Also mich. Sie würden denken, ich hätte dich dazu verführt."

„Wie kommst du denn darauf?"

„Die meisten Leute denken das. Dass ich nicht normal bin."

„Denkst du."

„Spüre ich. In der Art, wie sie mich ansehen." Leo sieht einer Amsel nach. „Ich passe in keine Schublade. Überall falle ich auf. Wenn ich irgendwo reinkomme, redet man über mich. Ich verwirre die Leute, ich habe keine Chance, einfach durchzugehen. Mein Gesicht macht was. Ich muss überhaupt nichts dafür tun, ich muss nur irgendwo auftauchen und schon reagiert man auf mich."

„Stelle ich mir ziemlich anstrengend vor."

„Ist ziemlich nervig. Manchmal hätte ich einfach gern meine Ruhe. Nicht so viele Blicke auf mir. Aber das ginge nur, wenn ich etwas aus mir machen würde, was ich nicht bin." Leo redet eigentlich nie über solche Dinge. Aber jetzt muss sie es einfach sagen. „Ich habe überhaupt keine Lust zu provozieren. Ich will nur einfach anziehen, was ich mag, und sein, wie ich will. Ohne dass das dauernd irgendjemand irgendwie finden muss. Entweder man hat Angst vor mir, findet mich krank oder will wissen, warum ich so bin." Ihre Stimme wird leiser. „Dabei weiß ich das selbst nicht. Ich bin einfach immer schon so gewesen."

Maite sagt eine Weile nichts, streicht nur leicht mit den Fingern über Leos Handrücken.

„Ich bin froh, dass du so bist, wie du bist."

„Warum?"

„Weil du mir genauso gefällst."

„Wirklich?"

„Natürlich. Oder glaubst du, ich würde mir eine so komplizierte Geschichte aussuchen, wenn ich nur mal ausprobieren wollte, wie es mit einer Frau ist?“

Leo hört, was Maite sagt, doch ihre Worte erreichen sie kaum. Sie kennt dieses Gefühl. Etwas in ihr steigt aus und bringt sich in Sicherheit. Lässt sie ausgehöhlt zurück, katapultiert sie an einen einsamen Ort, den nur sie kennt.

„Leo.“ Maite spricht ihren Namen plötzlich anders aus. „Leo heißt auf Spanisch Löwe.“

„Das ist mein Sternzeichen“, bringt Leo hervor, um etwas zu sagen.

„Glaubst du an Horoskope?“

„Nein.“

„Ich auch nicht.“ Maite fasst Leo an den Schultern und dreht sie langsam zu sich herum. „Aber auch nicht an Zufälle.“

„Und an Schicksal?“

„Eher an Karma.“

„Verstehe.“ Leo deutet auf sie beide und das Grab. „Sammeln wir gerade Punkte?“

„Massig.“

Unweit von ihnen füllt jemand eine Gießkanne, und der harte Ton des Wasserstrahls auf Plastik klingt wie eine kleine Explosion.

*

Lisa,

ich muss dich treffen.

Christian

Er löscht den Satz zwischen ihren beiden Namen und schreibt stattdessen:

kannst du dir vorstellen, mich zu treffen?

Schwachsinn.

willst du mich sehen?

Noch schlimmer.

ich möchte dich sehen.

Möchte?

ich muss dich sehen.

Er darf das. Seine Therapeutin hat ihm ausdrücklich Kontakt mit der Außenwelt erlaubt. Er soll in Beziehung gehen.

Christian sitzt an dem Schreibtisch seines Einzelzimmers mit Blick auf den Park und versucht sich an einer E-Mail. Schwankt zwischen Aufregung, Übelkeit, Traurigkeit und Wut. Er will die Dinge in die Hand nehmen, bevor die Dinge ihn noch einmal in den Griff bekommen. Alleine schafft er das nicht.

Liebe Lisa,

ich bin seit heute Morgen in einer Privatklinik in Berlin. Es ist mir ein großes Anliegen, mich mit dir auszusprechen. Wenn es dir möglich ist, komm bitte nach Berlin.

Christian

So geht es vielleicht. Oder ist großes Anliegen zu wenig? Er fügt das Wörtchen bald hinzu. Lieber heute als morgen, eigentlich will er keinen Tag mehr warten. Wenn er nicht hier drinnen wäre, würde er den nächsten Flieger nach Spanien nehmen. Seit der Sitzung mit seiner neuen Therapeutin steht eine Tür offen. Er will über die Schwelle, bevor sie sich wieder schließt.

Warum wagt er diesen Schritt erst jetzt? Weil Scham und Schuld angesichts des Todes an Bedeutung verlieren? Weil er mit den neuen Pillen unter Drogen steht?

Die Sache mit dem Anliegen klingt fürchterlich gestelzt.

Liebe Lisa,

seit heute morgen bin ich in einer Privatklinik in Berlin. Mehr als alles andere möchte ich mich mit dir aussprechen. Wenn es dir möglich ist, komm bitte nach Berlin.

Christian

Was hat er zu verlieren? Im schlimmsten Fall reagiert sie nicht. Dann sieht er weiter. Vielleicht schreibt sie ihm zurück, erklärt ihm, dass sie ihn nie wiedersehen will. Oder sie kommt.

Aber wieso Privatklinik? Das Private daran ist nun wirklich nicht wichtig. Entscheidend ist doch etwas ganz anderes.

Liebe Lisa,

nach einem Selbstmordversuch bin ich gerade in einer psychiatrischen Klinik in Berlin. Mehr als alles andere möchte ich mich mit dir aussprechen. Wenn es dir möglich ist, komm bitte nach Berlin.

Christian

Er schließt die Augen. Lauscht seinem Herzschlag. Jetzt spürt er sie wieder, Nach all der Zeit spürt er sie, irgendwo da draußen in der Welt.

Und drückt auf *Senden.*

*

Sie lesen nach, dass Mannheim an zwei Flüssen liegt, am Rhein und am Neckar. Binnen kurzer Zeit macht Maite sich ein Bild von dem Ort und erzählt Leo in einer Strandbar vom Wiederaufbau der zerstörten Innenstadt nach dem zweiten Weltkrieg.

„Warum haben sie die Straßen nach Buchstaben und Zahlen benannt wie die Gräber?"

„Mannheim wurde mehr oder weniger in Quadraten angelegt und irgendwann hat man die Straßennamen durch Nummern ersetzt. Früher war es hier übrigens wohl ein bisschen langweiliger. Typische Industrieregion. Inzwischen setzen sie auf sogenannte Kreativwirtschaft und Kultur." Sie sieht sich um. „Erklärt die vielen jungen Leute. Und unser Hotel." Sie lächelt. „Mir gefällt es hier."

„Dann bleiben wir doch einfach."

„Gute Idee. Wir könnten einen Comic machen. Ich schreibe, du zeichnest."

Es ist ein lauer Abend, die Stimmung erinnert Maite ein wenig an Zuhause. Überall sitzen oder stehen Grüppchen herum, es wird getrunken, geplaudert und gelacht.

„Wir müssten nur zwischendurch einen Abstecher nach Indien machen."

„Wieso das denn?"

„Ich fliege in zehn Tagen dorthin."

„Für wie lange?"

„Fünf Wochen."

„Okay."

„Okay, was?"

„Ich komme mit. Und danach fahren wir in die Mongolei."

„Du willst in die Mongolei?"

„Ja. Ich will mal wohin, wo mir beim Geradeausgucken nichts im Weg steht."

„Keine schlechte Vorstellung. Ich bin dabei."

Aus Leos Jackentasche erklingt gedämpft ein Martinshorn.

„Das ist er."

„Dann geh doch ran."

„Und was soll ich ihm sagen?"

„Was du willst."

Leo kramt nach ihrem Telefon und erwischt den Anruf gerade noch, bevor die Mailbox anspringt.

„Hi … In einer Strandbar … Ganz okay, und dir? … Ziemlich, ja … Ich weiß, Mama hat mir die Adresse geschickt … Okay …" Christian redet, Leo hört zu, spielt dabei an der Flasche herum, die vor ihr auf dem Tisch steht. Dann lehnt sie sich zurück und schaut aufs Wasser.

Sie scheint sich unwohl zu fühlen. „Ich weiß … Schon gut …“ Sie atmet durch, schweigt. „Mach ich … Ich dich auch … Ciao.“

Nach dem Gespräch steckt sie das Handy wieder weg.

„Und?“, fragt Maite vorsichtig.

„Wie immer. Erst baut er Scheiße und dann entschuldigt er sich.“

„Hat er gesagt, dass es ihm leidtut?“

„Ja. Dann hat er sich bedankt. Tut er auch immer.“

„Du bist ganz schön sauer auf ihn, was?“

„Irgendwie schon, ja. Er ist eine Drama-Queen, okay, aber diesmal ist er echt zu weit gegangen. Sich wegmachen wollen, das ist doch feige. Stell dir vor, ich hätte ihn nicht zufällig gefunden. Dann würden wir uns doch alle Vorwürfe machen und denken, wir wären schuld.“ Sie nimmt einen Schluck Bier. „Ich vor allem, weil ich eigentlich mit ihm zerstritten bin.“

„Warum denn?“

„Es ging nur noch um ihn. Er hat dir gar nicht mehr zugehört. War mit den Gedanken ganz woanders. Oder überhaupt nicht da. Hat alles vergessen: Verabredungen, Überweisungen, Geburtstage. Als ob sich die Welt nur um Christian Steger drehen würde.“

„Hast du ihm das mal gesagt?“

„Einmal? Entweder ist er total sauer geworden oder er hat regiert wie ein kleines Kind. Darauf kann ich schon gar nicht, auf die Heulerei, auf die ständigen Entschuldigungen. Meinetwegen kann er tun, was er will, aber dann soll er auch dazu stehen. Früher hat er das ja auch gemacht. Irgendwie ist er vor ein paar Wochen abgedreht. Und dann hat er, glaub ich, seine Pillen nicht mehr regelmäßig genommen und ist total schräg draufgekommen.“

„Es könnte etwas passiert sein, was ihn aus dem Gleichgewicht gebracht hat."

„Dazu braucht es sowieso nicht viel."

„Hast du keine Ahnung, was ihn umgehauen hat?"

Leo zuckt mit den Schultern. „Vielleicht war er einfach nur überfordert. Papa gehört auch nur bedingt in diese Welt."

„Wieso auch?"

„Am liebsten würde ich mich selbst manchmal auflösen. Dann denke ich, ich kann das hier alles gar nicht. Also das, was die anderen alle so machen. Den ganzen Tag arbeiten, um eine Familie zu ernähren oder was zu kaufen. Ich will überhaupt nichts haben. Und ich kann mir auch überhaupt nicht vorstellen, mit irgendjemandem länger zusammen zu sein." Sie schaut an Maite vorbei. „Also bis jetzt nicht."

„Kenne ich."

„Du?"

„Ja, ich. Wieso nicht?"

„Du wirkst ganz anders. So, als hättest du alles unter Kontrolle. Du hast einen interessanten Job, meditierst, gehst auf Reisen und kennst dich in allem total gut aus."

„Du meinst, ich bin genauso langweilig wie der Rest der Welt?"

„Nein. Meine ich nicht. Ich meine, dass du bestimmt tausend Angebote bekommst und dich nicht retten kannst vor Verehrern."

„Stimmt. Aber sie interessieren mich in der Regel nicht. Ich bin nicht gerne unter vielen Menschen, ich kann besser unter vier Augen. Und ich habe ein Problem mit Spaßprogrammen. Ich glaube, ich kann mich nicht besonders gut amüsieren. Und darum geht es den allermeisten, die ich kenne." Maite legt den Kopf in den Nacken. „Heute ist übrigens Vollmond."

Mit dem Tageslicht gehen auch die Worte. Die vielen Eindrücke toben in ihren Köpfen, Gedanken an ferne Länder und nahe Welten kreisen umeinander. Maite und Leo nehmen ein Taxi zum Hotel, die Lampen im Zimmer bleiben aus.

*

Das ist also alles, was von ihrem alten Leben übrig ist: ein kleines Apartment, das besser zu einer Studentin passt als zu einer Geschäftsfrau. Ihre eigene Wohnung ist möbliert an eine Managerin vermietet, hier hat Ingrun nur das Nötigste. Das Viertel mag sie, die unspektakuläre Wohngegend mit Siebzigerjahrecharme samt Fußgängerzone erinnert sie an ihre Kindheit. Vom Bett aus kann sie die losen Enden des Hafens sehen, die in den Himmel ragen. Der Balkon ist winzig, die Küchenzeile offen, und das Badezimmer besteht aus einer nachträglich in die Kammer eingebauten Dusche. Sie ist froh über ihre Vorahnung, dass es gut sein könnte, einen Zufluchtsort in Hamburg zu behalten. Nun, wo alles offen ist, braucht sie ihn.

Zurück auf Los, so fühlt sie sich. Wo es hingehen soll, kann sie nicht sagen. Ingrun ist erschöpft und will nur noch schlafen. So lange, bis sie aufwacht und etwas anderes in sich spürt als diese verführerische Traurigkeit, lähmend und seicht. Wenn sie es zuließe, könnte sie all das beweinen, was ihr gerade durch die Finger rinnt, was sie nicht festhalten kann, so sehr sie sich auch darum bemüht: Leonie, Christian, Ben. Die Menschen, die sie liebt, wenden sich von ihr ab, jeder auf seine Weise, und sie ist zu müde, um Nähe zu kämpfen.

Der volle Mond scheint durch das Fenster und erleuchtet den dunklen Raum mit kühlem Licht. Ingrun rührt sich nicht.

Ist sie jetzt angekommen? Oder geht es einfach nicht mehr weiter? Wenn dies das berühmte Ende der Fahnenstange ist, dann ist Schluss mit Weglaufen. Dann kommt nun der große Fall. Oder vorher ein gewagter Sprung ins Nichtstun. Denn das ist es, was Ingrun am allerwenigsten kann. Immer gibt es etwas zu tun, zu regeln, zu organisieren. Natürlich weiß sie, dass andere zur Stelle wären, wenn sie die Dinge nicht in die Hand nähme. Kein Mensch ist unersetzlich. Und doch ist es das Gefühl, nach dem sie auf Jagd geht, das sie immer und immer wieder haben muss, um dieses innere Seil zu spannen. Es ist eine dünne Linie, an der nichts hängt und auf die es doch so sehr ankommt. Seit sie denken kann, durchzieht sie ihren inneren Raum, eine unerbittliche Gerade, das Maß aller Dinge. Jede Handbewegung, jeder Schritt, jede Handlung vollzieht sich daran, muss jene Höhe erreichen, die ein innerer Kampfrichter in ihr festlegt: gut genug, schnell genug, überhaupt genug? Schon lugt hier und da ein einzelner Faden aus dem dicht gedrehten dünnen Seil, so oft berührt sie es, klatscht erleichtert Teilstrecken ab. Wenn es reißt, wird Ingrun stürzen, und nichts wird sie halten können. Entlang der Linie des Nichtversagendürfens führt sie ihre Ehe, eine Praxis, Freundschaften, ist sie Tochter, Mutter und Geliebte. Rastlos, bemüht und ergeben. Selbst die Sache mit der Achtsamkeit erledigt sie gewissenhaft und an der Grenze der Selbstaufgabe. Glück? An den Berührungspunkten von Erwartung und Erfüllung zeigt sich das Leben geschmeidiger, bis zum nächsten Gipfel, der erklommen werden will. Dazwischen Ruhepausen, die manchmal die Stimmen im Kopf zum Schweigen bringen, guter Wein vereinfacht Wohlsein an der Oberfläche, Sex schüttet Endorphine aus. Aber Entspannung? Niemals.

Bewegungslos, denkt sie, nie war ich so bewegungslos. Einfach hier liegenbleiben, warten, bis das System versagt. Verdursten, mumifizieren. Verschwinden. Ist es das, was auch Christian sucht? Nicht mehr denken, nicht mehr fühlen, nichts mehr entscheiden. Endlich Ruhe.

Ingrun lässt das Handy klingeln, sie ignoriert, dass sie hungrig ist, widersetzt sich dem Impuls, weiterzumachen. Sie hält die Pausetaste gedrückt.

Was will sie wirklich?

Einkaufen auf dem kleinen Markt, nach Hause kommen und frische Blumen auf den Tisch stellen. Bei Sonnenschein ein Buch lesen und dabei so viel Schokolade essen, wie sie mag. An der Alster spazierengehen, alte Freunde treffen und darüber reden, was eigentlich schiefläuft. Ihr Patenkind besuchen, Reiten lernen, Klavier spielen. Einen Garten haben, Salat anbauen und zubereiten für die, die mit ihr an warmen Sommerabenden am langen Tisch sitzen würden.

Was will sie nicht?

Ihre Sachen packen. Verreisen. Rastlos sein, in anderen Ländern suchen, was sie hier nicht wagt zu finden.

„Wo auch immer wir hingehen, wir nehmen uns mit. Wenn wir glauben, fortgehen zu müssen, ist das oft ein guter Moment zu bleiben."

Kalenderblattphilosophie. Und wenn es stimmt? Was wäre, wenn sie jetzt den Mut hätte zu bleiben? Sich zugestehen, in einen Hippie verliebt zu sein, der eine Freiheit sucht, die ihr Angst macht? Seine Liebe für Boote und ihre Leidenschaft für die Berge – haben sie nicht auch damit zu tun, dass er ein moderner Matrose ist und sie dazu prädestiniert, am Hafen zu stehen, wenn er von großer Fahrt zurückkehrt?

Es ist ein kurzer Schauer, der ihren Körper durchläuft. Jede Zelle erschrickt bei diesem unerhörten Gedanken und öffnet sich bereits dem Neuen.

Nein, sie wird Hamburg nicht verlassen. Sie wird vielleicht dann und wann irgendwohin fliegen, um mit ihm zu schlafen. Um nachzusehen, ob sie noch ein Wir sind. Ansonsten wird sie es mit der Schnur aufnehmen. Sie kappen, herausfordern oder links liegen lassen. Nur eines wird sie nicht tun: fortgehen.

*

„Der frühe Vogel fängt den Wurm. Komme zum zweiten Frühstück gegen 10 wieder. Freue mich auf dich. M."

Den Spruch mit dem frühen Vogel kennt sie aus der deutschen Schule. Fräulein Hoppe sieht aus wie eine inkarnierte Barbiepuppe und bestreitet den Unterricht weitgehend mit Sprichwörtern und anderen Sätzen, die ihr Halt im Dunkel deutscher Kultur zu geben scheinen. Maite mag die dünne blonde Frau in undefinierbarem Alter, die nicht müde wird, ihre Schüler durch einen Parcours von Goethe bis Goebbels zu lotsen, hin zu etwas, was sie das gute Deutsche nennt.

„Pünktlichkeit, Verlässlichkeit und Ordnungssinn können viel bedeuten. Im schlimmsten Fall heißt es, dass möglichst viele Menschen planmäßig ausgerottet werden. Im besten Fall, dass du Freunde fürs Leben hast, die rechtzeitig für dich da sind, wenn du sie brauchst. Es liegt an euch, was ihr daraus macht."

Deshalb schreibt Maite einen Zettel, bevor sie leise Bett und Zimmer verlässt, deshalb geht sie jetzt ohne Leo. Sie will diesen Teil der Wahrheit alleine herausfinden, auch wenn sie noch nicht weiß, warum.

Um neun hat Maite einen Termin im Archiv der größten städtischen Tageszeitung. Sie macht die Sache dringlich, der internationale Presseausweis und das Schreiben ihres Fernsehsenders, das sie immer bei sich trägt, tun ihre Wirkung. Sie betritt das Medienhaus mit sicheren Schritten, nimmt einen letzten Schluck von dem schlechten *Coffee to go* und wirft den Becher weg. Lässt sich den Weg zum Archiv zeigen, plaudert ein wenig mit dem zuständigen Mitarbeiter.

„Wonach suchen Sie denn?"

„Ich recherchiere das Leben eines Chemikers, der bei BASF beschäftigt war und am 28. März 1983 einen tödlichen Autounfall hatte. Mich interessieren vor allem Nachrufe und Todesanzeigen."

„Verstehe. Dann lasse ich Ihnen die gesammelten Ausgaben von März und April 1983 bringen?"

„Das wäre sehr nett, ja."

Als im Leseraum schließlich neben dem weißen Tisch, an dem sie sitzt, der Rollwagen mit den gebundenen Ausgaben der Zeitungen steht, ist sie nervös.

Mein Großvater, denkt sie. Ich bin meinem Großvater auf der Spur. Und dem Elternhaus meines Vaters. Dort wäre ich vielleicht aufgewachsen, wenn nicht irgendetwas Schlimmes passiert wäre. Aber was?

Maite ist nicht sicher, ob etwas Brauchbares in der Todesanzeige zu lesen ist. Gibt es überhaupt eine? Schließlich wird sie fündig.

In einer halbseitigen und einer kleineren Anzeige wird der tragische Unfall betrauert. *Plötzlich und unerwartet aus dem Leben gerissen. Unersetzlicher Mitarbeiter, geliebte Eltern. Trauerfeier.* Die Anschrift der Hinterbliebenen ganz unten links.

Maite holt ihr Handy aus der Tasche, um die Seite abzulichten. Stellt scharf, verkleinert, vergrößert, sieht noch einmal hin.

Dann sieht sie es. Immer wieder liest sie die Zeile, hofft, sie möge sich vor ihren Augen in Nichts auflösen. Doch auch auf dem Foto, das sie macht, ist es zu sehen, klar und unmissverständlich.

*

„Sag es ruhig."

„Was?"

„Dass es feige ist, egoistisch und verantwortungslos."

Alex und Christian sitzen im Schlosspark auf einer Bank.

„Warum soll ich dir sagen, was du schon weißt?"

„Stimmt auch wieder."

„Glaubst du, ich habe noch nie darüber nachgedacht? Einfach alles hinzuschmeißen, von der Bühne zu gehen, wann ich es will und nicht der Regisseur?"

„Es ist aber ein Unterschied, darüber nachzudenken oder es zu versuchen."

„Definitiv. Ich habe es nie tun müssen, weil mir die Vorstellung, dass ich es könnte, gereicht hat, um weiterzumachen. Was war bei dir anders?"

Alex holt ein Päckchen Tabak aus der Tasche und dreht sich eine Zigarette.

„Seit wann drehst du denn wieder?"

„Seit mich die Jugend siezt, wenn sie mich um Feuer fragt."

„Und jetzt duzen sie dich wieder?"

„Seitdem fragt mich keiner mehr nach Feuer."

Christian verzieht das Gesicht zu einem Grinsen. „Dich hätte ich wirklich vermisst."

„Ich dich auch." Alex legt ihm die Hand aufs Knie. „Jetzt hab ich dir doch noch eine Liebeserklärung gemacht. Du siehst, es lohnt sich, dranzubleiben."

„Vielleicht, aber nicht mehr so wie vorher."

„Sondern?“

„Ehrlicher. Weniger verkrampft, weniger eng.“ Christian hebt einen kleinen Ast auf, der im Gras liegt. „Meine Therapeutin hat mich heute einen Stein aussuchen lassen. Und mich nach meinem Leben gefragt, wenn ich dieser Stein wäre. Also, wie es bisher gelaufen ist. Wo ich herkomme, wo ich hingerollt bin.“

„*Like a rolling stone*?“

„So ähnlich.“

„Und?“

„Holprig. Ich bin bei einem Erdbeben von einem Felsmassiv abgebrochen, wurde durch die Luft geschleudert, bin durch einen dunklen Wald gerollt und immer wieder irgendwo hängengeblieben. Am Ende lag ich am Ufer eines Flusses und habe auf den Erdrutsch gewartet, der mich hineinstoßen würde.“

„Um unterzugehen?“

„Um das ganze Zeug loszuwerden, das ich unterwegs mitgenommen hatte.“

„Deine Vergangenheit?“

„Nicht das, was geschehen ist. Nur meine Reaktionen darauf. Mich hat immer diese Angst umgeben. Ich brauche mehr Mut.“

„Wozu?“ Alex zündet sich seine Zigarette an und schnippt das Streichholz weg.

„Zu mir zu stehen.“ Christian nimmt ihm die Zigarette aus der Hand und zieht daran. „Keine Rollen mehr zu spielen. Nicht mehr vor der Wahrheit wegzulaufen.“

„Und wie heißt die Wahrheit?“

„Dass ich eine einunddreißigjährige Tochter habe, die ich nicht kenne, zum Beispiel. Dass ich Ingrun nur geheiratet habe, weil ich mit meinen Gefühlen zu anderen nicht klargekommen bin. Ich hatte Panik vor dem Menschen, den ich in mir gesehen habe, ich wollte um jeden Preis normal werden."

„Du hattest Angst, schwul zu sein?"

Christian schüttelt den Kopf. „Nein, auch das wäre nur eine Flucht gewesen."

Wieder spürt er, wie es nach oben will. Sein bester Freund. Wem, wenn nicht seinem besten Freund?

„Du zitterst ja." Alex legt seinen Arm um ihn. Jetzt scheint kein guter Zeitpunkt, ihm zu sagen, dass Maite bei ihm war. „Komm mal her."

Christian verschwindet fast in der Umarmung dieses riesigen Mannes, ein kleiner Junge, der unsichtbar sein will, weil er sich schämt. Er legt den Kopf an der breiten Schulter ab, und für einen Augenblick erinnert Christian sich an seinen Vater, wie er ihn hochhebt, damit er das Feuerwerk am Himmel besser sehen kann. Leuchtender Goldregen fällt in die Nacht, überall glitzert und blinkt es. Der große Kopf mit dem schwarzen, kurzgeschnittenen Haar zwischen seinen dünnen Beinen, eine große Hand an seinem Rücken, kalter Wind weht ihm ins Gesicht.

Alex flüstert beruhigende Worte auf der Höhe seiner Schläfe, mit unverhoffter Wucht dringt die Zärtlichkeit in seiner Stimme zu ihm. Im Rhythmus, in dem der Freund ihn in den Armen wiegt, steigt etwas Gewaltiges in ihm auf, schiebt sich hoch durch seine Brust, zwängt sich durch seinen Hals und will ins Freie. Zuerst sind es Tränen, die seine Wangen hinablaufen, dann drängt ein Schluchzen nach, so lange, bis Christian nichts mehr halten kann und will. Er weint, er schluchzt, hält sich fest an dem Hemd, das er an dem muskulösen Körper zu fassen bekommt, und kehrt endlich zu diesem Schmerz zurück, der schon so lange auf ihn wartet.

*

Wieder läuft sie wie betäubt aus einem Gebäude, hinaus auf eine belebte Straße. Wieder kommt es ihr vor, als hätte sich eine Glocke um ihren Körper gelegt, die Welt um sie herum ist leise gedreht. Maite versucht ihre Gedanken zu ordnen, doch das Einzige, was sie fassen kann, ist das Echo ihrer Fassungslosigkeit. Kein innerliches Bitten, kein Flehen, es möge anders sein. Hier hat kein Zweifel Platz, alles ist klar, so stimmig, dass sie sich fragt, warum sie jetzt erst versteht.

Wie soll sie es Leo sagen?

Gar nicht. Du wirst einfach verschwinden und ruhen lassen, was Geheimnis ist. Du wirst diesen verflucht hohen Preis bezahlen und die Liebe deines Lebens vergessen, um nicht noch mehr Unheil anzurichten.

Unheil? Ist sie ein Unheil?

Maite verspürt Übelkeit, sie muss sich auf eine Bank setzen. Es ist noch früh, in der Einkaufsstraße öffnen viele Geschäfte gerade erst ihre Türen, das Café gegenüber ist schon gut besucht. Viele holen sich Kaffee im Vorbeigehen, einige sitzen drinnen mit aufgeklapptem Laptop am Fenster.

Das hat sie nun davon.

„Immer musst du alles wissen. Kannst du nicht mal Ruhe geben?"

So oft hört sie das, immer fragt sie weiter. Dabei erfährt sie Unerwartetes, manchmal Schockierendes, nicht selten deckt sie Lügen auf. Diese Wahrheit jedoch will nicht gesehen werden, nicht einmal von ihr.

Schlimmer geht immer. Noch ein Spruch von Fräulein Hoppe.

Nun ist sie in einer No-win-Situation, und genau deshalb plant sie innerlich bereits ihre Flucht. Oder ist es das, was man unter einem geordneten Rückzug versteht?

Sie wird diesen Abschied kurz und brüsk gestalten, den Schmerz wird sie durch den Schock hinauszögern. Am Morgen gehen, wenn Leo noch schläft. Ohne Ankündigung, zur Erklärung wenige Worte auf Papier. Sie wird sie glauben lassen, dass es an der Konstellation liegt.

Wenn Maite könnte, würde sie aufstehen und sich ein paar Meter weiter einen Espresso holen, aber ihre Beine sind kraftlos, ihr Körper wiegt schwer und hält sie auf der Plastikbank, auf die jetzt immer mehr Morgensonne fällt.

Neben dem Gefühl des immensen Aufruhrs in der Brustgegend arbeitet ihr inneres Projektmanagement schon am lautlosen Verschwinden: Ticket buchen, unauffällig packen, den Koffer an einem günstigen Ort aufbewahren, einen Vorwand suchen, um alleine das Hotel zu verlassen. Sie darf nicht zögern, nicht schwanken, das Verlassen des Zimmers muss wie ein Schnitt erfolgen, glatt und sauber. Alltagsmeditation für Fortgeschrittene: Ruhig und gelassen das Schwert ansetzen und mit einem beherzten Hieb den Strick durchtrennen.

Beherzt. Ihr Herz sagt etwas ganz anderes. Ihr Herz schickt sie in Leos Arme, sich darin zu verbergen, sehnt sich danach, jetzt aufzuwachen in ihrem Hotelzimmer, festzustellen, dass dieser Morgen nur ein böser Alptraum ist, nicht der unausweichliche Anfang vom brutalen Ende, sondern die sanfte Fortsetzung eines zarten Beginns. Ihr Herz schreit danach, zusammen auszuhalten, was vielleicht nicht auszuhalten ist. Zusammen? Ihr Verstand zerstückelt das Wort bis zur Unkenntlichkeit.

Was ist schlimmer, als sich in einen Mönch oder in die Halbschwester zu verlieben? Das, was sie aus einer Tageszeitung erfährt. Undenkbar, unwiderruflich, unheimlich.

Schon wieder, denkt sie. Es steht immer alles in der Zeitung.

„Hallo, schöne Frau!"

Maite schreckt zusammen, als Leo plötzlich neben ihr sitzt, grinsend mit zwei Pappbechern in der Hand.

„Cappuccino gefällig?"

„Woher weißt du, dass ich hier bin?"

Es klingt schärfer, als sie es meint, Leo weicht ein wenig zurück.

„Entschuldige, ich wollte dich nicht stören."

Maite hat sich wieder im Griff, nimmt lächelnd den Becher entgegen.

„Tust du gar nicht, ich bin nur erschrocken. Hast du mich gesucht?"

„Musste ich gar nicht. Du hast mir doch gestern deinen Standort freigegeben."

„Stimmt, ja. Wie klug von mir!"

Maite notiert innerlich, auf keinen Fall vergessen zu dürfen, das rückgängig zu machen.

„Warst du erfolgreich?"

„Ja und nein. Wir wissen jetzt, wo sie gewohnt haben."

„Super. Gehen wir gleich hin?"

„Ich weiß nicht. Ich dachte, vielleicht machen wir einen Tag Pause und genießen mal zur Abwechslung das Leben?"

Leo schaut sie überrascht an und sagt dann gedehnt: „Okay …"

In Maite tobt ein Krieg. Sie darf sich nichts anmerken lassen. Muss alles ausblenden, was nicht Liebe ist. Kein Gestern, kein Morgen, nur heute, nur dieses Jetzt, der Moment, der ihnen bleibt. Was auch immer sie davon abhalten mag: Sie wird diesen Tag mit Leo verbringen, als wäre es der letzte, den sie erleben. Denn es wird der letzte gemeinsame sein.

*

Zuerst denkt er, Ingrun macht einen Witz.

„Ich bleibe hier."

Sie sagt das mit einer Überzeugung ins Telefon, die Ben in ihrer Stimme nicht kennt. Nach einer längeren Pause begreift er, dass sie es genau so meint.

„Wegen des Autos?“, fragt er ungläubig.

„Nein. Das Auto ist mir völlig egal. Es geht um mich.“

„Und was ist mit uns?“

„Das wird sich zeigen. Wenn es so sein soll, gehen wir eben zusammen unterschiedliche Wege.“

„Du willst eine Distanzbeziehung?“

„Nein, ich hasse Distanzbeziehungen. Ich kann mir nichts Schlimmeres vorstellen, als dir via Skype zu erzählen, wie es mir geht, alles alleine zu machen und zu denken, wie viel schöner es wäre, wenn du da wärst. Von einem Phantom zu schwärmen und ständig als Single aufzutauchen. Deinen Körper zu vermissen und nachts ohne dich einzuschlafen. Aber ich will dich genauso wenig verlieren wie mich. Dafür bin ich bereit, dir auf Abstand nah zu bleiben.“

„Und wie soll das gehen?“

„Wie andere Wochenendbeziehungen auch. Nur mit dem Unterschied, dass wir uns nicht abwechseln, sondern ich zu dir komme, wo auch immer du gerade bist. Vorausgesetzt, du holst mich hier und da mal vom Flughafen ab.“

„Das meinst du jetzt nicht wirklich.“

„Fällt dir etwas Besseres ein?“

„Ja.“

„Und das wäre?“

„Ich bleibe auch hier.“

„Das wirst du ganz sicher nicht tun.“

„Und warum nicht?“

„Weil es nicht gut wäre für dich, für mich und für uns.“

Er weiß das selbst, aber er muss es von ihr hören. Um ganz sicherzugehen, dass sie auch meint, was sie sagt.

Danach kann er ihr wieder trauen. Erst dann kann er die in Berlin angezogene Bremse lösen. Sanft losrollen lassen, was er kaum erwarten kann: eigene Schritte zu tun.

Seit ausgesprochen ist, dass er alleine fährt, gibt es eine neue Verbindung zwischen ihnen. Er tut die Dinge, die getan werden müssen, und danach trifft er sie. Statt mit ihr abzusprechen, zu verhandeln, Kompromisse zu finden, erzählt er von sich.

„Ich fahre nicht gen Süden. Ich fahre erst mal nach Skandinavien und klappere die Länder ab: Dänemark, Schweden, Norwegen, von dort nach Island, später nach Finnland. Kommst du nach Oslo, Reikjavik und Helsinki?"

Der Autohändler erklärt ihn für verrückt und hilft ihm, den neuen Wagen winterfest zu machen.

„Mann, das könntest du doch alles viel einfacher haben."

Ben will es nicht einfach. Er will es simpel. Pur. Standheizung, Gasofen, Wassertank, Sitzbank, Tisch und Bett. Fertig.

„Und da macht deine Freundin mit?"

„Klar." Er sagt das so, wie Leo es sagen würde, und muss grinsen. Offenbar klingt es bei ihm genauso entwaffnend, denn der Händler fragt nicht weiter. Wo Leo wohl steckt, ob sie immer noch mit Maite unterwegs ist? Ingrun macht sich Sorgen, er nicht.

„Wenn eine ihren Weg geht, dann Leo."

„Schon. Aber ob der sie auch ans Ziel führt?"

„An deins oder an ihres?"

An der Art, wie Ingrun die Augenbrauen hochzieht, merkt er, dass er sie wieder hat. Die klare, reife Frau, in die er sich auf dem Hoffest eines Freundes verliebt, der feine Humor, die Bereitschaft, sich auf Unbekanntes einzulassen – all das scheint nur möglich, wenn sie einander Raum für Eigenheiten geben.

„Eigenheiten? Ich würde es Freiheit nennen."

Freiheit.

Endlich hat das Wort wieder eine Farbe.

*

Ich muss nicht mehr nach dir suchen. Ich habe dich gefunden, als du mich zum ersten Mal angeschaut hast. Du hast mich nicht betrachtet, du hast mich nicht beobachtet, du hast mich gesehen. Alles war vom ersten Moment an klar. Und alles war von da an unmöglich. Wir hatten keine Chance, wir hatten nur diese Liebe. Wir haben uns berührt, wir haben uns erkannt. Du bist mein Spiegel. Und doch kann ich nicht bleiben. Denn ich ertrage nicht, was du mir noch alles bist.

Leb wohl,

M.

Leo liest die Zeilen zum vielleicht zwanzigsten Mal. Schnell dahingeschriebene Worte auf einem abgerissenen Notizblockzettel. Maite hat es offenbar eilig, zum Ende zu kommen. Kommt einfach vom Joggen nicht mehr zurück und lässt ihr zum Frühstück einen Briefumschlag bringen. Darin steckt auch die Quittung, die Zimmerrechnung ist im Voraus bezahlt.

Maite läuft davon, ihr Weg ein Trennungsstrich. Sie ist ihr also doch zu kompliziert, zu anstrengend, zu anders. Zu viel Verwandtschaft.

Immer wieder geht Leo durch das Zimmer, sucht nach einem Zeichen, das dieser sich heranschleichenden Gewissheit Einhalt gebieten könnte. Doch außer Maites Duschgel und der Zahnbürste, die im Badezimmer falsche Tatsachen vorgaukeln sollen, lässt sie nur ihr Halstuch zurück, scheinbar achtlos über die Stuhllehne geworfen.

Falsche Fährte, bis sie über alle Berge ist. Bunte Blumen auf hellblauem Grund.

„Passt total gut zu deinen Augen."

„Zu deinen auch."

Leo nimmt das Tuch vom Stuhl und vergräbt ihr Gesicht darin. Maite riecht orange, nach Sonne und Wind, nach unbändigem Leben. Nach dem Versprechen von Meer, Wellen, Brandung, Sand unter den nackten Füßen.

„Wenn wir hier fertig sind, kommst du mit mir. Ich zeig dir den schönsten Strand, den du dir überhaupt vorstellen kannst. Wir liegen nackt unter der Milchstraße, und ich sage dir, wie schön du bist, so lange, bis du es glaubst."

Gerade noch schmeckt sie ihre salzige Haut auf den Lippen und nun soll alles nur ein Traum sein?

Selber schuld, flüstert eine innere Stimme. Wieso lehnst du dich so weit aus dem Fenster? Wie kannst du nur so verrückt sein, Gefühlen zu trauen? Gefühle ändern sich schneller, als du denkst. Vor allem die der anderen. Sicher ist gar nichts und Vertrauen eine riskante Angelegenheit. Siehst du doch.

Leo täuscht sich also. Öffnet sich noch in der Nacht ganz und nichtsahnend einem tiefen Abgrund, merkt nicht, wie sie ins Bodenlose fällt, wiegt sich in Sicherheit, als Maite sie in den Halbschlaf hinein küsst.

„*Te quiero.* Ich will dich so, *querida*, wenn du wüsstest, wie sehr."

Nicht einmal, als der Kellner ihr den Brief überreicht, kommt ihr ein Verdacht. Warum so? Muss sie so sehr über ihren eigenen Schatten springen, dass sie noch einmal stolpern würde, ginge sie nicht durch die Hintertür?

Natürlich ist Maites Handy ausgeschaltet. Natürlich schreibt Leo trotzdem eine Nachricht.

„Ruf mich bitte an, geh nicht so. L."

Keine Reaktion. Es klopft nicht an der Tür, das Telefon klingelt nicht, die Stille hat Leo wieder.

Sie sitzt vor dem Bett, den Blick fest auf einen der Baukräne weiter weg gerichtet, und betrachtet die verwüstete Landschaft in ihrem Innern. Gebrandschatztes, ausgestorbenes Lager, hier und da rauchen noch verkohlte Bäume und Sträucher, der Himmel hängt bedrohlich tief über geschwärzter Erde. Vogelfrei, kein Wind. Nichts bewegt sich mehr, Leere breitet sich aus, und Leo kehrt in jenen Zustand des Abgeschnittenseins zurück, den sie gut kennt. Gleich wird sie müde werden, gleich wird sie schlafen, um kurz darauf wieder zu erwachen. Sich einzurichten in dem Zwischenraum, in dem sie nichts mehr spürt: Maite nicht, sich nicht, das Leben nicht.

*

Elisa ist lange genug Psychotherapeutin, um zu wissen, dass sie es jetzt mit dem System aufnimmt. Nur dieser Tatsache ist geschuldet, dass sie nicht schlafen kann, sich mitten in der Nacht übergeben muss. Ihr Körper rebelliert, er merkt, dass sie die Alarmstufe Rot ignoriert, die Warnblinkanlage ausstellt und entgegen allen Überlebensstrategien handelt.

Muster, *Doctora*, denkt sie, alles nur Verhaltensmuster. Eingesetzt und geregelt von einem inneren Richter, der unerbittlich jede Handlung kommentiert und gedankliche Fallbeile spannt. Dahinter liegt die Welt der echten Gefühle. Dahinter liegen die Angst, die Scham, die Trauer und das Mitgefühl. Dahinter liegt die Sehnsucht nach dem, was wirklich ist.

Die Aufregung, die ihr Nervensystem auf Trab hält, gilt nicht nur einem Treffen mit Christian. Zuvor wird sie jene Grenze überschreiten, vor der sie seit einem halben Leben zurückweicht. Wie wird es sein in diesem Land, das aus ihrem Leben radiert ist, als wäre sie nicht dort geboren, als spräche sie nicht seine Sprache, als liebte sie nicht das Grün seines Sommers, die Häfen ihrer Kindheit, die rührend glatt rasierten Rasenflächen vor akkurat gebauten Häusern?

Sie bucht keinen Direktflug nach Berlin. Sie fliegt nach Frankfurt und fährt von dort mit dem Zug nach Mannheim. Bevor sie Christian begegnet, will sie sich selbst begegnen. Nachsehen, ob sie noch immer erkennen kann, wie beladen die langen Tanker sind, ihr Alter abgleichen mit den Rissen im Haus ihrer Eltern. Als ob es einen Berg zu besteigen gälte, packt sie ihre Trekkingausrüstung ein: leichte Wanderschuhe, Jeans, Regenjacke, keine Kleider, keinen Rock. Frausein spielt auf dieser Reise keine Rolle. Er wird sie erleben als Mensch, sobald sie bereit ist für seine Stadt.

Am spanischen Flughafen fühlt sie sich fremd unter den Touristen, die am Schalter einer deutschen Airline einchecken. Im Gegensatz zu ihr fliegen sie nach Hause, mit einer Handvoll spanischer Erinnerungen im Gepäck. Bei ihr ist es genau umgekehrt. Allmählich richten sich alte Bilder in ihrem Kopf ein, zuerst nur bruchstückhaft, schwarzweiß, dann immer klarer, farbenprächtiger. Ostersonntag, Eierverstecken im Garten und heiße Tränen, als der echte Hase dem falschen die Ohren abbeißt. Der kalte Wind und die heiße Glut nah am Feuer. Christian reitet stolz hinter St. Martin und winkt, ihr Prinz auf dem hohen Ross beugt sich hinunter und reicht ihr von dem Gebäck, das er an die Kinder verteilt. Sie berührt flüchtig mit ihren kalten Fingern die ledernen Handschuhe und nimmt den Hefeteigmann mit der Pfeife, um ihn niemals zu essen. Der Tennisplatz mit dem rostbraunen Belag, Gift für Mutters Weißwäsche. Samstagnachmittag, ihr Vater fährt mit dem Elektrorasenmäher über das Kabel und flickt es kopfschüttelnd im Handumdrehen – der sichere Boden, dass sich alles, aber auch wirklich alles wieder reparieren lässt.

Auf dem Flug lässt sie sich von ungeordneten Gedankenfetzen treiben, mal hält sie die Augen geschlossen und versinkt, mal verliert sie sich im Wolkenmeer vor dem Fenster.

Elisa lenkt sich nicht ab, liest nicht, hört keine Musik, driftet nie lange in die Gespräche der Mitreisenden ab. Schnappt nur vereinzelt Worte auf und legt sie ab im Wörterbuch ihrer Muttersprache. Es wird etwas anderes sein, in ihrer Heimat Frage und Antwort zu stehen, als sich mit ihrer Tochter zu unterhalten. Von Anfang an spricht sie mit ihr Deutsch, denn in Maite soll weiterleben, was in ihr nicht sterben darf.

Ihr Beruf ist Segen und Fluch zugleich. Eine Ahnung zu haben, wie die menschliche Psyche funktioniert, sich selbst und die Welt als Prinzip von Ursache und Wirkung zu begreifen, jede Bewegung zu verorten als Folge und Auslöser, macht das Leben zu einer nüchternen Herausforderung. Zu einem Wirkmechanismus überschaubarer Reflexe, zwischen denen sich die menschliche Natur abspielt: ungeheuer verletzlich und ihrem Wesen nach unberechenbar.

Während die Maschine in Frankfurt unsanft aufsetzt, ein Ruckeln durch die Körper geht, dem ein Aufatmen folgt, denkt sie: Einmal mehr haben Nichtvögel das Fliegen überlebt. Alle fürchten wir uns davor, die Kontrolle zu verlieren, die wir gar nicht ausüben.

*

Die Rollos vor dem Fenster zieht sie nicht nach oben. Auf der Terrasse sucht Maite in einer Ecke des alten Gemäuers

Schatten. Lauscht den Geräuschen, die von der Straße zu ihr nach oben dringen. Grölende Jugendliche, lachende Touristen, knatternde Mopeds. Vertraute Stimmen der Stadt, die ihr fremd vorkommen.

Ihr Körper schmerzt, ihre Muskeln sind angespannt, zwischen Sehnen und Knochen schleicht sich ein Brennen, keine Zelle scheint zu ruhen. Während Maite still an die weiße Wand gelehnt auf dem steinernen, von der Sonne noch erwärmten Boden sitzt, tobt in ihr ein Krieg gegen die Versuchung, ihr Handy zu holen. Gegen die Frage, ob Leo noch im Hotel ist, wo sie diese Nacht verbringt, wohin sie mit der Enttäuschung geht, wie sie diesen Verrat verkraftet.

„Nicht weggehen."

Maite hört wieder und wieder ihre Stimme, weich und flehend, spürt ihr eigenes beruhigendes Kopfschütteln im Morgengrauen, obwohl sie weiß, dass sie dieses Versprechen nicht halten kann. Fühlt Leos Handflächen auf ihrem nackten Rücken, und auch das Nachgeben in diesen offenen Raum, der Hingabe heißt.

Sie leert das zweite Glas Wein fast in einem Zug. Sie muss müde werden, der Sehnsucht widerstehen, muss die Zeit hinter sich bringen wie eine Krankheit, die es zu überstehen gilt, einen Tag und eine Nacht und noch einen Tag und noch eine Nacht, und noch eine und noch eine, so lange, bis es aufhört wehzutun. Wird es aufhören, wehzutun? Wie soll das gehen?

Sie braucht eine neue Simcard. Ihre Festnetznummer wird Leo nicht herausfinden – sie weiß ja nicht einmal, wie sie mit Nachnamen heißt. Zur Sicherheit ist die Anschrift aus der Hotelrechnung gelöscht.

Perfekt, Cramón, ganze Arbeit geleistet. Dich abgeschossen, Leo abgeschossen, das Glück abgeschossen. Und alles nur wegen deiner kranken Mutter. Die anderen dabei helfen will, zu sich zu finden, und selbst ein Leben lang vor sich wegläuft. Die jetzt so wenig ans Telefon geht wie du selbst, die sich genauso verschanzt, weil sie den Moment fürchtet, in dem sie dir wieder begegnet.

Was wird Maite ihr dann sagen? Wofür soll sie Elisa verantwortlich machen? Für ihre Gefühle? Dafür, wozu sie führen? Für die Feigheit?

Sie sollte Jorge anrufen. Sich ablenken. Vergessen, dass sie eine Frau begehrt. Eine Frau? Ja, Leo ist eine Frau. Eine einzigartige, wunderschöne Frau. Kraftvoll und zerbrechlich, weich in der Nacht und scharfkantig am Tag. Eine Frau, die sich schüchtern zeigt und leidenschaftlich liebt. Eine junge Frau, deren Lust Maite an einen bislang unbekannten Ort des Verlangens katapultiert.

„Komm."

Schon der Klang ihrer Stimme genügt, um Maite von Kopf bis Fuß spüren lassen, wie sehr sie es liebt, geliebt zu werden.

Aufhören, sie muss sofort damit aufhören, daran zu denken. Schluss, aus, Ende. Das dritte Glas Wein kippt sie im Stehen. Als sie ihr Handy anschaltet, vermeldet es sieben Voicemails und drei Nachrichten von Leo. Sie ignoriert alles und ruft Jorge an.

„Kann ich dich sehen?"

„Aber natürlich! Soll ich dich mit dem Wagen abholen?"

„Macht es dir etwas aus?"

„Überhaupt nichts, ich kann es kaum erwarten."

„Ich auch."

Der Rest geht mechanisch. Sie duscht, zieht einen der String-Tangas an, auf die alle ihre Lover stehen. Oder vielleicht denkt sie das auch nur. Leo würde diese Art von

Unterwäsche nicht gefallen. Leo braucht keine Makulatur. Aber was Leo gefällt, ist nicht mehr wichtig.

Maite trinkt zur Sicherheit noch das letzte Glas Wein auf Ex und wirft sich in Schale. Enge Jeans, Stretch-Träger-Shirt, durchsichtige Bluse. Wimperntusche, *Out-of-bed look*.

Gerade als sie fertig ist, klingelt es. Eines muss sie noch tun: ihren Körper verschließen.

*

Unglaublich. Sie ist zurück. Mannheim umarmt Elisa am Bahnhof mit sechsundzwanzig Grad, der Taxifahrer spricht Pfälzisch. Ob sie die Stadt kenne?

„Ich bin hier aufgewachsen." Es klingt wie ein Geständnis.

Das Hotel kennt sie nicht, sie hat das modernste mit den meisten Sternen ausgesucht, sie ist nicht in der Verfassung zu Kompromissen. Die Website verspricht einen spektakulären Blick auf den Rhein und sie bucht ohne Zögern das passende Zimmer. Wenn schon, denn schon.

Die Küche des Hauses ist geöffnet, sie bestellt sich Regionales, Wurstsalat mit Bratkartoffeln, dazu einen Weißburgunder. Willkommen zu Hause. Die Terrasse ist gut besucht, zwei Tische weiter sitzt ein junger Mann. Der Schal, den er um den Hals trägt, erinnert sie an Maite, deshalb sieht sie ein zweites Mal hin und erkennt in dem feinen Gesicht weibliche Züge. Interessant.

Morgen wird sie früh aufstehen und die Straßenbahn nach Freudenheim nehmen. Hoffentlich niemandem begegnen, den sie kennt. Hier vergisst man keine Gesichter, auch nicht, wenn man sie ein halbes Leben aus den Augen verliert. Doch wer sollte sie in den Blick nehmen? Nachbarn? Bestimmt alle tot oder weggezogen. Oder so dement, dass Erinnerung keine verlässliche Größe mehr ist. Schulfreunde? Unwahrscheinlich.

„Lisa?"

Sie sieht auf. Vor ihr steht ein gutgekleideter Mann um die Fünfzig mit kurzem graumeliertem Haar, den eine leichte Duftwolke umgibt.

„Viktor?"

„Das gibt's ja nicht. Was machst du denn hier?"

„Ich bin auf dem Weg nach Berlin."

Seine Miene verdüstert sich unmerklich. „Wegen Christian?"

Sie nickt.

„Ich habe davon gelesen. Wie …"

„Ich will nicht darüber reden, in Ordnung?"

„Kein Problem, entschuldige bitte, ich wollte nicht …"

„Hast du nicht." Sie bietet ihm den freien Platz neben sich an. „Setz dich doch. Und was verschlägt dich hierher?"

„Es ist mein Hotel." Er sagt das mit unverhohlenem Stolz.

„Ehrlich? Das ist ja verrückt. Ich habe mich bei dir eingebucht?"

„Sieht so aus. Darf ich ein bisschen angeben und dich zu einem Champagner einladen? So alte Bekannte trifft man ja nicht alle Tage, oder?"

„Nein, nicht unbedingt. Die Einladung nehme ich gerne an."

Sie sitzen am Wasser und plaudern, bis es dämmert.

„Hast du Familie?", fragt sie ihn, obwohl sie selbst nicht darauf antworten will.

„Ich bin geschieden und habe zwei erwachsene Kinder. Mit vierzig habe ich mich in einen Mann verliebt. Wir sind zusammengezogen, haben das Hotel aufgebaut und dann ist er gestorben."

„Das tut mir leid." Sie sagt das mit jenem echten Bedauern in der Stimme, die ihre Patienten ermuntern soll, weiterzureden.

„Er war ein paar Jahre jünger als ich. Vollkommen gesund. Eines Morgens lag er tot neben mir im Bett. Herzstillstand. Einfach so."

„Das war bestimmt furchtbar."

„Der blanke Horror. Ich bin total zusammengebrochen, mein Sohn, der bei uns gewohnt hatte, ist zu seiner Mutter gezogen, und ich musste erst mal in Kur." Er lächelt traurig. „Du weißt ja, ich war immer schon ein Sensibelchen."

„Nein, weiß ich nicht. Und das finde ich auch kein gutes Wort dafür. Ich finde es völlig nachvollziehbar, dass dir das den Boden unter den Füßen weggezogen hat."

„Nett, dass du das sagst. Man merkt, was du von Beruf bist."

„Und bei dir merkt man, dass du genau den richtigen Beruf hast. Das Hotel ist ein Traum, das Restaurant ist erstklassig und die Lage nicht zu toppen."

„Danke. Viel davon ist Wolf zu verdanken. Er war eine Künstlernatur. Alles, was er angefasst hat, wurde dadurch schön."

So wie du, denkt Elisa.

Als sie sich verabschieden, sitzt die junge Frau noch immer vor ihrem leeren Bierglas, hört Musik und starrt auf das Wasser.

„Liebeskummer", sagt Viktor mit einem Blick auf sie. „Ihre Freundin ist wohl ohne sie abgereist. Sie waren ein schönes Paar. Aber in dem Alter steckt man die Dinge noch leichter weg."

„Meinst du wirklich?", fragt Elisa, steht auf und wartet seine Antwort nicht ab. „Danke für den Champagner. Ich hab mich wirklich gefreut, dich so unverhofft zu treffen."

„Geht mir genauso. Wann fährst du?"

„Morgen früh."

Sie stehen auf und umarmen sich flüchtig.

„Alles Gute."

„Dir auch."

Viktor geht, ohne sich noch einmal umzudrehen.

*

Wie lange ist Maite schon fort? Ist sie noch in der Stadt? In Deutschland? Leo schließt die Augen, dockt ihre Angst an Klaviertöne an, ruft Bilder wach.

„Ich würde dir so gern meine Lieblingssongs vorspielen."

„Kein Problem. Dann stöpsle ich mich bei dir ein."

„Du bist einfach eine andere Generation."

„Weil ich mit Kopfhörern umgehen kann?"

„Nein, weil du multimedial mitdenkst."

Sie laufen die Neckarauen entlang, betrachten andächtig einen Storch, der durch das hohe Schilf stolziert, liegen auf Bootsanlegestellen in der Sonne und hören sich durch ihre Playlisten.

„Magst du solche Klaviermusik?", will Maite nach den ersten drei Stücken wissen.

„Ja."

Jetzt hört Leo es allein. Immerhin schafft sie es vom Zimmer nach draußen, trinkt ein alkoholfreies Bier und lädt das Album herunter. Die leisen Klänge im Ohr dringen durch ihren Panzer, vermögen es, die Starre an einigen Stellen aufzuweichen und Widerstand zu säen.

Maites Verschwinden passt nicht zu den vergangenen Tagen. Nicht zu ihren Worten, nicht zu ihren Berührungen, nicht zu ihren Blicken. Leo kann sich einfach nicht so sehr täuschen. Es muss einen Grund geben, dass sie ihr plötzlich den Rücken kehrt, etwas, was sie ihr nicht sagen kann oder will. Ist sie doch verheiratet? Hat sie Kinder? Ist sie krank? Leo kann sich nichts vorstellen, was ihrer Liebe Abbruch täte. Sie ist bereit, alles zu akzeptieren, wenn Maite nur zurückkommt. Selbst die Möglichkeit, nur gute Freundinnen zu sein, zieht sie in Betracht. Dann träumt sie eben nur davon, sie zu küssen. Dann haben sie eben kein Liebesverhältnis. Dann ist sie eben einfach ihre Halbschwester. Dann sitzen sie einfach nur zusammen. Reden, hören Musik, gehen spazieren. Schauen sich an. Wenigstens in ihre Augen sehen. Bloß in diesem Blau versinken dürfen.

Ob sie solche Klaviermusik mag?

Leo sagt nicht, wie gern sie solche Klaviermusik spielen würde. Dass ihre Finger diese Art von Melodien auf den Tasten suchen, wenn sie sich nach der Schule an den Flügel setzt. Bevor ihre Eltern das Einfamilienhaus verkaufen und auch das Instrument, das sie vielleicht mehr liebt als einen Menschen. Der Steinway ihrer Großmutter bringt viel Geld und nimmt mehr Platz weg als ein neues Klavier, das Leo sich aussuchen soll.

„Ich will kein Klavier."

„Wo sollen wir den Flügel in der neuen Wohnung denn hinstellen? Und selbst wenn wir ihn mitnehmen, willst du später jedes Mal damit umziehen?"

Leo ist vierzehn und sie denkt überhaupt noch nicht ans Umziehen. Diejenigen, die nicht bleiben wollen, sind ihre Eltern, weil sie es zusammen nicht mehr aushalten. Weil ihr Vater ein Psycho ist und ihre Mutter gar nichts versteht. Nichts vom grundlosen Traurigsein, nichts von der Melancholie in Moll und schon gar nicht den Unterschied zwischen einem Flügel und einem Klavier. Es geht überhaupt nicht um den Klang. Es geht um das Majestätische, darum, dass man mit einem Flügel reden kann. Jedenfalls kann Leo das. Ihm erzählt sie, wie die Jungs und Mädchen in ihrer Klasse sich über sie lustig machen, wie die Idioten von Jannis und Theo auf der Klassenfahrt stockbesoffen nachts ins Mädchenzimmer kommen, nachsehen wollen, ob sie auch wirklich dorthin gehört. Es ist der Flügel, dem sie anvertraut, dass Gott ein Verräter ist. Ihn bespielt sie mit ihrer Angst, ihrem Schmerz und der ganzen Liebe, zu der sie fähig ist.

Leo läuft weg, als sie ihn holen kommen, und bleibt zwei Tage fort. Schläft heimlich im Keller des Jugendzentrums, kifft sich die Seele aus dem Leib, schwört, nie wieder ihr Herz zu verlieren. Nicht an einen Gegenstand und schon gar nicht an einen Menschen. Es fällt ihr nicht sehr schwer, sie hält ihr Versprechen, bis sie Maite begegnet.

Jetzt schlägt mein Herz nicht mehr allein, denkt sie. Und ich werde nicht wieder einfach zusehen, wie es damit aufhört.

Hinter den Werfthallen am anderen Flussufer geht die Sonne unter, die Terrasse leert sich, kühlere Luft kündigt Regen an.

Sie weiß nichts. Nicht, wie Maite mit Nachnamen heißt, nicht, wo sie wohnt, nicht, wo sie arbeitet. Und schon gar nicht, wo sie ist. Aber wenn die Reise nach Indien stimmt, dann wird sie irgendwann umpacken müssen. Bis dahin wird Leo sie finden. Ganz sicher.

*

Mit Fremden ins Bett zu gehen ist einfacher, als mit Jorge zu schlafen. Sie mag ihn, sie kennt ihn, und das Vertraute schiebt sich wie ein Filter zwischen ihre Körper. Sie kann seine Erregung nicht ernst nehmen und sie schämt sich, der Grund dafür zu sein. Und auch, ihm einen Orgasmus vorzugaukeln, damit er schneller kommt und die ganze Sache rascher ein Ende nimmt. Sie hat sämtliche sensitive Zugänge verschlossen, sie öffnet sich ihm weit und ist dabei völlig zu. Maite denkt an nichts. Sie hält die Augen geschlossen und konzentriert sich auf die Dunkelheit dahinter, auf das changierend grauschwarze Muster, die Untiefen einer Kraterlandschaft ohne jegliches Leben. „Du hast mir gefehlt." Jorge flüstert. „Ich dachte schon, du kommst nicht mehr wieder."

Maite rührt sich nicht.

Er rollt sich langsam auf die Seite und betrachtet sie eine ganze Weile von oben. Schließlich sagt er:

„Erzählst du mir wenigstens ein bisschen davon?"

„Wovon?"

„Wo du warst, was du erlebt hast … "

„Nein."

„Warum?"

„Weil es dir nicht gefallen würde."

„Was macht dich da so sicher?"

„Weiß ich eben."

„Wetten, dass es mir besser gefällt, davon zu hören, als nichts darüber zu wissen?"

„Schon verloren." Sie versucht ein Lächeln, spürt, dass dieses Gespräch eine gefährliche Dynamik entwickeln könnte.

„Du warst mit einem andern im Bett."

„Auch."

„Also nichts Neues."

„Lass es, Jorge."

„Ich bin einfach neugierig, Und wenn du etwas nicht erzählen willst, ist es umso interessanter. Da gibt es doch eine Story, das rieche ich."

„Du hast eben einen guten Instinkt." Jetzt hat sie doch darauf reagiert, verdammt.

„Bist du straffällig geworden?"

Sie muss ernsthaft nachdenken. „Nein, ich glaube nicht."

„Komm schon, so schlimm kann es doch nicht sein."

„Es ist überhaupt nicht schlimm." Schon klingt sie genervt.

„Dann kannst du es mir doch auch sagen."

„Vielleicht will ich es dir einfach nicht sagen, okay? Weil es meine Sache ist, weil ich keine Lust habe, es mit irgendjemandem zu teilen, weil es mir ganz alleine gehört. Geht das in deinen Kopf?" Sie setzt sich auf, sucht nach ihrem Top und ihrer Unterwäsche und will aufstehen. Da hält er sie am Arm fest.

„Du bleibst jetzt einfach mal hier."

„Spinnst du? Wie redest du mit mir? Lass mich los." Sie versucht sich aus seinem Griff zu winden.

„Ich lasse mich nicht mehr so abservieren, Maite. *On, off, on, off.* Wie die Prinzessin gerade will. Zum Vögeln bin ich gerade noch gut genug und um essen zu gehen oder dich irgendwo abzuholen. Du schnippst mit den Fingern und ich pariere. Wer glaubst du eigentlich, wer du bist?"

„Lass mich los, Jorge. Sofort." Sie sagt das ruhig und unbeirrt, als hätte sie ihm nicht zugehört.

„Nur, wenn du mir jetzt endlich sagst, was los ist. Was du eigentlich von mir willst." Er lockert den Griff.

Maite nickt. „In Ordnung."

Er lässt sie los und rechnet damit, dass sie sofort aufspringt und geht. Doch sie bleibt. Lehnt sich mit dem Rücken an die Wand und atmet aus.

„Es tut mir leid, Maite. Ich sollte mich besser unter Kontrolle haben. Aber ich kann nicht mehr. Ich fühle mich wie der letzte Dummkopf, hingehalten und verarscht."

„Kann ich verstehen. Und ich bin froh, dass du mir das endlich mal sagst. Hast du eine Zigarette für mich?"

„Du rauchst wieder?"

„Jetzt gerade ja."

Er steht auf, geht in die Küche und kommt mit einem Aschenbecher, Zigaretten und einer Flasche Bier zurück. Eine Weile rauchen sie schweigend, trinken abwechselnd.

„Wir sollten uns trennen, Jorge."

„Warum?"

„Weil ich mich ernsthaft verliebt habe."

„In wen?"

„Das spielt keine Rolle, zumal ich diese Person nicht wiedersehen werde."

„Und warum bleiben wir dann nicht einfach zusammen? Es macht mir nichts aus, deine zweite Wahl zu sein, solange du mich überhaupt mal wählst."

Sie wendet sich ihm zu und legt ihre Handfläche an seine Wange.

„Dafür bist du viel zu schade, Jorge. Und das haben wir viel zu lange so gemacht. Wir sind doch beide nicht glücklich, oder? Du bekommst von mir nicht, was du dir wünschst, und ich wünsche mir von dir nicht, was ich will."

„Und was willst du?"

Maite zögert.

„Sag schon."

„Eine Frau." In selben Augenblick, weiß sie, dass es die Wahrheit ist. Am liebsten würde sie es noch einmal sagen. Um sicherzugehen, dass sie es ernst meint.

„Eine Frau? Seit wann das denn?"

„Wahrscheinlich schon ziemlich lange."

Jorge rauft sich kurz die Haare. „Das erklärt einiges."

Maite ist erschöpft, hat Kopfschmerzen und genug vom Reden. Ab hier gibt es nichts mehr zu sagen. Jorge tut ihr leid, wie er da sitzt und nicht weiß, was er jetzt anfangen soll. Seine Not nimmt Form an, seine Enttäuschung erfüllt den ganzen Raum, erreicht sie mit einem dumpfen Schmerz in der Brust. Sie ist traurig, ihr ist übel. Auch für sie geht eine Möglichkeit zu Ende.

Schweigend zieht sie sich an, nimmt ihre Handtasche.

„Ich geh jetzt mal."

Jorge sitzt mit gekreuzten Beinen auf dem Bett, hält den Blick gesenkt, nickt stumm.

Sie berührt ihn nicht mehr, sie geht ohne Worte. Nur noch nach Hause. Duschen und traumlos schlafen. Vergessen.

*

Christian ist in einem verfallenen Bauernhaus, irgendwo in Skandinavien vielleicht, es könnte aber auch genauso gut in den indischen Bergen stehen. Viele hölzerne Balken bilden das Gerüst, die angenagelten Bretter sind verwaschen grün und braun. Was er auch anfasst, es fällt auseinander, die Türen hängen verzogen in den Angeln. Christian sucht etwas, stolpert über verstreuten Hausrat am Boden, wirft einen Blick ins Badezimmer, die Badewanne ist voller Bauschutt. Das Haus dehnt sich nach hinten aus, es gibt viele Räume hintereinander, die nirgendwo hinzuführen scheinen, keine Möbel, nur hier und da lose Holzbretter. Dann klappert etwas, ein Hecheln dringt an sein Ohr, wird immer lauter. Er geht zur Haustür und sieht durch den Spalt zwischen Rahmen und Türblatt wie ein Wolf versucht, ins Haus einzudringen.

Angst, denkt er, du müsstest doch jetzt eine Heidenangst haben, aber er spürt sein Herz nicht schlagen.

Christian lehnt sich mit dem Körper gegen die Tür, die von dem Tier draußen in regelmäßigen Abständen erschüttert wird. Der Spalt wird immer größer, und er kann schon die gefletschten Zähne sehen. Instinktiv holt er aus und tritt dem Wolf in die Schnauze, als sich der haarige Kopf hindurchschiebt. Danach ist es eigenartig still. Christian bedauert den Tritt und spürt, dass der Wolf wiederkommen wird.

Immer wieder, denkt er.

Er flüchtet in den Keller, wo er in einem großen Verschlag Alex findet, der auf einem Bett liegt und weinend stammelt: „Ich will nicht verrückt werden, aber ich werde verrückt, wenn ich den Weg hinauf nicht schaffe."

„Dann komm doch mit."

„Das geht nicht. Dort oben wartet der Wolf."

„Wenn wir nicht hinaufgehen, kommt er herunter."

„Hier unten ist er nicht gefährlich. Im Dunkeln hat er keine Zähne. Er beißt nur, wenn es hell ist."

Darüber muss Christian lachen, bis Alex aufsteht und ihn bittet, ihm zu folgen.

In den anderen Verschlägen sind Wölfe eingesperrt. Sie liegen apathisch herum oder schlafen.

„Wenn du mich nicht rettest, werde ich mich auch verwandeln", sagt Alex und zeigt ihm seine Arme, die mit leichtem Fell bewachsen sind.

Christian fährt mit den Fingerspitzen darüber und spürt die widerborstigen grauen Haarspitzen wie Nadeln. Dann sieht er, dass auch die Füße schon bewachsen sind und Alex' Gesicht sich zu verändern beginnt.

Lieber von einem echten Wolf gebissen werden, als das mitansehen, denkt er, rennt die Treppen nach oben und wirft die Kellertür hinter sich zu.

Dann wacht er schweißgebadet auf.

*

Das Haus, die Garage – alles noch da. Nicht viel hat sich in ihrer Straße verändert. Der Garten sieht vernachlässigt aus, die Hecke ist verwildert, ihr Vater würde sich im Grab umdrehen. Aber das würde er wahrscheinlich sowieso. Nichts an ihrem Leben würde ihm gefallen. Außer vielleicht das Ansehen, das sie genießt.

„Das Wichtigste ist, wie die Dinge wirken. Wie sie wirklich sind, ist Privatsache."

Una mierda, denkt Elisa und dreht ihrem Elternhaus den Rücken zu. Sie spaziert nicht mehr am Neckar entlang, sie schaut nicht nach, was am Nationaltheater gespielt wird und ob es eins ihrer alten Cafés noch gibt. Sie stellt fest, dass keinerlei Melancholie in ihr aufsteigt, sie kein Bedürfnis verspürt, alte Wege zu gehen, nur einen Drang, all das hinter sich zu lassen. Nirgends in der Stadt begegnet sie Christian, keine Erinnerungen schleichen sich in ihre Gedanken, es ist, als ob sie durch eine Kulisse spaziert, die frei von Geschichte ist. Ihr Gehirn leistet gründliche Arbeit, es schützt sie gut.

Gegen Mittag ist sie schon auf dem Weg nach Berlin. Es ist ihr erstes Mal in einem deutschen Hochgeschwindigkeitszug, und sie inspiziert das Design wie ein neugieriges Kind.

Dreißig Jahre denkt sie, meine Güte.

Der Speisewagen heißt jetzt Bordrestaurant, und das Telefonieren bei Tisch ist verboten. Rebellisch schaltet sie ihr Handy an, das seit Tagen keinen Ton von sich geben darf. Ihre Mailbox beherbergt diverse Voicemails, ihre E-Mails fragt sie wohlweislich nicht ab, die Zahl der Kurznachrichten beläuft sich auf siebzehn. Die letzte stammt von Maite.

„Ich bin zurück in der Stadt und will mit dir reden."

Sie antwortet ohne Zögern: „Bin auf dem Weg nach Berlin. Lass uns nach meiner Rückkehr sprechen."

Sie weiß, dass sie eine Rabenmutter ist, aber in dem Alter muss ihr Kind das verkraften. Rabenmütter muten ihren Jungen in der freien Natur Selbständigkeit zu, damit sie sich später besser im Leben durchsetzen können. Elisa hält das für einen guten Ansatz. Auch jetzt. Nichts kann sie Maite einfacher machen, nichts lässt sich beschönigen, jede von ihnen muss ihren Umgang mit der Geschichte finden. Danach mag es eine gemeinsame Annäherung geben, vielleicht. Es ist unerheblich, was Maite weiß und was nicht. Ihre eigene bevorstehende Begegnung mit Christian beschäftigt sie mehr.

Zugegebenermaßen hat Elisa einen Vorteil. Sie ist medial auf ihn vorbereitet. Kommissar Kroll ist ihr sympathisch. Sie erkennt in ihm den jungen Mann wieder, der ihr mit seinem draufgängerischen und doch sensiblen Wesen so imponiert. Lächeln muss sie über seine Geheimratsecken, seine ausgeprägten Falten zwischen den Augenbrauen, seine Grübchen. Nur bei seiner Stimme zuckt sie zusammen, ihr Nervensystem springt sofort an. Der leicht süffisante Ton, die beinah melodiöse Aggressivität, mit der er urteilt, fordert, wissen will. Wie Maite: Immer den Dingen auf den Grund gehen, nicht ruhen können.

Bullterrier, denkt sie, ihr seid Bullterrier, und ich bin ein Windhund.

Wird sie seine Familie kennenlernen? Hat er noch Familie? Sogar Kinder? Weiß jemand von ihr? Was ist mit den Verwandten aus Köln?

Er hätte es erwähnt, er würde sie nicht unnötig in Gefahr bringen. Oder doch? Sie kann das gar nicht wissen, sie hat keine Ahnung von dem Menschen, der er heute ist. Immerhin hat er sich so wenig unter Kontrolle, dass er versucht, sich umzubringen.

Unsinn, denkt sie, Suizid hat in erster Linie mit Angst zu tun und dann erst mit Kontrolle. Immer ist es die Furcht, die uns dazu treibt, Dinge zu tun oder zu lassen. Unser sicherster Antrieb.

Auch in ihr: Das Ganze könnte auch eine Falle sein, man könnte schon auf sie warten, sie gleich am Klinikeingang verhaften. Verschwörungstheorie Teil 1. Bravo, *doctora,* nun fängst du völlig an zu spinnen.

Alles wäre einfacher, wenn wir uns selbst nicht so wichtig nähmen, nicht denken würden, unsere Mitte sei der Nabel der Welt. Aber ist das wirklich möglich, wenn wir nicht gerade in einem Kloster sitzen und uns als Mosaiksteinchen im Weltengefüge betrachten?

Wie oft diskutiert sie darüber mit Maite: über die Hippie-Renaissance, über die westliche Vorstellung von Yoga und Meditation. Über den Stellenwert von Sitzkissen und Gebetsfähnchen, über den verzweifelten Versuch, Ruhe zu finden in einer Welt, die sich so schnell dreht, dass den Menschen schwindelt.

„Sich selbst finden? Bei mir sitzen ständig Leute, die sich selbst gefunden haben und dringend lernen wollen, anders zu sein. Der Mensch ist ein Abgrund, und ich habe noch niemanden gesehen, der glücklich gewesen wäre, nachdem er hineingeschaut hatte. Alle wollen achtsam sein und sanftmütig. Edel sei der Mensch, hilfreich und gut. Hat schon Goethe gesagt. Hübscher Wunschtraum, entspricht aber nicht unserer Natur."

„Du bist beruflich deformiert, *mamá*. Und mein größtes Vorbild in Sachen guter Mensch!"

Weil du mein Innerstes nicht kennst, denkt Elisa. Weil du nicht weißt, wie ich kämpfe mit Anspruch und Wirklichkeit. Wie sehr ich mich zügeln muss: bei der Arbeit, in Beziehung. Vor und mit dir. Wenn ich esse und wenn ich trinke, wenn ich einkaufe und wenn ich shoppen gehe. Immer und überall ist der innere Zensor zur Stelle, der mir sagt, was ich darf und was ich nicht darf. Was mich zu einem guten, maßvollen Menschen macht. Wenn ich wirklich meinen Impulsen folgte, wäre ich genauso egoistisch und gierig wie die, von denen ich mich abgrenzen will, indem ich vermeintlich bewusster bin.

Sie erreicht Berlin am frühen Abend. Sie wird ihren Koffer in einem Hotel gleich gegenüber dem Hauptbahnhof abstellen und sich umziehen. Den Abend im Touristenviertel verbringen und ein paar Stunden einfach so tun, als wäre sie eine Urlauberin.

*

Der günstigste Flug von Frankfurt nach Sevilla ist immer noch dreimal so teuer wie die Tickets, die sie sonst für ihre Urlaubsreisen bucht. Zum ersten Mal in ihrem Leben ist sie über die Kreditkarte froh.

„Das ist wichtig, Leo. Man weiß nie, wo man landet und wofür man plötzlich Geld braucht. Außerdem macht es mir ein gutes Gefühl, zu wissen, dass du immer einen Notgroschen dabei hast. So hieß das jedenfalls in meiner Jugend, und mein Vater hätte den Teufel getan, mir einen zuzustecken. Also tu die Karte einfach in dein Portemonnaie, du musst sie ja nicht benutzen. Aber wenn doch, kauf nicht grade einen Porsche, der wäre nicht gedeckt."

Ihr Vater würde wollen, dass sie diese Reise macht. Immerhin geht es auch um ihn. Um seine Töchter.

Leo ist auf die Wucht der Hitze, die sie trifft, als sie aus der kühlen Abfertigungshalle hinaustritt, nicht vorbereitet. Die Temperaturanzeige an einer Werbetafel informiert über 34° C. Sie zieht ihr Jackett und die Krawatte aus und stopft beides in den ohnehin schon vollen Rucksack. Zum Glück trägt sie Turnschuhe und kein Leder.

Mit einem Taxi fährt sie ins Stadtzentrum, lässt sich an der Touristeninformation absetzen. Sie fragt nach einem Stadtplan und Unterkunftsmöglichkeiten, kurz danach hat sie die Adresse und Wegbeschreibung einer nahegelegenen Pension in der Tasche. Wieder draußen auf dem Platz setzt sie sich auf eine gekachelte Bank.

Wo soll sie anfangen? Es ist eine Suche nach der Stecknadel im Heuhaufen. Ihr einziger Anhaltspunkt ist der Fernsehsender, für den Maite arbeitet. Wenn sie die Woche frei macht, hat Leo Pech.

Und wenn sie mich gar nicht sehen will? Dann gehe ich eben wieder.

Das Zimmer liegt ebenerdig zu einer winzigen Gasse, es ist dunkel, muffig und die Matratze durchgelegen. Ein alter Ventilator dreht schlapp seine Runden, die Hitze ist fast unerträglich. Aus der Dusche kommt in dünnen Fäden lauwarmes Wasser, und Leo braucht eine Ewigkeit, um das Duschgel von ihrem Körper abzuwaschen. Ihre Haare macht sie nur nass. Morgen wird sie sich ein anderes Zimmer suchen, im Moment ist sie nur erleichtert, einen Schlafplatz zu haben.

Durch das vergitterte Fenster sieht sie hinter den Rollos die Umrisse von Passanten, je später es wird, umso mehr Menschen sind hier unterwegs. Um Mitternacht scheint es, als stünden sie vor ihrem Fenster plaudernd Schlange. Doch Leo findet ohnehin keinen Schlaf. Sie zeichnet die Muster der bunten Kacheln an den Wänden, den schiefen Jesus über dem Bett, ihren eigenen Körper auf dem Bett bauchnabelabwärts.

Sie versucht noch einmal Maite auf dem Handy anzurufen – nichts, das Telefon ist ausgeschaltet. Leo hat Hunger und Durst, aber sie wagt nicht, in die Dunkelheit dieser fremden Stadt hinauszugehen. Es ist unsicheres Terrain, sie hat keine Ahnung, wie man dort draußen auf sie reagiert. Der Taxifahrer schaut ein paar Mal irritiert in den Rückspiegel, an der Auskunft wird sie von einigen neugierigen Touristen fixiert, ansonsten keinerlei besondere Vorkommnisse.

Sie trinkt Wasser aus dem Wasserhahn, entkleidet sich bis auf die Unterwäsche und deckt sich trotz der Hitze mit dem Bettlaken zu. Sevilla. Alles, was sie darüber weiß, hat sie aus dem Wikipedia-Eintrag. Sie könnte genauso gut am anderen Ende der Welt liegen und den Schritten auf Asphalt lauschen. Oder in Berlin.

Wie weit weg ihr eigentliches Leben plötzlich ist. Sie denkt nicht an Simona, sie denkt nicht an ihren Vater, nicht an Ben, nicht an ihre Mutter. Sie denkt nur an Maite. Und an sich selbst. Seit sie unterwegs ist, betrachtet sie sich öfter in Schaufenstern und stellt fest, dass sie kein genaues Bild von sich hat. Sie nimmt sich nur wahr in Umrissen, im Profil, ihr Gesicht ist ein flüchtiger Eindruck ihrer selbst. Wichtiger sind ihre Haare, denn sie beeinflussen die Form ihres Kopfes.

Eigenartig, sich als Silhouette zu begreifen, denkt sie.

Um sich selbst denken zu können, muss Leo aus dem Archiv ihres Gehirns ein Selbstporträt holen und an die jeweilige Situation anpassen. So entstehen bewegte Standbilder einer Anziehpuppe für das echte Leben. Wie eine Komparsin begleitet Leo Leo durch die Welt: wenig Text, wichtig nur als stumme Rolle in einem Drehbuch, das anderen auf den Leib geschrieben ist.

Was findet Maite an ihr?

„Du bist alles, was mir fehlt."

Was sollte Maite schon fehlen? Und warum geht sie, wenn sie ihr doch fehlt? Leo ist vor allem hier, um eine Antwort auf diese Frage zu bekommen. Zum ersten Mal nimmt auch sie die Dinge nicht einfach hin, sondern will sie verstehen.

Sie streicht mit den Fingerkuppen zwischen ihren Brüsten entlang. Noch immer schmerzen sie ein wenig, noch immer spürt sie Maites heftige Leidenschaft am Leib.

Mit einem Schlag fühlt Leo sich allein. Kein Mensch weiß, dass sie hier ist. Sie könnte überfallen werden, vergewaltigt, verhaftet, niemand würde sie in dieser Stadt vermuten. Wer würde sie überhaupt suchen? Wer, außer ihrer Mutter, würde sie wirklich vermissen? Manuel. Vielleicht. Aber Manuel würde auch ihren Tod als notwendiges Übel hinnehmen, wenn er damit konfrontiert würde.

„Sehen wir uns eben im nächsten Leben wieder."

Die Sache mit der Wiedergeburt ist Leo nicht geheuer. Überhaupt gibt es nichts, woran sie glaubt. Sie glaubt nur, was sie sieht.

„Das hat mit Glauben nichts zu tun. Das ist Abchecken", behauptet Manuel.

Und wenn schon. Auch er steckt nicht in ihrem Körper, auch er weiß nichts von der Notwendigkeit, das Terrain immer unter Kontrolle behalten zu müssen.

Jetzt und hier kontrolliert sie gar nichts mehr. Ein einsamer Abend in einer fremden Stadt, deren Sprache sie weder spricht noch versteht, ein verlassenes Kind, das nicht schreit, weil es weiß, dass keiner kommt. Das still im Dunkeln liegt und mit den Schatten kämpft. Innerlich tobt und brüllt es, es will Trost, es will sich ausruhen, angstlos schlafen.

Ankommen.

Mit Maite kommt sie an, atmet aus und fällt. Noch ehe sie begreift, was es heißt, loszulassen, reißt der Schock an ihr, losgelassen zu sein. Seitdem taumelt sie haltlos durch alle Gemütszustände, die sie kennt: Eben noch ist sie gelassen, im nächsten Augenblick schlägt ihr Herz wild, in einem Moment spürt sie eine beinah kindliche Aufregung, im anderen überkommt sie Furcht. Ihr Körper ist ein Gefäß sich schnell wandelnder Emotionen, die sie kaum festmachen kann. Kaum wird ihr bewusst, was sie fühlt, ist es schon wieder anders.

„Alles ist immer im Wandel. Wir denken nur, dass es so etwas wie Stabilität oder Sicherheit gibt."

Leo gefällt dieser Gedanke überhaupt nicht.

„Dann ist es ja auch völlig egal, was wir machen."

„Ja und nein. Es gilt das Prinzip von Ursache und Wirkung."

„Wir ernten, was wir säen?"

„Auch ja und nein. Eben nicht immer so, wie wir uns das vorstellen. Nimm den Samen einer Pflanze. Du steckst ihn in die Erde und denkst, es werden dicke Blüten auf deiner Terrasse wachsen. Und dann kommt da ein Stengel mit Blättern dran und wächst einsam in die Höhe."

„Verstehe ich nicht."

„Du wartest auf die Blüten und bist wahrscheinlich enttäuscht. Denkst, du hast was falsch gemacht oder der Samen war nicht in Ordnung. Und das mag auch sein. Aber es löst das Problem nicht. Die Sache mit den Blüten wird nur besser, wenn du die Idee davon aufgibst und dich über die Blätter freust. Könnte dann gut sein, dass in der Folge eine Blüte wächst. Muss aber nicht."

„Ich soll meine Vorstellungen den Tatsachen anpassen?"

„Bäume sind Bäume und Berge sind Berge. Bäume sind nicht Bäume und Berge sind nicht Berge."

„Sagt dein Meister."

„Nicht nur meiner."

Leo ist Leo und nicht Leo.

Maite ist Schwester und nicht Schwester.

Leben ist Leben und nicht Leben.

Worin, denkt sie, bevor sie in traumlosen Schlaf fällt, liegt dann der Sinn?

*

Ihr Kopf weckt sie mit einem spitzen Ziehen. Durch die Lamellen der Rollos dringt in dünnen Streifen Sonnenlicht herein, der Blick zum Wecker schmerzt.

Sie trägt noch immer die Sachen vom Vorabend, nur die Hose liegt verknäuelt vor dem Bett. Daneben ihr Handy. Sie nimmt es, kneift die Augen zusammen und checkt nach dem Einschalten neue Nachrichten.

Drei Versuche von Leo, sie zu erreichen. Es ist das Gegenteil dessen, was gut wäre, sie freut sich trotzdem darüber.

Was Jorge schreibt, liest sie nicht.

Ihre Mutter ist auf dem Weg nach Berlin. Jetzt doch? Warum?

Ihr Chef will wissen, ob sie heute kommt. Nein, Kater. Erst morgen wieder.

Sie kann nicht widerstehen, sie ruft die letzten Fotos auf: Leo grinsend auf der Terrasse, Leo lachend auf dem Teppich, Leo ernst im Bett. Messerscharf die Linie ihrer Lippen, stechend klar ihr Blick, den Kopf leicht schief gelegt, als wollte sie dem Fokus nur ein wenig ausweichen.

Maite sollte diese Fotos löschen, aber sie schafft es nicht. Es ist das Einzige, was sie außer den Bildern im Kopf von Leo hat. Immer wieder schiebt sie die Fotos von links nach rechts, hält inne, versucht sich Szenen vor und nach einem Bild ins Gedächtnis zu rufen. Sie weiß, dass es danach noch schwieriger sein wird, nicht dauernd an sie zu denken.

Entgegen ihrer Gewohnheit trinkt sie den ersten Kaffee nicht außer Haus, sondern bereitet einen in ihrer *cafetera* zu, der Tote aufwecken könnte. Apropos Tote – wie geht es eigentlich Christian?

Sie setzt sich mit Kaffee und Telefon nach draußen und ruft Ingrun an. Sie lässt sich auf den neuesten Stand bringen und zuckt innerlich bei der Frage zusammen: „Ist Leo eigentlich bei dir?"

„Nein."

„Weißt du, wo sie steckt?"

„Keine Ahnung. Ist sie nicht bei euch?"

„Euch ist nicht mehr ganz der richtige Ausdruck." Ingrun macht eine kleine Pause. „Ben wohnt in einer WG und geht demnächst ohne mich auf Reisen, und ich bin zurück in meiner Übergangswohnung in Hamburg."

Und was ist mit Leo?, denkt Maite und spürt ihr Herz schneller klopfen.

„Warum rufst du Leo nicht einfach an?", schlägt sie Ingrun vor.

„Hab ich schon. Sie geht nicht dran."

Und wenn Leo gar nicht so stark ist, wie ich glaube?, denkt Maite nach dem Auflegen. Vielleicht wirft sie die ganze Sache völlig aus der Bahn und sie hat niemanden zum Reden. Irrt irgendwo herum und braucht Hilfe. Aber einfach anrufen? Dann muss sie sich erklären. Was ist eigentlich wichtiger: Freundschaft oder Leidenschaft? Geht es nicht darum, Menschen zu finden, die auch dann noch bleiben, wenn alle anderen gehen, die auch dann noch aufrecht stehen, wenn der Rest der Welt einknickt? Um Vertraute, die nicht nach Falsch und Richtig fragen, sondern mit einem unmerklichen Nicken ihre Verbundenheit zeigen? Will sie Leo wirklich aufgeben, nur, weil sie kein Liebespaar sein können? Sie könnten eine ganz neue Form der Liebe entdecken, oder einfach darauf verzichten, ihr Geheimnis preiszugeben. Zusammen weit fortgehen.

Maite weiß genau, dass nicht die anderen das Problem sind. Die anderen sind nie das Problem. Es ist nur einfacher, die eigenen Ängste und Moralvorstellungen auf ein Außen zu übertragen, das nicht gefragt, sondern interpretiert wird. Sie ist es selbst, die mit dem hadert, was sie weiß. Die fürchtet, Leo könnte sich erschrocken zurückziehen. Deshalb verlässt sie sie. Bevor Leo gehen kann. Dem Schlimmsten vorbeugen, noch ehe es sich im Ansatz zeigen kann.

„Der postmoderne Mensch hat eine Technik perfektioniert, die uns alle zu Doppelrollen verdammt: Wir spielen auf der Bühne des Lebens das, was wir denken, und sind gleichzeitig, was andere auf uns projizieren. Das geschieht so simultan, dass wir am Ende oft nicht mehr wissen, ob wir aus freien Stücken handeln oder als Antwort auf ein unsichtbares, aber spürbar Übergestülptes."

Übergestülpt ist ein Wort, das ihre Mutter oft benutzt.

Ihre Mutter, die immer mehr zu einer anderen Person wird. Die sich durch die Wahrheit von dem befreit, was Maite ihr überstülpt. Eine Frau, die liebt, auch wenn es schwer zu verstehen ist, wen. Herzensmenschen sucht man sich eben nicht einfach aus. Oder doch?

Woran ist dieser eine Mensch überhaupt zu erkennen? Und ist es denn nur ein einziger? Kommt ein anderer, wenn man den einen verliert? Gilt auch hier das Prinzip: Die Liebe ist Liebe und nicht Liebe? Fällt Leo in den Abdruck, den Julián in ihrem Herzen hinterlässt? Und wird ein anderer Mensch in diesen Abdruck passen, wenn Leo verblasst?

Leo, Leo, Leo. Alles in Maite schreit nach diesem Menschen. Der so anders ist als sie. Maite sieht sie nicht einmal vor sich, es reicht, um sie zu wissen. Ihren Namen zu denken, das nicht reißen wollende Band zwischen ihnen zu spüren, ohne Anfang, ohne Ende, als Versprechen, das niemals eingelöst werden muss.

Fehler, Fehler, Fehler, denkt sie und wählt ihre Nummer.

„Hey …“

„Hallo, Leo.“

Das Schweigen zwischen ihnen breitet sich aus wie eine Einladung. Sie lauschen der Stille, dem puren Nichtton von Verbindung.

„Hört sich an, als wärst du um die Ecke“, sagt Maite schließlich.

„Vielleicht ist das ja so.“

„Das wäre schön. Aber ich bin bei mir zu Hause.“

„Was wäre schön?“

„Wenn du hier wärst.“

„Wirklich?“

„Ja.“

„Warum?“

„Weil du mir schrecklich fehlst.“

„Du mir auch.“

„Wo bist du denn?“

„Bei dir um die Ecke.“

„Was?“ Maites Stimme überschlägt sich. „Du bist hier?“

„Wenn hier Palmen rumstehen und eine riesige Kathedrale, dann bin ich hier, ja.“

„Wo genau?“

„Ich sitze am Fluss.“

„Das glaube ich nicht.“

„Schade.“

„Was siehst du, wenn du nach links schaust?“

„Einen kleinen dicken Turm.“

„Ist da eine Brücke?“

„Ja.“

„Dann bleibst du da jetzt, und gehst nicht weg, bis ich komme, okay?"

„Nein."

„Warum nicht?"

„Weil ich bei unserer letzten Verabredung umsonst auf dich gewartet habe. Sag mir, wo du wohnst, und ich komme vorbei."

„Noch besser! Calle St. Ana 12, ganz oben."

„Nachname?"

„Jetzt willst du es aber wissen."

„Definitiv."

„Vier Worte: Cramón. De. La. Caza. Caza mit C am Anfang und Z in der Mitte."

„Okay. Soll ich gleich vorbeikommen?"

„Sofort. Ich lasse die Gittertür unten offen stehen. Es ist ganz oben, du musst die Marmortreppen hochlaufen."

Maite legt auf, sieht sich um und atmet durch. Vom Torre de Oro bis hierher braucht sie zu Fuß eine halbe Stunde, mit dem Taxi fünfzehn Minuten. Das muss reichen, um aufzuräumen und zu duschen. Und, wie sie nach einem flüchtigen Blick in den Schlafzimmerspiegel entscheidet, um ein ganz klein wenig Makulatur zu betreiben.

*

Lange vor dem Weckton liegt Elisa wach und schaut in den Himmel. Ihr Zimmer ist im siebten Stock, und sie kann von ihrem Bett aus über das aus Glas und Stahl konstruierte Bahnhofsdach den Stadthimmel betrachten. Weiße Wolkenfetzen wandern langsam von einer Seite zur anderen, die Morgenröte tönt die erwachende Stadt sanft.

Beim Frühstück ist sie die Erste. Sie trinkt viel zu viel Kaffee und bekommt kaum einen Bissen herunter. Sie ist so nervös wie lange nicht mehr. Das letzte Mal vor ihrem Vortrag in Barcelona. Nun muss sie sich allerdings nicht vor einem Fachpublikum beweisen, sondern vor sich selbst. Und natürlich will sie bei ihm einen guten Eindruck machen.

Nichts hat sie mit der knapp Zwanzigjährigen mehr gemein. Ihre Falten zeigen die Aversion gegen den Versuch, das Alter wegzuschminken. Ihre Haare sind nicht gefärbt, graue Strähnen durchziehen die braunen Locken, die sie noch immer so wild lässt, wie sie gerade sind. Für ihr Treffen hat sie sich für Kontaktlinsen entschieden.

Reine Eitelkeit, *doctora*.

Sie trägt Jeans, Turnschuhe und eine helle Bluse. Sportlich, locker, bequem.

Christian wartet im Foyer. Sie sieht ihn schon, bevor sie durch die Tür tritt. Er steht da, die Hände in den Hosentaschen, wie früher nach der Schule. Lässig und so, als ob er sich nicht beobachtet fühlte.

Schauspieler, schon immer.

Erst, als die Tür sich wieder hinter ihr schließt, dreht er sich um.

Elisa bleibt stehen, wo sie ist, und schaut ihn an. Ihr Herz schlägt so wild, dass sie tief durchatmen muss. Auch Christian bewegt sich nicht. Nimmt nur die Hände aus den Taschen und weiß nicht recht, wohin damit.

Alles um sie herum ist ausgeblendet. Die Frau an der Rezeption, die Menschen, die davor stehen, die Tür, die hinter ihr auf- und zugeht, die leise Musik, die sie noch beim Betreten des Gebäudes wahrnimmt. Wie durch einen Tunnel sieht sie ihm ins Gesicht. Seine blauen Augen, die tiefen Furchen in der Stirn und um den Mund, die hohe, glatte Stirn, die ganz leicht abstehenden Ohren, das kurz geschnittene Haar. Seine schmalen Schultern und die durchtrainierten Muskeln an den Armen. Die verbeulte blaue Jogginghose, Turnschuhe, die schon viele

Wegstrecken hinter sich haben dürften. Ein großer Junge, ein schöner Mann, einmal ihre große Liebe.

Langsam kommt Christian auf sie zu, Elisa kann keinen Schritt tun. Sie schließt die Augen und wartet. Er nähert sich behutsam und schließlich kann sie ihn riechen. Er bleibt dicht vor ihr stehen, nimmt vorsichtig ihre Hände.

Noch immer öffnet sie die Augen nicht, auch wenn sich Tränen ihren Weg bahnen wollen. Sie spürt seinen Händen an ihren Handgelenken nach und erkennt seine breiten, weichen Fingerkuppen. Vorsichtig nimmt er ihre Hände und führt sie an seine Lippen. Sie dreht ihre Handflächen nach außen, er legt seinen Kopf hinein und sie zieht ihn an sich. Seine Wange an ihrer Schulter, ihr Gesicht an seinem Hals, so stehen sie und weinen.

Sie streicht ihm über den Kopf, er streichelt ihren Rücken, zwei verlorene Seelen, die sich wiederfinden und es kaum fassen können.

„Schön, dich zu sehen", sagt Elisa.

Christian nickt, lässt sie nicht los.

Als er aufschaut, sieht sie für einen Augenblick seine ganze Not. Die Zerrissenheit, die Zerbrechlichkeit, die Sehnsucht, die Angst, die Scham. Und sie weiß, sie wird immer die Stärkere sein.

„Wollen wir ein paar Schritte gehen?", fragt sie ihn.

„Ja. Im Park ist es ganz schön."

*

Als Maite herzklopfend die Tür öffnet, steht Jorge vor ihr.

„Was machst du denn hier?"

Er riecht nach Schnaps und Schweiß, seine Augen sind rot unterlaufen.

„Dich zur Vernunft bringen." Er muss sich im Türrahmen festhalten.

„Du bist betrunken. Geh nach Hause und versuch zu schlafen.“ Maite sieht ihn zum ersten Mal so außer sich und ist wirklich besorgt.

Jorge lacht bitter auf. „Du hast mir gar nichts zu sagen.“

„Okay, dann mach doch, was du meinst. Aber nicht hier, ich hab jetzt keine Zeit.“

„Dann nimmst du sie dir eben.“

Er drängt sich an ihr vorbei in die Wohnung.

„Ey, ich hab dich nicht hereingebeten, mach, dass du rauskommst.“

Sie hält ihm die Tür auf und zeigt nach draußen. Er lacht laut auf, wankt auf sie zu, reißt sie unsanft von der Tür weg, an sich vorbei.

„Bist du verrückt? Hör auf mit dem Scheiß, spiel nicht den Macho, das steht dir nicht.“

Diesmal hört er nicht auf sie, diesmal geht er brutal auf sie los, schubst sie durch den Flur, bis sie mit dem Rücken zur Wand steht.

Dies ist nicht mehr der verständnisvolle Jorge, der alles mitmacht, alles hinnimmt und freundlich lächelt. Dies ist ein verwundetes Tier, das auf Angriff aus ist. Das rast und nicht mehr weiß, was es tut.

„Beruhige dich, Jorge, was willst du denn?“

„Beruhige dich, Jorge, was willst du denn?“ Er äfft sie mit quiekender Stimme nach. „Jorge wird sich kein bisschen beruhigen, Jorge hat nämlich erst angefangen, sich aufzuregen, meine Süße.“

„Sag mal, wie redest du denn mit mir?“

„Wie ein Mann mit einer Frau redet, die ihn an der Nase herumführt.“

„Du hast doch nicht mehr alle Tassen im Schrank.“

„Du hast es immer noch nicht verstanden. Ich mach jetzt die Regeln und du hältst deine blöde Klappe.“

Maite erschrickt, er meint es wirklich ernst. Was soll sie machen? Ihn auf die Terrasse lotsen, schreien? Ist das nötig? Muss sie Angst haben?

„Okay, was brauchst du von mir?"

„Hör auf mit der Therapeutenkacke. Und deinen scheiß gewaltfreien Buddhismus kannst du dir auch sparen. Egolosigkeit, Achtsamkeit, dass ich nicht lache. Du bist die größte egoistische Ziege, die mir je untergekommen ist."

Jorge will sie wieder am Arm nehmen, sie weicht aus, es kommt zu einer Rangelei, die er gewinnt. Er hat ihre beiden Handgelenke fest im Griff. Bugsiert sie unsanft Richtung Schlafzimmer.

„Da rein."

Sie bleibt stehen. „Nein."

„Nein?"

„Nein."

Maite schaut ihm in die Augen, sieht etwas aufflackern, und bevor sie reagieren kann, trifft seine Rechte hart ihr Gesicht. Sie taumelt zurück, dann begreift sie. Stößt ihn mit ganzer Kraft weg, schreit um Hilfe, läuft zur Tür. Doch er ist schneller dort, als sie öffnen und hinauslaufen kann. Sie spürt seine Hände an ihren Schultern, er reißt sie herum, schleudert sie in den Flur, sie stolpert, knallt mit dem Kopf auf den Boden, alles dreht sich und ihr wird schwarz vor Augen.

*

Maite wohnt mitten in der Stadt, in einer kleinen Seitenstraße. Eine grüne Gittertür steht, wie angekündigt, weit offen. Der Patio ist bunt gekachelt, in der Mitte plätschert tatsächlich ein kleiner Brunnen.

So wohnt also eine Prinzessin, denkt Leo.

Im unteren Bereich wie auch in den beiden oberen Etagen sind jeweils links und rechts Wohnungen. Das Haus ist liebevoll, aber nicht kitschig gepflegt, es herrscht eine für die Außentemperatur kühle Stimmung.

Nach ganz oben hin wird es enger und es gibt nur noch eine Wohnungstür. Darüber hängen bunte Fähnchen und sie steht halboffen. Leo klingelt trotzdem. Lugt in den Flur. Hört ein Geräusch. Wartet.

Nichts.

„Maite?"

„Ich bin hier …" Die Stimme klingt eigenartig dünn.

Leo tippt an die Tür, um mehr Einsicht zu haben, und dann sieht sie Maite am Boden liegen, die gerade versucht, sich aufzusetzen.

„Hey, was ist denn passiert?" Sie kniet sich neben sie.

Maite lehnt sich nur an. „Gott sei Dank, dass du da bist."

„Bist du okay? Soll ich einen Krankenwagen rufen?"

„Nein, ich bin nur auf den Kopf gefallen, war wohl für einen Moment ohnmächtig. Ist schon wieder gut."

„Gut? Das ist überhaupt nicht gut. Wir rufen einen Arzt."

Maite lächelt schwach. „Einen Stock tiefer wohnt einer. Den konsultiere ich gleich."

„Willst du dich mal hinlegen?"

„Kann ich erst mal an dir hier liegen?"

„Klar."

Jetzt erst sieht Leo, dass Maites rechte Gesichtshälfte geschwollen ist.

„Dich hat jemand geschlagen, oder?" Sie schaut alarmiert den Gang entlang. „Ist er weg?"

„Das will ich hoffen."

Leo steht langsam auf, schaut ins Schlafzimmer, geht den Flur entlang bis zum Wohnzimmer, wirft einen Blick in die Küche und auf die Terrasse. Dann holt sie ein feuchtes Handtuch aus der Küche und reicht es Maite wortlos.

„Danke."

„Wer war das?"

„Jorge."

„Dein Freund?"

„Mein Ex."

„Scheiße."

„Ja."

Leo setzt sich neben sie. „Lass mich raten, Du hast ihm gesagt, du hattest was mit einer Frau."

„Fast. Ich hab ihm gesagt, ich liebe eine Frau."

„Das hast du gesagt?"

„Ja. Nein, nicht ganz. Ich hab ihm gesagt, ich will eine Frau."

„Ist ja noch schlimmer."

„Ich will dich, Leo." Maite sieht sie an. „Und du bist eine Frau für mich."

Leo lächelt unsicher. „Hört sich gut an, wenn du das sagst." Dann richtet sie sich ein wenig auf. „Wenn ich den in die Finger kriege, kannst du allerdings mal den Typen in mir sehen."

„Es reicht, wenn einer ausflippt. Ich hatte echt Angst." Sie befühlt ihren Kopf. „Nicht genug, dass er gewalttätig wird, der haut auch noch einfach ab und lässt mich liegen."

Leo hilft ihr aufzustehen, wartet vor der Badezimmertür, bis sie drinnen fertig ist, begleitet sie ins Wohnzimmer, sorgt für eisige Umschläge und kocht aus den Blättern neben der Spüle frischen Pfefferminztee.

„Ich hatte mir unser Wiedersehen auch ein bisschen anders vorgestellt", murmelt Maite.

„Hauptsache ist doch, dass wir uns sehen."

„Stimmt. Kannst du die Tür bitte abschließen?"

„Klar." Danach legt sich Leo neben Maite auf die weitläufige Sofalandschaft. „Keine Sorge. Hier kommt keiner mehr rein."

„Gibst du mir noch das Telefon?"

„Wen willst du denn jetzt anrufen?"

„Die Polizei." Maite wirkt entschlossen. „Und meinen Nachbarn von unten."

*

Sie lassen sich Zeit. Wer so lange wartet, hat keine Eile mehr.

Elisa erzählt von Maites Geburt, Christian von Alex. Sie reden über die Angst umeinander und die Angst voreinander. Sie nähern sich ganz allmählich den Menschen, die sie heute sind.

„Ich habe es bis jetzt niemandem erzählt."

„Ich schon." Elisa schiebt ihre Sonnenbrille ins Haar. „Ich wollte Maite die vielleicht letzte Chance geben, ihren Vater kennenzulernen."

„Sie weiß es?"

„Nicht, wie wir zueinander stehen." Sie schaut ihn verwundert an. „War sie nicht bei dir?"

„Nein."

Elisa lächelt. Das sieht ihrer Tochter ähnlich. Ihr reicht die Geschichte, die Wahrheit ist ihr Wirklichkeit genug.

„Sie sieht aus wie du."

„Ich weiß, ich habe sie gegoogelt."

„Und? Was war es für ein Gefühl?"

Sie sitzen auf einer niedrigen Parkmauer im Schatten. Christian beugt sich nach vorne und faltet die Hände.

„Gemischt. Ich hab mich total gefreut und ich hab mich total geschämt. Alles war plötzlich so klar. Warum ich so bin, wie ich bin. So extrem, so hin- und hergerissen. Warum ich nur Entweder-Oder kann. Warum ich immer nach Hause will und nicht weiß, wo das ist. Wovor ich weglaufe, wovon ich mich verfolgt fühle und weswegen ich nicht zur Ruhe komme."

„Weil du dich wie Täter und Opfer zugleich fühlst?"

Er nickt und schaut zu ihr auf. „Genau."

„Das sind wir alle, Christian. Jeder Mensch trägt das in sich. Manchmal sind wir auf der einen Seite und zerstören, manchmal sind wir auf der anderen Seite und werden zerstört. Das ist vollkommen menschlich. Und nichts, wofür wir uns schämen müssen."

„Du bist immer noch so klug."

„Und du bist immer noch so pathetisch."

Einen Augenblick lang gibt es nichts mehr zu sagen. Die Worte brauchen Zeit, um sich Raum zu nehmen.

„Und für den Rest? Müssen wir uns für den Rest schämen?"

Elisa nimmt seine Hand.

„Nein. Wir haben das Beste aus unserem Schicksal gemacht. Ich habe immer alles gegeben und ich bin sicher, du auch."

„Aber ich war älter. Ich hätte es besser wissen müssen. Uns bremsen sollen."

„Dann würde es heute einen Menschen weniger auf dieser Welt geben. Einen wunderbaren Menschen. Maite ist ein Wunder. Und ich will dieses Wunder nicht schmälern durch Gefühle, die uns kleinmachen." Elisa legt den Kopf in den Nacken und schaut in die Baumkrone über sich. „Weißt du, dass Schuld und Scham die beiden Gefühle sind, unter denen Menschen am meisten leiden? Oft viel mehr als unter körperlichem Schmerz. Fast alle, die in meine Praxis kommen, haben Schuldgefühle und schämen sich für etwas, was sie tun oder sind. Die Einzigen, die darunter nicht leiden, sind autistisch veranlagte Menschen, und sie leiden nicht selten darunter, dass sie genau das nicht können."

„Wie im Krimi. Kroll sucht auch immer den Schuldigen. Und wenn der sich dann schämt, ist er zwar immer noch der Böse, aber man ist irgendwie beruhigter."

„Scham nützt nichts, nachdem wir uns oder andere verwundet haben. Sie hält uns bloß ab, Verantwortung zu übernehmen."

„Heißt?"

„Ich möchte aufhören zu lügen und aus der Schuld- und Schamschleife heraustreten. Das heißt nicht, dass ich einen Zeitungsartikel in die Welt setzen will, um öffentlich zu machen, was wir uns waren oder sind. Aber ich möchte, dass wir uns zusammen Maite stellen."

Er nickt.

Sie essen noch zusammen in der Klinik zu Abend, er begleitet sie durch den Park auf die Straße.

„Bis morgen."

*

Der befreundete Arzt gibt Entwarnung und verschreibt Bettruhe, die Polizei nimmt ein Protokoll und ihre Anzeige auf. Die Nachbarin bringt Gazpacho und Tortilla vorbei und versichert, die Tür unten geschlossen zu halten.

Am Abend kehrt endlich Ruhe ein.

„Toll hier. Jetzt verstehe ich das mit der guten Aussicht."

Leichter Wind weht durch die Terrassentür herein, die Sonne ist fast untergegangen, der Himmel gigantisch violett.

„Habe ich meinem Pseudo-Vater zu verdanken. Ihm gehörte das Haus. Meine Mutter hat es geerbt und mir die Wohnung hier oben vermacht." Maite nimmt Leos Hand. „Das mit der guten Gesellschaft gehört immer noch dazu."

Sie sieht müde aus. Die Ähnlichkeit mit Christian tritt jetzt stärker hervor und Leo wendet den Blick ab.

„Du fragst gar nicht, warum ich einfach abgehauen bin", sagt Maite.

„Soll ich?"

„Willst du es nicht wissen?"

„Wenn du es mir sagen willst, ja."

„Eigentlich möchte ich es dir überhaupt nicht sagen. Es macht alles noch komplizierter."

„Viel schlimmer als in meiner Fantasie kann es nicht werden."

„Vielleicht doch."

„Bist du krank?"

Maite erinnert sich, wie sie ihrer Mutter die gleiche Frage stellt. Sie lächelt matt: „Das wäre das Schlimmste?"

„So ziemlich, ja."

„Nein, es ist ganz anders. Es hat etwas mit meinen Eltern zu tun."

„Findest du es wirklich so schlimm, dass wir Halbschwestern sind? Das ist lange nicht mehr so ein Tabu, wie du denkst."

„Damit habe ich auch nicht so ein Problem."

„Sondern?"

„Dass wir außerdem noch Cousinen sind."

Leo stutzt, braucht einen Moment, um ihr zu folgen.

„Deine Mutter ist meine Tante?"

„Ja. Christian und Elisa sind Geschwister."

Leo schluckt. „Und er hat sie ...?"

„Nein, das glaube ich nicht. Ich denke eher, sie waren verstört nach dem plötzlichen Tod ihrer Eltern. Oder einfach ineinander verliebt."

„So wie du und ich?"

„Vielleicht."

„Stark."
„Stark?"
„Dass mein Vater was mit seiner Schwester hatte? Allerdings. Für so cool hätte ich ihn nie gehalten."
„Was ist daran denn cool?"
„Nichts auf Normen zu geben. Seinen Gefühlen zu folgen."
„Na ja, ganz so haben sie das nicht getan. Die Gefühle werden kompliziert gewesen sein. Sonst wären sie irgendwie zusammengeblieben."
„Und ich wäre nie geboren worden."
„Schreckliche Vorstellung."
„Warum?"
„Weil du dann nicht hier sitzen würdest."
„Dann hättest du aber keinen Ärger mit deinem Ex bekommen."
„Da wäre ich mir nicht so sicher."
„Du meinst, du hättest dich einfach in eine andere verliebt?"
„Blöde Frage."
Maite hält noch immer ihre Hand.
„Was genau verändert das jetzt zwischen uns?", fragt Leo leise.
„Keine Ahnung. Ich bin jedenfalls geschockt. Und ich weiß noch nicht, was es mit mir macht. Ich komme mir vor wie fremdgesteuert."
„Du meinst, wir leben etwas aus, was die beiden nicht konnten?"
„Vielleicht."
„Na und?"
„Ist dir das egal?"
„Total egal."
„Du willst trotzdem mit mir zusammen sein?"

„Klar."

„Du bist verrückt."

„Das hast du schon mal gesagt, und das weiß ich auch. Außerdem hast du selbst gesagt, dass es keine Zufälle gibt."

Maite nickt. „Das stimmt. Aber ich glaube auch, dass wir immer eine Wahl haben. Und ich finde es in Ordnung, sich gegen das Komplizierte zu entscheiden. Das Einfache ist nicht schlechter, bloß weil es weniger Tiefe hat."

„Verstehe ich nicht."

„Wir lieben uns, da bin ich mir ganz sicher. Aber das muss nicht heißen, dass wir zusammen sein können oder wollen. Gefühle sind nicht die einzige Grundlage für eine Beziehung."

„Sondern?"

„Die Bedingungen müssen stimmen."

„Was kann ich dafür, dass ich mit dir verwandt bin?" Leo kämpft mit den Tränen. „Soll ich dafür büßen, dass mein Vater mit seiner Schwester im Bett war?"

„Büßen ist mir zu moralisch. Aber wir können nicht so tun, als ob wir keine Geschichte hätten. Wir sind nichts anderes als das Resultat unserer Vergangenheit. Und die fängt lange vor unserer Geburt an." Maite legt ihren Arm um sie. „Wir haben unser Leben in der Hand, wir entscheiden, was wir tun."

„Eben." Leo dreht sich sanft weg, steht auf. „Wenn du es unkompliziert willst, dann bin ich sowieso die völlig falsche Adresse. Da, wo ich bin, ist nichts einfach. Ehrlich gesagt, wundert mich das Ganze nicht. Im Grunde passt die Geschichte zu mir. Ein bisschen nebendran, ein bisschen drüber und so, dass man erst mal erschrickt."

„Ich bin nicht über dich erschrocken, sondern über die Verhältnisse."

„Ja, weil es anders ist, weil es nicht normal ist. Genau wie ich."

Maite sieht Leo nach, wie sie auf die Terrasse tritt.

„Kann sein, dass ich spießig bin. Gut möglich, dass ich nicht sämtliche Normen und Muster, die ich jemals gelernt habe, innerhalb von einer Woche über Bord werfen kann. Aber dann will ich dazu stehen und nicht so tun, als wäre alles total *easygoing*. Für mich ist vieles einfach neu. Dass du eine Frau bist, was für eine Frau du bist, und dass wir auch noch den gleichen Vater haben." Sie atmet tief durch. „Und ich, ganz nebenbei, das Kind von Geschwistern bin. Das stecke ich nicht einfach so weg. Und das passiert auch nicht alles nur im Kopf. Das bombt meine kleine sichere Welt weg. Nichts ist mehr sicher. Gar nichts mehr."

Ihre Stimme bricht ab, die letzten Worte sind kaum hörbar. Maite dreht sich auf die Seite, zieht die Beine an und schließt die Augen. Ihr Kopf schmerzt, sie fühlt sich verlassen. Wogegen kämpft sie eigentlich?

Leo kämpft auch. Still, im Türrahmen, an der Grenze von Licht und Schatten. Dagegen, sich jetzt zu verschließen. Dagegen, jetzt und hier auszusteigen. Langsam geht sie ins Zimmer zurück, setzt sich auf den Boden.

„Ich hab Angst, dich zu verlieren", sagt Leo leise in die Dämmerung. „Wahnsinnige Angst, dass du wieder aus meinem Leben verschwindest."

Zum ersten Mal sind sie zusammen allein. Zwei verwundete Menschen, die sich vorsichtig zurückziehen, um wieder zu Kräften zu kommen.

*

Unten auf der Straße kommen die Letzten gerade aus den Clubs. Ihre Jacken tragen sie wie erlegte Tiere in der Hand oder um die Hüfte gebunden wie einen notdürftigen Wundverband.

Oben auf der Dachterrasse liegen Zeichenblätter verstreut. Manchen hat die Sonne Spuren eingebrannt, auf einigen sind die Kohlestriche verwischt. Schnelle Bilder unter offenem Himmel, Wind und Wetter ausgesetzt.

Leo bewohnt ein fremdes Leben und fühlt sich darin seltsam zu Hause. Sie schläft in Maites Bett, sie duscht in ihrem Badezimmer, sie kocht in ihren Töpfen und sie lernt ihre Sprache.

Den Vormittag verbringt sie in einer kleinen Schule und hängt an den Lippen von Pilar, die nicht müde wird, der Spanischklasse A1 das rollende R beizubringen. Deren Augen immer größer werden, wenn sie mit Händen und Füßen erklärt, was sie partout nicht übersetzen will.

Am frühen Nachmittag zieht sie los und skizziert die Stadt: die Türme und Kirchen, die Orangenbäume, die Pferdekutschen, die Brunnen, den Fluss, Menschen, wie sie gehen, stehen, gestikulieren, lachen. Die Palmen, die herumstehen, als warteten sie auf Meer, die blinden Lotterielosverkäufer mit den blechernen Stimmen, die hölzernen Decken in den Palästen, die bunten Kacheln in den Patios, die Bettelnden, die unzähligen Gekreuzigten und den Teufel, den man nicht sieht.

Lange bevor es Abend wird, geht sie die drei Stockwerke hinauf, schließt die Wohnungstür hinter sich ab, wäscht sich den Staub von der Haut und setzt sich auf die Terrasse. Dort holt sie aus den Skizzen heraus, was sie jetzt erst erkennt. Vergrößerungen ihrer flüchtigen Blicke auf das Unvertraute, das ihr so näher kommt. Sie arbeitet bis tief in die Nacht. Bis das niemals schwarze Dunkel die Konturen beinahe schluckt und nichts mehr übrig bleibt von dem Unterschied zwischen ihr und der Welt.

Bevor sie schlafen geht, checkt sie ihre E-Mails. Mit jenem Herzklopfen, das Spielraum für Freude lässt.

Querida,
ich genieße die Stille hier im Meditationszentrum. Die Routine beruhigt mich und gibt mir Raum, zu erforschen, was in mir ist. Ich nähere mich wieder einer gewissen Unerschrockenheit. Immer wenn ich länger sitze, gibt es den Punkt, an dem mein Geist vom Modus der Angst in den Modus der Neugier wechselt. Das mag ich.

Und ich mag es, dir davon zu erzählen. Dabei zu wissen, dass du bei mir zu Hause bist, vielleicht aus meiner Lieblingstasse trinkst, beim Aufwachen erblickst, was ich sonst sehe (ich liebe es, am Morgen zuerst in den Himmel zu schauen!), mit deinen Schritten manche meiner Wege gehst, und alle, die dir begegnen, diesen schönen Menschen, der du bist, bewundern dürfen.

In einer Woche schon fliege ich zurück, und ich bin hin- und hergerissen zwischen der Wehmut, diesen wunderbaren Ort des Rückzugs wieder verlassen zu müssen, und der Ungeduld, dich wiederzusehen.

Nichts weiß ich und nichts muss ich wissen. Denn ich vertraue darauf, dass uns das offene Herz an den richtigen Ort führt.

Con todo mi alma,
M.

Leo scannt als Antwort eine Skizze ein: Ein aufgebrachter Taxifahrer ballt wütend die Faust und streckt sie aus dem Fenster. Das Bild heißt *emoción 4* und ist Teil der neuen Serie, mit der sie sich im Herbst an der *Bellas Artes* bewerben will. Vielleicht.

Ausgerechnet sie hat dieses Buch gebraucht:

Ilona Bubeck, um wieder zu schreiben.
Gertrud Deutz – nicht nur wegen des kritischen Lektorats.
Christine Kauth als hartnäckige Testleserin.
Jim Baker und sein großes Vertrauen.

Figuren und Autorin verneigen sich und sagen Danke.